室生犀星の詩法

九里順子
Kunori Junko

翰林書房

室生犀星の詩法◎目次

凡例

一、犀星の詩のテキストは『定本室生犀星全詩集』全3巻（冬樹社　昭53・11）による。ただし、『美伊久佐』については、須田喜代治が『論集　室生犀星の世界（上）』（龍書房　平12・9）で『全詩集』収録本文の誤りを指摘しており（「三 詩の世界　5『美伊久佐』『いにしへ』『動物詩集』」）、これに従って初版本を参照した。振り仮名は適宜省略し、原則として旧字体は新字体に改めた。

一、犀星の詩の初出は同『全詩集』の「解題」（安宅夏夫）及び『室生犀星文学年譜』（室生朝子・本多浩・星野晃一編　明治書院　昭57・10）による。詩以外の作品の初出は同『年譜』による。

一、本文の異同は同『全詩集』の「解題」による。『抒情小曲集』『愛の詩集』『第二愛の詩集』『青き魚を釣る人』はかなりの異同があるが、考察のテーマに即して注目すべきものについてのみ言及した。

一、犀星以外の著作の引用の初出は、各全集・著作集の「解題」、及び年譜（紅野敏郎編『千家元麿全集』）、「詩作品年表稿」（『福士幸次郎著作集』）「著述発表一覧」（『堀口大学全集　別巻』小澤書店　昭63・3）による。

一、犀星の年譜は『室生犀星文学年譜』の「第三篇　室生犀星年譜」による。

一、「注」は章ごとにつけた。ただし、既出の出典の括弧内の刊記は省略した。

初めに

室生犀星は、『抒情小曲集』(感情詩社　大7・9)に収録された作品によって独自の世界を打ち立てた。「幼年時代」(『中央公論』34巻8号　大8・8)が注目されてからは、小説家としての活動に力点を置き、『鉄集』(椎の木社　昭7・9)の出版後、「詩よ君とお別れする」(『文芸』2巻8号　昭9・8)とひとたびは詩との決別宣言をするものの、その後も詩集を刊行し、生涯詩人であり続けた。

菅谷規矩雄は、『抒情小曲集』の達成の後、犀星は根源的モチーフである〈母〉を小説の世界において対象化=救済した上で詩に戻って来たと捉え、この地点に『昨日いらつしつて下さい』(五月書房　昭34・8)に表出されている晩年の自在な世界が成立したと見ている(「室生犀星――詩の初期と晩期」)。[*1] 菅谷が指摘するように、犀星の独自性が突出するのは、詩の始まりと終りの地点である。それでは、極と極の間に広がる領野は、どのように捉えればよいのだろうか。

最晩年の犀星が力を注いだ詩業の集大成『室生犀星全詩集』(筑摩書房　昭37・3)の「解説」で、犀星は、『愛の詩集』という「若い季節」の「裏側に抒情詩がすでに渦巻いてゐて私はそれに殆んど生涯をかけて打ち込んだ。私の尤も間違はなかつたことは詩は抒情詩のほかには、一さい手をつけなかつたことであらう。」と抒情詩のみを貫いてきた自負心を述べている。『室生犀星全詩集』刊行の十日後、三月二十六日に犀星は永眠した。抒情詩が支えであるという認識は、芥川龍之介の自死に衝撃を受け、自身の停滞期から立ち上がろうとした詩集『鶴』(素人社書屋　昭3・9)所収の「老乙女《おいたるをとめ》」でも、「我の唯切に念ふは/我がために最後の詩を与へよ/滅びゆく美を与へよ」と叫ばれている。『鶴』前後の時代は、アヴァンギャルドやモダニズム、プロレタリア詩が擡頭し、詩とは何かの変革を迫った時代であった。方法論的な詩観と詩作が前面化した時代である。

犀星も、モダニズム的な作品を示しているが、彼は方法論的な詩人ではない。犀星に師事した中野重治は、「室生犀星の人生の愛し方は全く具体的・実行的・本能的でさえあつて、観念的・観照的・理性的（あるいは説教的）でない。全体としてこの詩人は全く観念的でない。」（「『室生犀星詩集』について」[*2]）と述べているが、詩とは〈抒情〉、感情をうたうものであるという素朴な認識が、息の長い詩作を可能にしたのであろう。

第一詩集『愛の詩集』（感情詩社　大7・1）『抒情小曲集』以降の犀星は、詩人として常に第一線にあった訳ではない。むしろ、「あにいもうと」（『文芸春秋』12巻7号　昭9・7）に始まる「市井鬼もの」や、「荻吹く風」（『婦人之友』34巻11号　昭15・11）に始まる「王朝もの」の作者としての犀星の方が印象に強い。奥野健男は、「人道主義的、トルストイ的な「愛の詩集」では「自己の中にある表現しがたき詩」は表現できず、「小説の具体的なディテールの中にこそ、彼の詩ははじめて十全にひらき、リアリティを持ち、抽象へ飛翔し得るのだ。」と詩から小説への転進を表現的必然であると指摘し、「小説において最高の詩的世界を達成した不世出の詩人」であると評価している。[*3]しかし、一方で、営々と詩作を続けたことも事実である。それは、『星より来れる者』（大鐙閣　大11・2）の「序」で「私は特に作らうとするより、考へようとするより、れいの、すらりと書いてゐる。」と述べているように、小説の合間の気負いの無さが可能にしたのかもしれない。だが、犀星の詩は自己模倣によって継続したのではない。『星より来れる者』『田舎の花』（新潮社　大11・6）の映像的な描写や散文への傾斜、『忘春詩集』（京文社　大11・12）『高麗の花』（新潮社　大13・9）の「陶器」や「支那」への沈潜、『鶴』『鉄集』でのモダニズムの試み、『美以久佐』（千歳書房　昭18・7）の愛国、『日本美論』（昭森社　昭18・12）のフェティッシュな視線……犀星は、時代の空気に反応しつつ、詩人＝生活人としてモチーフを選び、新たな技法を取り入れ、詩の厚みを作っていった。「美意識が生活をつらぬき、生活が美意識をつらぬくといったような強烈さを秘めている」という菅谷の評言（『萩原朔太郎１９１４』[*4]）は、的を射ている。強靭な美意識を根底に一つの世界が自立している。

その展開は、整合的ではない。「詩といふものはうまい詩からそのことばのつかみかたを盗まなければならない」（『我が愛する詩人の伝記』／「北原白秋」[*5]）と述べているように、触発されたものを次々と貪欲に「盗んで」いったのであろう。観念を具体化するのではなく、具体を通した詩想の表出が、犀星が詩と向き合う姿勢であり態度である。現実との関わり方が固有の表現意識のもとに表出されたものが〈詩〉であるが、犀星のそれは、決して滑らかではなく、凸凹の様相を見せながら蓄積され、醸成されていった感がある。「ことばのつかみかた」の実践を通して、詩人＝生活人を深化させていくことは、菅谷が指摘する〈母〉の先験的欠落という根源的モチーフを原動力としつつ、自己を対象化し、意味づけ、更なる地平へと歩み出る軌跡でもあった。その軌跡を詩法として辿っていきたい。

注

＊1　菅谷規矩雄『近代詩十章』（大和書房　昭57・10）の「Ⅲ　室生犀星――詩の初期と晩期」初出『現代詩読本⑥室生犀星』（思潮社　昭54・2）

＊2　中野重治『室生犀星』（筑摩書房　昭43・10）の「『室生犀星詩集』について」。初出『室生犀星詩集』（新潮文庫　昭26・9）の「解説」。

＊3　奥野健男「青き魚――室生犀星の詩的故郷――」（『季刊芸術』1巻3号　昭42・5）

＊4　菅谷規矩雄『萩原朔太郎１９１４』（大和書房　昭54・5）の「Ⅱ　方法／4　高村光太郎」。

＊5　『我が愛する詩人の伝記』（中央公論社　昭33・12）「北原白秋」の初出は『婦人公論』43巻1号（昭33・1）。引用は『室生犀星全集』第10巻（新潮社　昭39・5）による。

第一章　「抒情」・「小曲」

――『抒情小曲集』『青き魚を釣る人』――

1　俳句的切断

(1) 反復

「小曲」という抒情短詩の形式が北原白秋の『思ひ出』（東雲堂　明44・6）によって完成し、石川啄木、犀星、萩原朔太郎、佐藤春夫等に大きな影響を与えたことは、夙に伊藤信吉が指摘している。[*1]「小曲」と銘打たなくとも、同質の抒情詩が、『於母影』（『国民之友』58号附録　明22・8）の「花薔薇」以来、島崎藤村の『若菜集』（春陽堂　明30・8）、上田敏の『海潮音』（本郷書院　明38・10）、薄田泣菫や三木露風において脈々と受け継がれてきたことを三浦仁は跡付けている。[*2] 犀星もまた、近代詩の重要な命脈である「小曲」を、抒情を託す形式として選んだのである。

伊藤は、『抒情小曲集』の新しさを、「より短歌的な柔らかさにつつまれた『思ひ出』」とは異なる「より俳句的な直截性」に認めている。「寂しき春」について、「この詩の主題は春愁の悲哀である。それ以外の何ものでもないけれども、その悲哀――感傷性には、かならずしも脆くない何ものかがある。感傷性の中に生命感のようなものがある。」と「直截性」を「生命感」として捉えてもいる。犀星は、金沢裁判所に給仕として勤めていた十五歳の頃、上司でもあった川越風骨や赤倉錦風に俳句を学び、『北国新聞』への投句や「北風会」への参加を通して、俳句の骨法を身につけていく。「寂しき春」は、「春愁」としてテーマを取り出せること自体が俳句的であるが、「直截性」「生命感」として感受される新しい抒情性とは、何であるのか。

したたり止まぬ日のひかり
うつうつまはる水ぐるま

あをぞらに
越後の山も見ゆるぞ
さびしいぞ

一日もの言はず
野にいでてあゆめば
菜種のはなは波をつくりて
いまははや
しんにさびしいぞ

「寂しき春」の初出は、「菜種の畑」（『アララギ』7巻4号　大3・4）である。

菜種の畑に
したたり止まぬ日の光
うつとりうつとりまはる水ぐるま。
あをぞらに
えちごの山も見ゆるぞ
さみしいぞ。
ひねもす言はず

まれに菜種の黄をあびて
さみしいぞ
こうこうと利根川は鳴れども
みがかれ光るひびきのなかを泳げど
いまははや
しんにさみしいぞ

場所を示す歌い出し、揃わないリズム、前半部分の規則的な句点、と、一読して散文的である。「菜種の畑」が朔太郎の「早春」（『上毛新聞』大3・3・24）[*3]の影響を受けていることを指摘したのは、久保忠夫である。[*4]

なたねなの花は川辺にさけど
遠望の雪
午後の日に消えやらず
寂しく麦の芽をふみて
高き煉瓦の下を行く

ひとり路上に坐りつつ
怒りに燃え
この故郷《ふるさと》をのがれいでむと

土に小石を投げあつる
監獄署裏の林より
鶇ひねもす鳴き鳴けり

第一連は、菜種の花、遠望する主体、湧き上がる寂しさという抒情が、「川辺にさけど」「午後の日に消えやらず」という描写的な叙景を通してうたわれている。犀星の「菜種の畑」は、抒情の構図が朔太郎と酷似しているが、朔太郎とは異なって、「菜種の畑」という叙景的なタイトルをはみ出して、「さみしいぞ。」「さみしいぞ」「しんにさみしいぞ」と詠嘆がリズムを作っている。散文的な描写と詠嘆のリズムが分裂し、叙景と抒情の焦点が結ばれていない。「早春」では、「高き煉瓦の下を行く」を介して風景の広がりが抑圧感に一転し、第二連の「監獄署裏」に象徴される「故郷」の囚人意識に展開する。犀星は、「早春」第一連の叙景の簡潔な構成力に触発され、朔太郎のように導入部分として緊張感を高めるのではなく、心象を投影し盛り込む構図として用いたのであろう。

『感情』1巻2号（大5・7）再録時は、冒頭の「菜種の畑に」が削除されたのみであるが、詩集収録に際して、現在見られる形に大幅に改変された。韻律は整えられ、構図を拡散させる「こうこうと利根川は鳴れども／みがかれ光るひびきのなかを泳げど」という箇所は削除された。「したたり止まぬ日のひかり／うつうつまはる水ぐるま」。「光」ではなく「日」との音の連続性を重視した「ひかり」、「うつとりうつとり」ではなく、「鬱々」を想起させる「うつうつ」。音と意味が連動し調和する冒頭の七五調二行によって、遥かな「越後の山」に向けた視線がそこからの破調として、風景に同化し得ない個の心情の表象となる。初出形の並列的な「さみしいぞ」のリズムではなく、「さみしいぞ」が情景の核心として求心力を持っている。第二連も同様に、「まれに菜種の黄をあびて／さみしいぞ」ではなく、「菜種のはなは波をつくりて／いまははや／しんにさびしいぞ」と韻律の連続性を伴いつつ、風景への視線は感情を増幅し、主体がそれを確かめて終結する。韻律と定型が、視線が喚起する風景への違和として感情を構造化している。『抒情小曲集』の「一部」の冒頭は、「小景異情」と題した「その一」から「その六」までの連作であり、犀星は、風景と向き合う心情の核心を「異情」ということばで摑んでいる。「寂しき春」は、その「異情」をもっとも正確に表出したのである。叙景と抒情が並列化していた初出形は、定型性を生かすことによって、前者が後者を引き出しつつ詠嘆を抒情の核心に高める形になった。伊藤が指摘している「直截性」「生命感」とは、季語的な抒情を超えて主体の心情が屹立していく詩の姿に他ならない。

犀星は、初出形を改変するに際し、風景の描写ではなく、詠嘆の反復をより高次な形で生かした。反復が詩のリズムを成立させるという点で言えば、白秋もそうである。伊藤は白秋の「短歌的な柔らかさ」について、「哀歓そのままの抒情において、流れるような言葉のリズムを織り成している。」と述べている。『思ひ出』の「断章　十九」も〈寂しさ〉がモチーフである。

　嗚呼さみし、哀れさみし、
　今日もまた都大路をさすらひくらし、
　なにものか求めゆくとてさすらひくらし、
　日をひと日ただあてもなうさすらひくらす。
　嗚呼さみし、哀れさみし。[*5]

「さみし」さから「さすらひ」へ、「嗚呼」と「哀れ」のア音を挟んで、永劫回帰するような循環が、感傷の陶酔を生み出している。白秋の循環するリズムは、上田敏の近世歌謡集『松の葉』についての評言を思い起こさせる。

敏は、『松の葉』の鞠歌「つる〳〵と出る月を松の枝で隠した、いざさらば伐りても捨ちよやれ松の枝の下枝」について、「唯読んで見まして、曲が無くても如何にも音楽的に出来て、ロンドオとでも言ひますか、廻つて来て止まつてうまく纏つて居る。」(「民謡」『音楽新報』3巻7号 明39・8)[*6]と素朴な措辞の反復から成る韻律に本質性を見出している。白秋もまた、単純な措辞と詠嘆によって作品を構成しており、民謡的な韻律は都市生活の感傷の韻律として継承されている。伊藤は、「小曲」の特徴を、「ほとんど文語あるいは文語脈で綴られていること」「定型詩またはそれに等しい音律感を織りこんでいること」「感傷性(詠嘆の抒情)によって色づけられていること」としている。白秋は、抒情を類型化する「小曲」の形式を生かして感傷の典型を歌おうとしたのであろう。抒情の典型を志向する白秋の関心は、その後の童謡や歌謡への傾斜に繋がっている。

反復は反復でも、犀星の詩は、白秋のように循環するリズムではない。繰返しは感情を深化させ、対自化の構造を強めるのである。

(2) 「寂しさ」のリズム

「寂しき春」の「うつうつまはる水ぐるま」を始めとして、『抒情小曲集』は、「つうつうと啼く/ものいへぬむしけらものの悲しさに」(「夏の朝」初出『詩歌』3巻8号 大2・8)[*7]「うららかに声は桜にむすびつき/桜すんすん伸びゆけり」(「桜と雲雀」初出『上毛新聞』大3・3・4)「すゐすゐたる桜なり/伸びて四月をゆめむ桜なり」(「前橋公園」初出『上毛新聞』大3・3・9)「君をおもへば君がゆび/するするすると蛇になる」(「蛇」初出『スバル』5巻8号 大2・8)「砂山に雨の消えゆく音/草もしんしん/海もしんしん」(「砂山の雨」初出『創作』3巻1号 大2・8)「いづことしなく/しいいとせみの啼きけり」(「蟬頃」初出『スバル』5巻9号 大2・9)「松はしんたり/松のしん葉しんたり」(「天の虫」初出『地上巡礼』1巻1号 大3・9)等、独特のオノマトペが印象に残る。萱谷は、犀星のオノマトペの特徴を

「語句の音韻それじたいを、どこまでもイメジとしておしあげ、きわだたせようとする志向」に見ている。[*8]「するすゐたる桜なり」などは「文法無視の悪文」ということになろうが、「文語的な語法のただなかへ、口語的なるものが突出すること」は必然であったと萱谷は述べる。

重要なことは、初期の犀星の〈語感〉にたいして、文語的な規範意識が〈擬制〉として現前していることである。真制でもなく、しかし遺制でもないことがかんじんなのである。この〈擬制〉に対位したところでこそ、口語的なるものが、犀星に固有の表現力をうるのだ。犀星の出現のゆいいつの可能性そして必然性もここにあった

犀星が表現の基礎を培った俳句も規範的な文芸である。「真制」即ち表出の欲望と合致する形式でもなく、「遺制」即ちもはや欲望に対応できない形式でもなく、仮構するという形をとったからこそ、定型性に個の直接性が拮抗しつつ独自の形式を達成したということである。萱谷の指摘は、犀星の詩が成立した根幹を衝いている。

萱谷によれば、犀星のオノマトペの「同音重加の語法」は、概念以前の「感性的直接性」が構造化され韻律化した、〈詩〉の基盤に根差すものである。意味として対象化され抽象化される以前の根源的なモチーフ。それが犀星にとって何であったのか。萱谷は、「寂しき春」の「見ゆるぞ――さびしいぞ――しんにさびしいぞ」という「たたみ重ねの呼応」と同音重加の語句という「情景の核心に固着した韻律」が、「さびしさ」に帰着することを問題にしている。犀星が「さびしさ」としたものは、「海浜独唱」で「みよや濡れたる砂にうつり出づ／わがみじめなる影をいだき去り／抱きさる波、波、哀しき波／このながき渚にあるはわれひとり／ああわれのみひとり／海の青きに流れ入るごとし」と現実的には「死」として摑まれていた、「じぶんがいっさいの対他関係から拒絶されてあるという

孤絶のモティーフ」であり、「おのれの出生の、どうしようもない異常さにたいする自覚から、すべて発している。」と菅谷は述べる。

犀星の父は加賀藩士小畠弥左衛門吉種、母は吉種の正妻まさが明治二十年に亡くなった後、吉種の身辺の世話をしていた女性である。犀星は生れて間もなく、雨宝院住職室生真乗の内縁の妻であった赤井ハツに引き取られた。ハツは、犀星同様に、事情があって親元から出された子供二人を養育していた。後に「妹」が加わり、犀星は血の繋がらない父母、兄、姉、妹と暮すことになる。犀星の実母が誰であったのかは、諸説出されているもの[*9]の、未だに不明である。菅谷が言う「どうしようもない異常さ」とは、事実関係としては右の事柄を指す。

犀星が「幼年時代」で虚構の実母を描き、「弄獅子《らぬさい》」（『新潮』25巻8、10、11号　昭3・8、10、11、『早稲田文学』2巻1〜6号　昭10・1〜6、他[*10]）で「君たちの卑しんでゐる女中といふもののお腹から僕が生れて来た」と「よくあることで之加《しか》も恥多い或る一つの真実」を語り（「一、ぬばたまの垂乳根」）、『かげろふの日記遺文』（講談社　昭34・11）で「町の小路の女」冴野として昇華した軌跡が物語るように、実母は犀星の生涯のモチーフであった。『青き魚を釣る人』（アルス　大12・4）所収の「滞郷異信」（初出『感情』4巻3号　大8・3）でも、「友よ、むしろ哀しきわれを生める／その母のひたひに七たび石を加ふるとも／かなしきわが出産はかへらざるべし。／まして山河の青きにつつまれあんは／くるしき窒息のごとき侮辱にして／わが眼はながく開かざるべし。」と、母の「大罪」とそれ故の風土への激しい違和をうたっている。育ての親である赤井ハツも「幼年時代」「弄獅子」の主要人物である。星野晃一は、「弄獅子」というタイトルが、『俳諧歳時記』（改造社　昭8・12）に掲載された新年の季語「弄獅《らぬさい》」に、「殺し獅子」と称される故郷金沢の加賀獅子が重ねられ、親子の戦い、親に立向かう子の姿として成立したと推測している。[*11]養母のハツとの葛藤も含めて、〈母〉は犀星のモチーフの根底にあり、常にその対象化を迫られる形で深化していったのである。

萱谷が「親とは、子にとって、事実として現前するおのれの出生を意味としてあづけゆだねるにたるもの、そうせざるをえないもののことだ。」とし、犀星が「おのれの〈生〉そのものが、自分にとって根源的に不可解なものとして出現しているという不条理」に捕えられていると見るのは、犀星の個人史が裏付けている。

この根源的な不条理を「対象化し、相対化し、じぶんを解放し自由になろうとする欲求」が「犀星の詩的表出の直接性」の本質であり、「寂しき春」の「さびしさ」ということばでは、「了解不可能の底の深さを秘めているはず」のこの欲求は表出し得ないと萱谷は述べる。それが、「初期の犀星詩の、限界」であり、「その限界ゆえに、時代的な完成度」も獲得されたと、両義的に意味づけている。「了解不可能の底の深さ」を表出し得ていたならば、「抒情」・「小曲」という形では犀星の詩は成立しなかったであろう。萱谷が指摘するように、〈擬制〉として仮構することが、犀星には必要だった。「さびしさ」という概念的着地点があるからこそ、概念化し得ない「感性的直接性」がそこに向けてオノマトペや韻律として構造化されていく。これは、季語と五七五の音数律の俳句から学んだ定型の構成力である。景物が喚起するイメージや心情の規範的枠組とそこには回収されない〈個〉が顕在化する構造が、固有の「寂しさ」のリズムを成立させている。

旅人なればこそ
小柴がくれに茜さす
いとしき嫁菜つくつくし
摘まんとしつつ吐息つく
まだ春浅くして
あたま哀しきつくつくし

指はいためど　一心に土を掘る

「土筆」（初出『上毛新聞』大3・3・4）

初出形は、「旅人なればぞ／小柴がくれに茜さす、つくつくし／摘まんとしつつ吐息つく。／まだ春浅くして／しんじつは浮びあがらず。／ただ一心に土を掘り／光るつくしを摘まんとす。／手は痛めども／たゞ一心に土を掘る」である。「しんじつは浮びあがらず。」「光るつくし」という記述的な表現を句読点も含めて削除し、「いとしき嫁菜つくつくし」「あたま哀しきつくつくし」と景物に託した抒情を繰返すことによって、「一心に土を掘る」心情の直接性が強調されるのである。

2　美文的自律性

『抒情小曲集』の「三部」が抒情的な「一部」「二部」とは異質であることは、三浦仁が指摘している。[*12] 三浦が「激越かつ饒舌な、熱狂体とも呼ぶべき詩風」と名付けているように、定型的安定感から外れて、ある種過剰に現実と向き合っている。

みやこのはてはかぎりなけれど
わがいくみちはいんいんたり
やつれてひたひあをかれど
われはかの室生犀星なり
脳はくさりてときならぬ牡丹をつづり

あしもとはさだかならねど
みやこの午前
すてつきをもて生けるとしはなく
ねむりぐすりのねざめより
眼のゆくあなた緑けぶりぬと
午前をうれしみ辿り
うつとりとうつくしく
たとえばひとなみの生活をおくらむと
なみかぜ荒きかなたを歩むなり
されどもすでにああ四月となり
さくらしんじつに燃えれうらんたれど
れうらんの賑ひの交はらず

「室生犀星氏」（初出『詩歌』4巻5号　大3・5）の前半部分である。「かぎりなけれど」「ひたひあをかれど」「さだかならねど」と冒頭から逆接が畳み掛けられ、重層的な表記（陰陰、殷殷）が可能なオノマトペ（「いんいん」）が用いられ、「対象の定着をもとめる、はげしい欲求、執着のさま」（菅谷[*13]）が見られるのは、「寂しき春」と共通する。しかし、こちらは、逆接が次行を押し出してリズムを構成しており、外界への違和感にとどまらず自己顕示が強化されている。そして、「ひたひ」から「脳」へ、視線の深化は「脳はくさりてときならぬ牡丹をつづり」というまさに時ならぬ比喩、「意想外の感をもたらす異形のイメージが、ぬっと突き出された感じ」（大橋毅彦[*14]）を生んでいる。

「ことばのつかみかた」を「盗む」具体的実践的な犀星の方法を考えると、脳から牡丹の異形性は白秋から触発されたように思われる。『桐の花』（東雲堂　大2・1）[*15]には、松下俊子との姦通事件が惹き起こした錯乱のエピソードが描かれている（「白猫」）。「私は心の底から突きあげてくる哀しさと狂ほしさから、思はず傍にあつたグロキシニアの真赤な花を抓みつぶした、――鏡の中に一層《ひときは》強く光つてゐた罪悪の結晶が血のやうに痙攣《つりかゞ》んだ五つの指の間から点〻と滲み出る。」と潰れたグロキシニアは、潰され血を流す白秋の心身に他ならない。同様の心象は、「ぐろきいゝ、しにあつかみつぶせばしみじみとから紅のいのち忍ばゆ」（「哀傷篇」）と端的に歌われている。

高村光太郎の『道程』（抒情詩社・大3・10）所収の「人に」（初出『劇と詩』3巻9号　大元・9）[*16]でも、「ちやうどあなたの下すつた／あのグロキシニアの／大きな花の腐つてゆくのを見る様な／私を捨てて腐つてゆくのを見る様な」と智恵子の縁談への激しい拒絶感が、腐りゆくグロキシニアに表象されている。「ミステリアスな南米の花／グロキシニアの花弁の奥で」（「あをい雨」　初出『スバル』4巻7号　明45・7）と歌われているように、異国的、官能的なグロキシニアは、エロス的心象を托す対象たり得たのだろう。犀星が、白秋、光太郎の表象を、花に転位する心身として具体的な技法レベルで摑んだことが考えられる。皺が折り畳まれた脳と幾層もの縮れた牡丹の花弁は、形状的に似ていない訳でもない。心身の比喩ならぬ転位としての花は、白秋や光太郎のように心象に還元されるのではなく、新たなイメージの結合関係を生んでいく。それは、概念的審級を超えて、ことばの領域として対象を等しく扱うことでもある。

イメージを作り出す素材として等しくことばを扱うことは、もうひとつの犀星の文学的素地、美文の投稿家という出発地点に関わっているのではなかろうか。十六、七歳頃の犀星は、「行く春」（『少年世界』11巻9号　明38・7）「罪の子」（『政教新聞』明38・10・10）「鈴ちゃん」（同、明38・10・14）「犀川」（同、明39・1・2）「春雨の夜」（同、明39・3・8）「河辺の初春」（『文章世界』1巻1号　明39・3）「山寺の宿」（『政教新聞』明39・7・24）と、雑誌や新聞に次々と美文を投稿していた。奥野健男は「やたらに二重圏点がつけられた美辞麗句に飾りたてられた叙景文、抒情文、小品文の世界」について、「それは幼いころよりじっと寂しく眺めていた自然が、これらの文章によりけんらん豪華な美に変じる奇蹟を見た思いだったのだ。文学による現実の変革である。」と述べている。[*17] ことばが自律的な世界を作っていくことを身を以て体験したのである。

十代の投稿は、後に『庭を造る人』（改造社　昭2・6）で「少年時代の文章」と題し、「或夕、縁日の古本の埃の中より拾ひ上げ、後日のしをりのために茲に掲ぐること、はなしたり。当時予は十八歳なりき。」と偶然の邂逅として掲載されている。

乱れ伏せる芦蘆は秋のまゝになれど、水を抜く三寸の青芽を見ずや、破舟を操る舟子が蒼蒼として潤き初春の空を仰ぎて晴雨を窺ひ、聽ては櫓声と欸乃と和して無限の清韻を齎らすを聞かずや。

永き冬籠に欝々たりし頭脳も、一度犀川の下流に彳めば、宇宙の大気は爽に頭を払ひ、沈思せる冬の長き夢は醒めたる如し。東に医王の峯白く、南に倉ケ嶽翠に、秀姿暗に春を黙示して、堤上堤下春草微笑みつゝ、傾く夕日は血潮の如く野に山に水にうつりて、遠村の景、描くべく、幽に村歌一曲洩れぬ。

「河辺の初春」[*18]

初期犀星の習作については、夙に三浦仁が詳細に調査、紹介している。[*19] 三浦は、「河辺の初春」を繊細な観察眼や「春を迎える喜びと解放感の素直な表白」は認められるものの「明治の文学少年の書く普通の叙景的美文」であると評している。[*20] それは、類型的表現を体得しているということでもある。

この類型性は、「犀川」では更に顕著である。

嘵々として吹き初むる昔は「神の秘」の一曲或は高く、或は低く、切々嘈々たり漸くにして曲終れば、東天微かに紅を呈して雲動きぬ。嗚呼何等の美観！五色の彩雲を排《しりぞ》きて生れいでたる明治三十九年一月元旦！而して我が愛せる犀川に、黄金の波はゆらぎぬ昨日の我は新たなる天地の我なり、儚き去年の歴史を焼き捨て、新たなる飛躍を試むべく、霊泉の水を一掬すれば忽として気澄み、神の如き心地になりぬ

ここには、写実的な犀川の描写とは別次元の修辞的世界が成立している。「河辺の初春」も「犀川」も、犀川に特定されない、風景を普遍化する眼差しがはたらいている。それは、「行く春」が掲載された『少年世界』の他の投稿掲載文にも共通する。

（略）

青柳の下に腰打ちをろし、清き流れを前に眺めつつ、色々の話を続けた、涼風は木々の梢に触れて吹き来り余等の面を撫でる様に掠め、昼間の欝気は忽ち散じ心気清澄爽快なること、実に得も言はれぬ程である。やがて、東の雲を破ぶつて、銀のやうな月が美しき光を下界へあびせかけた。余等は唯だ悄然として、月の水にうつれる影に見とれて居つたのである。（以下略）　大阪市北区西野田大野町二丁目　小梶太実蔵「夏の月」

金沢と大阪、所は違えど、対象を修辞的次元に引き上げようとする規範的な感受性は同質である。北川扶生子は、〈文〉という分類は読者が書き手でもあることを前提とした実践性が特徴であり、「美文」については、「古典文化のなかで培われた〈連想の体系〉――美意識と教養の体系でもある――を保持する器としても機能した」こと、雑誌投稿欄を介して「同質性の高い読者に囲まれて発表され、読まれることで、実際に住んでいる場所から切り離され

た、個人としての〈私〉が形成された」と述べている。[*21]「河辺の初春」が掲載された『文章世界』の他の投稿掲載文を挙げてみる。

白椿の一輪今を盛りと咲き綻ぶ生垣の外、紺の手拭に紅の襷美はしき野良帰りのお米、『来るか〳〵と上下見れば川原蓬のかげばかりー』仰げば夕の薄月夢よりも淡く、一群は椿の木にかゝりぬ。と、燃ゆるばかりのお米が緋の袖にふれて、椿花一輪はたと地に落ちて花数片。

北総佐原町篠原　大崎凌霄花「平和なる夕」

ここに描かれているのは、「実景」ではない。白、紺、紅、緋という素朴ながら鮮やかな色彩、花と少女、色彩とイメージの響き合い、呼応がその内実である。「評」は「何等の詩趣。」と述べる。「河辺の初春」の「評」は、「縹渺たる文致、思はず人の心を誘ふ」である。北川が指摘するように、モチーフの相違を超えた〈文〉という次元が確実に存在している。

あるいは、明治三十年代から大正期にかけて夥しく出版された美文韻文の作法書の一つ、『花情月思美文千題』（秋梧散史編　名倉昭文館　明43・7）を見てみよう。「凡例」によれば、「秀才士女の筆に花と綴り成されし金篇玉章のみ。」で編集したものである。「花艶鶯嬌（春）」の部の「ぬきがき」（秋山欣子）を挙げる。

（略）

水天髣髴たる霞湖の沖合、夢と静けき空に、紅一抹のチャームなる光動きて、冷風颯々、冷露団々、顧れば櫛形の月は、お堀の松の頂に淡く落ちかかれり。何鳥にやあらん、月を掠めて斜に波上に浮びぬ。

と見る、藍見崎のあたり、鉦の音波に響いて、島陰より白帆小さき舟悠々と現れしを、忽ちに紅龍躍りぬ。まばゆき金色の光、ツツーと十里の浪を射て、万物は蘇りぬ。白き舟、白き鳥、皆余光をうけて美しう、鏡の如き浪の上をすべり行く。（以下略）

徳冨蘆花の『自然と人生』（民友社　明33・8）を思わせる絢爛華麗な美文である。風景は「美」の素材である。描かれているのは、固有の風景ではなく、抽象的な風景である。『美文千題』は、上欄に例文例句を載せており、「天文」ならば下位項目が「天」「日」「月」「星」「銀河」「雲」「風」等々、和歌の類題集同様に体系化されている。例えば、「日」を見ると、「八重の汐路に舂《うすづ》く金烏」「海より昇る朝日」「海に白銀の波を湧す」「白帆に映えては其の帆も金色となり」とあり、いかに定型を踏まえて差異的な「美」をつくるか、ということになる。「ぬきがき」の書き手の「秋山欣子」は、「紅一抹のチヤーム」などという〝ハイカラ〟な措辞を織り交ぜつつ、対句もリズミカルな文章を作っている。

美的規範と体系性は、現実の生活から相対的に自立した表現を成立させ、そのようなことばの領域として自律していく。「河辺の初春」では、実体的な「水を抜く三寸の青芽」も抽象的な「無限の清韻」も、美を構成する要素として均質である。「美」の内側にとどまり続けるのであれば、閉じた体系の中で差異を競い合うことになり、現実から自立するというよりは、分離固着してしまう。しかし、枠組みとしての規範的な〈美〉が相対化された時、概念の階層性を異化するものとして〈文〉の可能性が生かされる。「堤上堤下春草笑みつゝ」という例句そのままのような表現から、「傾く夕日は血潮の如く野に山に水にうつりて」への展開は、「血潮の如く」が美文的形容には収まらない過剰な内面を露呈している。それは、〈文〉と世界を高次に繋ぎ直す主体の萌芽である。後年の随筆集に習作期の美文を収録したのは、原点としての愛着だけではなく原型としての意味を感じとっていたからだろう。

犀星は、後に「感覚と比喩」（『文章倶楽部』6巻3号　大10・3）で、登場人物を描く特異な比喩について「決して誇張的描写や感覚的遊戯ではない。」と言い、「「愛猫抄」（『解放』2巻5号　大9・5）といふ小説の中に「女がうどんのやうな柔かいものを浮かべて微笑つた。」と書いたのも、実際のめのめしたうどんのやうな、表情が仄見えたからである。」と述べている。生理を介して「表情」と「うどん」は等価になる。犀星の独自の比喩は、生理的な次元でことばの等価な扱いがされているところにある。これは、生涯を通して変らない本質的な特徴である。

「室生犀星氏」の比喩の機能を超えたイメージ喚起力は、外界と対峙する逆接のリズムによって「いんいん」たる心象の深みを表出する。芸術家としての「かの室生犀星」という言挙げの裏にある不透明さが見える。規範的定型性は仮構力を持ち堪えることができず、固有の韻律とイメージが成立する。そして、「たとえばひとなみの生活をおくらむと／なみかぜ荒きかなたを歩むなり」という句に『愛の詩集』に繋がる現実的な着地点が示されている。

3　〈瞳孔〉の領野

「室生犀星氏」の芸術家意識が、『感情』（大5・6～8・11　全32冊）の同人であった朔太郎、山村暮鳥とも共有されつつ、決定的な差異があったことは、安藤靖彦、井上洋子が、犀星の「右の手」と暮鳥の「左の手」及び朔太郎の「手」の比較を通して指摘している。[*22] 安藤も井上も、朔太郎や暮鳥の芸術観の底にある禁忌の上に成り立つ背理、両義性の意識が犀星にはないことを挙げている。「いちずに芸術を信ずる思い」（安藤）「解体（引用者注：「制度としての言葉や道徳規範」を指す）の主体たる犀星の〈私〉は保持されたまま」（井上）という「健全」さは、朔太郎や暮鳥とは異なって、突出するイメージ喚起力を生む。

われ生きて佇てる地の上

われとともに伸びる遠き瞳孔
しんとして
輝きわたる瞳孔
はるかなり唯とほくして
消えむとする二つの瞳孔

悲しみ窒息し
ぼうとして
葱のごとき苦きものに築きあげられ
輝やける二つの瞳孔

「二つの瞳孔」（初出『秀才文壇』14巻3号　大3・3）

井上は、犀星の「目」が、「ラジウム」や「電気」が関心を集めた科学ブームを背景に、テクノロジーが活用された探偵映画「T組」（大3・6）や「プロテア」第二篇（大3・7）を介して、神秘と奇蹟のイメージが主体化されたものであると捉えている。それは、「〈見えざるもの〉を見とおす詩人の内的視力」の表象である。井上も指摘しているように、大正四年にかけて犀星の詩には「まなこは三角」（「兇賊TICRIS氏」『アララギ』7巻9号　大3・10）「凶悪なる眼は三角に」（「十悪光」『詩歌』5巻1号　大4・1）「眼は義眼」（「サタン」同）等、「目」が頻出し、「T組」の主人公チグリスに自己を擬して、詩的信条を表す「チグリスズム」なる語へ展開していく。しかし、「目」を表す語は、等しく扱われている訳ではない。「瞳孔」は差別化されている。

北原白秋の眼光は北原隆吉を超越す。人の眼を抜け、二つの瞳孔を受く。天よりにあらず。地上よりなり。

「懸命私録」（『詩歌』４巻10号　大３・10）

汝の瞳孔は今微かなる運動を為す。空現はれたり。瞳孔全く開き尽したる時汝は甚だしき羽ばたきを為す。

「林中思念」（『地上巡礼』１巻３号　大３・11　『寂しき都会』所収）

悪七兵衛はざんげのまなこを抜き出した
しかし此神の瞳孔は抜くことが出来ない

「神」（『詩歌』５巻４号　大４・４）

「眼」や「まなこ」とは高次の存在が「瞳孔」である。「林中思念」は「抒情詩信條」の(1)として『抒情小曲集』に収められており、犀星にとって「瞳孔」が象徴的概念であったことが窺える。「奇蹟の発光体たる〈瞳孔〉」という井上の指摘は妥当であるが、「二つの瞳孔」が「T組」や「プロテア」体験以前の作品であることを考えると、「瞳孔」の観念化が映画体験によって強化されたにせよ、その淵源は別のところに求められる。

「祈禱」（『詩歌』４巻４号　大３・４）に「毎日毎日バイブルを読みくらしてゐる。読んでも飽きたることの無いものである。」とあるように、聖書耽読の跡は、「合掌」の「耶蘇は畑中ゆう《ママ》ぐれに／われもゆふぐれ畑中に／葱はおとろゆ／夏の日に／耶蘇はものいふ／われもいふ」（「その二」）を始めとして、「神よ」「主よ」と呼びかける作品が証明している。「二つの瞳孔」の闇の中に出現する黙示的なヴィジョンも聖書的である。これは、次の一節を思わせる。

汝の身の灯火《ともしび》は目なり、汝の目正しき時は、全身明るからん。されど悪しき時は、身もまた暗からん。この故に汝の内の光、闇にはあらぬか、省みよ。もし汝の全身明るくして暗き所なくば、輝ける灯火に照さるる如く、

その身全く明るからん
身の灯火は目なり。この故に汝の目ただしくば、全身あかるからん。されど汝の目あしくば、全身くらからん。
『新約聖書』「ルカ伝」第一一章三四〜三六節
もし汝の内の光、闇ならば、その闇いかばかりぞや。
「マタイ伝」第六章二二、二三節

全身を輝かせる「目」の光とそれとは対照的な闇。比喩を超えて祭壇画を思わせる超常的現象が想起される。自分の身体でありながらそれを超越していくイメージは、「二つの瞳孔」に重なる。悲しみに塞がれそうになる精神の象徴としての「目」は、キリスト像を思わせる。「祈禱」で、犀星は、「彼れは熱から熱を彷徨した人だ。熱以上熱以下に出られなかつた人だ。軽卒な深刻と背景ばかり創つた生涯の人である。」と人間キリスト像を描き出す。「金属種子」（『詩歌』4巻2号　大3・2）では、「香気の高い香料と女のくろ髪とに踵をやうやくにして委せたクリスト。麦盗人のクリスト。／クリストは緑深い葱畑にユダヤ女としんみりと　吻してゐたやうな気がする。」とその肉体性をなまなましく想像する。「接吻」の「接」が削除されて一字アキになっているのは、表現の際どさのためであろう。犀星がいかにキリストに感情移入していたかは、「祈禱」で、「好きな好きなクリスト。センチメンタルでわがままで温和しくて女のやうなキリスト。すこしく嘘つきで真摯なクリスト。柔らな乳白の頬にしんみりと接吻がしたくなる。」と述べていることからも窺える。それが、「あれほどの淋しがりで片時も弟子を離したことのなかつた人間のまごころを持つてゐた彼も、ほんとに自らの信ずる心を遠くに伝へるときは、孤独になり切つて寂しい熱い祈を上げたのであつた。」「キリストには黒い瞳をもつた胸の白い美くしいマグダラのマリアが蹤いてゐました。このものの胸にもたれるのは少しの休息のなかつた彼の生涯の中で言ひやうの無い幸福でありました。」（「真に孤独なるもの」『ル・プリズム』1号　大5・4）という独自のキリスト像を結ばせる。寂しさに耐えつつ孤独を成立させ、唯一の女性に安息を求めるその姿は、自己投影されたキリスト像である。キリストを仮構された自己像として受け止め、「目」に象徴される聖書の光と闇のヴィジョンを通して抽象化することによって、「二つの瞳孔」の受肉的存在としての鮮烈なイメージが成立している。

それにしても、なぜ、「瞳」や「眼」ではなく、「瞳孔」なのだろうか。これには、やはり、暮鳥の存在が考えられる。井上は、暮鳥の詩には、「肉体の痛み、欠損のイメージ」が多く、中でも「「目」を損うというモチーフ」が繰返されていることを指摘している。[*23] 引用されている作品で気になるのは、「しめきつた肉の扉の／あるかなきかの鍵の孔よ」（「雪」『劇と詩』35号　大2・8）[*24]と穿たれるイメージの「孔」が用いられていることである。『聖三稜玻璃』（にんぎょ詩社　大4・12）所収の「À FUTUR」[*25]（原題「肉体の合奏の行進曲」『風景』1巻1号　大3・5）でも、「永遠にうまれない畸形な胎児のだんす、そのうごめく純白の無数のあしの影、わたしの肉体《からだ》は底のしれない孔だらけ……銀の長柄で事実が夜の讃美をかい探る。」と死の影を伴う性的欲望に穿たれた肉体が強烈な印象を残す。「春」（『創作』4巻5号　大3・5）[*26]では「うへの丘からくだつて来た神秘な糞と菜の花のにほひの合奏が／わたしを廻《めぐ》つて舞踏する、接吻する。／（暗い底のしれない孔を見ろ）」と淫欲と腐敗は底知れぬ「孔」からやって来る。

暮鳥において「孔」が根元的なイメージを託されていることは、早くも『三人の処女』（新声社　大2・5）の「AT HER GRAVE」（初出『新潮』16巻4号　明45・1）[*27]に見られる。

冬にして黄《きいろ》い午後、
梢に鴉がとまつてゐる。
柔かい肌のやうな夕となるも遠からず、
梟は眼をしばたたき、草は冷え、女達は
さすがに受胎をおもはず……

かしこに小さい穴がある。

あはれ、怖ろしき土の匂ひは、にしきゑの
影の秘密を知らないで、
なんの反抗も処女なれば、
そして欺かれて眠つたのは
十字架に聖《きよ》くゆるせし瑪瑙の霊魂

その穴のふかさよ、
その穴の周囲は次第に暗くなる、
梢に鴉がとまつてゐる。

（第三〜五連）

「次第に暗くなる」とは、性的存在であることから逃れられない人間の「罪」の暗示である。土に穿たれた小さくも深い「穴」は、人間を性の領域に下降させる入口である。「黄い午後」や梢に止まる「鴉」の不吉さは、聖なる「受胎」から遠ざけられている人間の徴候のようである。貴い霊力を宿す「瑪瑙」も人間の本質ではない。そのような光景を賢者の「梟」がじっと眺めている。

「孔」は、「汝の瞳は風の孔なり、世界なり」（「啼鳥余掟」『侏儒』2巻1号　大4・2）[*28]「感覚は孔である。」（「触覚抄」『アルス』1巻2号　大4・5）と肉体と世界の通路の表象として展開していく。暮鳥は、人間を「にくしん（「肉心」）」という独特の詩語で捉えているが、「肉」と「心」を持つ身体から「孔」を通して葛藤が噴出するイメージが喚起される。実際、暮鳥には、「肉心の噴水／形なき悩みなるかな」（「瞳のおく」『現代詩文』大3・7）[*29]という詩句がある。受肉的存在としての圧力がもたらす「孔」。犀星の「瞳孔」は暮鳥的「孔」を超越性（聖性）に転じる受苦として「瞳」に刻印したものではないだろうか。犀星、暮鳥、朔太郎の三人が、『感情』の前に発行した雑誌名が『卓上噴水』（大4・3～5　全3冊）であるのも、何やら暗示的である。

芸術の成立地点＝自己を分析的、論理的に捉えないことが表出の単純さを意味するのではない。「二つの瞳孔」は、穿たれ、噴出し、抑圧され、超越する人間が表象されている。肉体的かつ形而上的なこの作品は、『抒情小曲集』の中で最も特異な詩であり、最も観念化された自己像である。この作品でも、「われとともに伸びる遠き瞳孔」「輝きわたる瞳孔」「消えむとする二つの瞳孔」「輝やける二つの瞳孔」という反復が「瞳孔」の消長に伴う感情のリズムを形成している。しかし、「室生犀星氏」同様、もはや韻律が定型的な感情に着地することはない。

4　エロス的原像

〈魚〉は犀星の生涯を貫くモチーフであり、晩年の『蜜のあはれ』（新潮社　昭34・10）で金魚＝少女としてそのメタファが結実する。『抒情小曲集』時代のもう一つの重要な詩集『青き魚を釣る人』は、タイトルが示すように、犀星の原像としての〈魚〉の詩集である。これについて、夙に奥野健男は、「それは女を求める性の衝動に近いものだ。自分が魚になることは同時に女ひとを愛することに通じる。そして永遠にうしなわれた、生母、はじめから喪失してしまった母のもとに帰ることでもある。」と〈母〉に繋がる根元性を指摘している。[*30] この根元性は〈母〉に繋がり女に繋がるのみならず、犀星の自己像＝世界観の基本を示しているように思われる。

わがひたひに魚きざまれ
わが肌に魚まつはれり。

われ、いつのころより
かの魚と燐光をしたひしかは知らざれど
池のほとりに佇つとき
われよりかへりゆく青き魚を見る。

われ、水のなかにひそめるとき
魚もわがこころとともにあり。

われ、おほくの詩篇を焼けども
魚にかかはれるもの
すべてわが血もてはぐくめるもの
手にありてまた水にかへる。

われ、いま人の世の山頂
ただしく魚をいだきて佇てり。

「愛魚詩篇」(初出『秀才文壇』13巻9号　大2・9)

第四章「愛魚詩篇」の章題作である。〈魚〉は、刻印された存在の象徴でもあり、エロティックな交感の対象でもあり、分身でもある。水に還ってまた自分の許に戻る、世界と自分を環流する存在である。ここでも、「人の世の山頂」で啓示を待つ神の子に擬えて、自己像が描かれている。そもそもこのタイトル自体が聖書的である。環流する分身の基点としての自己。その根元にあるエロス。自己と分身は、交感し同化する差異と同一性を孕んだ関係にある。これは、現実的には、犀星の自然や生き物に向ける眼差しであろう。初出と詩集収録形はかなり異同があり、削除された初出の第一連後半では、「樹木を凝視し魚を感知するもの／ひとしく神を知る象徴は／水のへに建てるわが哀しき住家なり。」とその関係性を説明している。樹木と魚と人間は、遍在するものとして等しく観念化される。『抒情小曲集』でも、「あらたなる草木とゆめと唯信ず／神とけものと／人間の道かぎりなければ／ただ深く信じていそぐなりけり」（「旅上」初出『アララギ』7巻4号）「太陽と月光との道であり／われと君との道であり／むしけらの道でもある」（「道」初出『秀才文壇』14巻7号　大3・7）とうたわれている。

中でも、「けもの」は、「四足となり私は崖から上ぼる。崖からは血が流れる。」「われは人を嫌ふ。極端にむしろ惨酷に人を嫌ふ。浅くして徹したるの人を見よ。／むしろ四足を愛す。われは元より四足なり。」（「懸命私録」）と人間の域を超えた全身的な信仰＝芸術の探求者像となる。これに基づいて「われ登らんとするとき崖より血しほ流れたり。」と「抒情詩信條」の⑸が作られている。断崖と詩という形象化には、やはり、暮鳥との影響関係を感じる。暮鳥も「啼鳥抄」（『地上巡礼』2巻1号　大4・1）[*31]で、「わが詩は颶風《あらし》の中心なり／わが詩は崖の上をはしる／わが詩は無始無終の草の蔓なり／わが詩は刹那の燈明なり／わが詩は明日なり」と「詩」を定義する。崖を走り、始めも終りもない詩の「蔓」はイマジスティックであるが、身体性は喚起されない。暮鳥の「崖」は形而上的断崖である。共通することばは、表出の差異からそれぞれの固有性を引き出していく。

ところで、「愛魚詩篇」にも見られる聖書的啓示への自己仮託は、真言宗の寺、雨宝院で育ったことと無縁ではないだろう。犀星は、幾度も自叙伝をかいたが、その中で養父室生真乗への敬愛の念を繰返し語っている。第一詩集『愛の詩集』は、「みまかりたまひし／父上におくる」という献辞があり、「千九百十七年九月二十三日のまだ夜の明けぬうちに私はその最愛の父を失ふた。父は真言宗の一僧都としてその神の如き生涯の中、私を愛し私の詩作をはげました。」と真乗を追慕している。養母のハツとは激しく葛藤する一方、真乗は、犀星にとって心の聖域だったのである。

『青き魚を釣る人』の「青き魚を釣る人の記　序に代えて――」でも、生母の記憶が「あのまるまるとした乳房を力一杯に握つたことばがはつきりと指頭からすべすべと感じ出される。……」とエロス的領域に集約されるのに対し、真乗は、精神的感化の源泉として意味づけられている。若き日、『抒情小曲集』時代の犀星は、金に困ると帰郷しまた上京した。一回目の帰郷については、「いろいろな過激な都会生活の諸相が、澄み切つた沼のやうに寂然として頭の中におさまつてゐるばかりでなく、あくまで善いもの悪いものの区別がはつきりと判るやうな気がしてゐた。」、二回目については「すぐやさしい幼児のやうな初初しい感情になつて、嬉しさうに地べたを小躍りして踏んだ。」とある。犀星は、住職の養父と寺院という養育環境を精神性の形成基盤とすることによって、空白の出生以降の己が存在を形而上的に充填しようとしたのである。〈魚〉として形象化されたエロス性は、空白のままである。

なやましき日の暮れなり
陶土《つち》をもて
忘るるとなき魚の姿をつくりてありぬ。
かぎりもあらぬ肌の蒼さ。

草の葉のかなたにそよぐまに
ひとつの魚をつくり終えたり。
しろがねの眼をうがち
月白くいづるまで七つの魚をつくりて
このふるびたる僧院を泳がしめむ。

（略）

ああ、北国の山なみふかく
ひかりて絶えぬ四季の雪
青ければ煙りて絶えぬ四季の雪
その雪にこころ悲しく放てば消ゆる七つの魚
ひとつは君に走りておもひを送り
君がちぶさのぬくみに親しまむ。
魚よ
なやましき日はすでに暮れはてて
いましのみ人生にひかり出でたり。

同じく「愛魚詩篇」中の「七つの魚」（初出『創作』３巻２号　大２・９）である。犀星は、「寺院」ではなく「僧院」と言っているが、建造物ではなく、内部の僧侶の生活をイメージの主眼とするからであろう。やはり、聖書のシンボル的な「七」の数字を用いている。神秘の顕現である「七つの魚」は、金沢の雪の中、「君がちぶさ」を目指して泳いでいく。聖域から出てエロスに届く〈魚〉。精神と官能、聖と性、そのトポスとなるべき故郷は心象の次元でしか成立しない。奇蹟の〈魚〉によってしか「聖」と「性」のトポスが表出し得ないということは、父なるものと母なるものが自明の位置を占めていないということである。「七つの魚」は、僧院、〈魚〉、金沢、恋人という基本的な題材で綴られた存在の原風景である。

『青き魚を釣る人』で、自然や生き物との交感と同化は新鮮な表現を生んでいる。「繊くして鮎のごとき月／はるかなる波間にうかぶ。」（「ある日の薄暮」初出『創作』4巻1号　大3・1）と「鮎」は恋愛の背景となり、「しののめよりゆふぐれにわたりて／わが垂れたるうなじのもとに／狂へるごとく吼え立てよ、犬」（「美しき犬」初出未詳）と「犬」は「わが畜生のごときこころの形そのまま」となり、「夜夜冷えまさりキチキチ虫は泣きさけび／わが身のまわりに水を撒く。」（「深更に佇ちて」初出『創作』3巻4号　大2・11）と虫の音は恋の嘆きに同調する。安藤は、「犀星にあっては自然の鼓動はそのままわが生の鼓動となり、それはそのまま詩のリズムとなるという構造」があり、暮鳥の「形相」と「実在」、朔太郎の疾患と聖性という背理的な存在論の欠落を指摘している。[*32] しかし、「そのまま」とは予定調和を意味するのではない。その都度の分身と回帰が行われ、対象と関係を結び直して環流し続ける構造である。『青き魚を釣る人』に見られる自己と分身が環流する構造は、犀星の世界観の基盤である。

根底にある〈魚〉と自己の流動性、変容性が、あるいは、「春の寺」（初出『風景』1巻1号）のような溶解することばの風景を描き出すのだろうか。

うつくしきみ寺なり
み寺にさくられうらんたれば
うぐひすしたたり

さくら樹にすゞめら交《さか》り
かんかんと鐘鳴りてすずろなり。
かんかんと鐘鳴りてさかんなれば
をとめらひそやかに
ちちははのなすことをして遊ぶなり。
門もくれなゐ炎炎と
うつくしき春のみ寺なり。

「寂しき春」でも「したたり止まぬ日のひかり」とあったが、ここで滴るのは「うぐひす」である。そもそも、この光の形容が、白秋の「真珠抄」の一篇、「滴るものは日のしづく。／静かにたまる眼の涙。[*33]」（『スバル』5巻9号）に触発されていることは、久保忠夫が指摘している。[*34] 犀星は、「愛誦詩篇」（『詩歌』4巻5号）で「利根川旅中のあひだ、河原にねころびてまいにち誦ひもうし候。さみしくなりて意識をあつめ凝らせるをりからにて候ひければ涙感しきりにいたり申し候。まことにしたたるものは日の光のみにて候ひき。」と旅の身を感情移入させ、全面的に共感している。それが、「春の寺」では、視覚内での形容にとどまらず、聴覚と視覚が相互に変換され、ことばが更に自立して世界の全身的な感受を表出している。「れうらん」「したたり」「交り」「かんかんと」「ひそやかに」「炎炎と」と、平仮名表記の音のイメージと漢字表記の視覚的イメージが交わり、重なり、陶然たる情景が描き出されている。
この互換的な肉体性は、回遊する〈魚〉のイメージに重なる。

注

＊1　伊藤信吉『抒情小曲論』（青娥書房　昭44・11）

＊2　三浦仁『研究　露風・犀星の抒情詩』（秋山書店　昭53・3）の「室生犀星／第三章『抒情小曲集』の主題と方法」。

＊3　引用は『萩原朔太郎全集』第3巻（筑摩書房　昭52・5）による。

＊4　久保忠夫『室生犀星研究』（有精堂　平3・11）の「犀星の「寂しき春」」（初出『東北学院大学論集〈一般教育〉』27号昭31・12）。

＊5　引用は『白秋全集』第2巻（岩波書店　昭60・4）による。

＊6　引用は『定本　上田敏全集』第9巻（教育出版センター　昭60・3）による。

＊7　初出、再録（『感情』1巻2号）共に、オノマトペは用いられていない。「つうつうと啼く」に該当する行は、初出では「あやしき針の音にき丶入るごとし」であるが、再録で削除され、詩集収録で現行の形に改変された。

＊8　菅谷規矩雄「室生犀星――詩の初期と晩期」

＊9　新保千代子『室生犀星ききがき抄』（角川書店　昭37・12）の「佐部すて」、室生朝子『父犀星の秘密』（毎日新聞社昭55・7）の「林ちか」、宮崎夏子「続犀星の生母をめぐって」（『室生犀星研究』14輯　平8・12）の「池田初」。『室生犀星事典』（鼎書房　平20・8）の「小畠吉種」の項（船登芳雄）による。

＊10　『弄獅子』（有光社　昭11・6）引用は『室生犀星全集』4巻（新潮社　昭40・11）による。

＊11　星野晃一『室生犀星　何を盗み何をあがなはむ』（踏青社　平21・4）の「Ⅱ　変革／1「弄獅子」という標題」。

＊12　＊2と同書の「室生犀星／第二章『抒情小曲集』の基本的問題」。

＊13　＊8に同じ。

＊14　大橋毅彦『室生犀星への／からの地平』（若草書房　平12・2）の「Ⅰ　イメジャリーの誘惑／発光する〈乞食〉像」。

＊15　引用は『白秋全集』第6巻（岩波書店　昭63・1）による。

＊16　引用は『高村光太郎全集』第1巻（筑摩書房　平6・10）による。なお、原題は「N――女史に」。『道程』で「――

に」、『智恵子抄』(龍星閣　昭16・8)で「人に」と改変された(「解題」北川太一による)。
＊17　奥野健男「室生犀星入門」　初出『日本文学全集33　室生犀星集』(集英社　昭48　原題「作家と作品」)引用は『室生犀星評価の変遷――その文学と時代――』(三弥井書店　昭61・7)による。
＊18　『庭を造る人』では「初春の川辺」と題されている。
＊19　三浦仁『研究　露風・犀星の抒情詩』『室生犀星――詩業と鑑賞――』(おうふう　平17・4)
＊20　三浦仁『室生犀星――詩業と鑑賞――』の「室生犀星の詩業/第二章　初期習作　(4)　散文」。
＊21　北川扶生子『漱石の文法』(水声社　平24・4)の「第一章　書く読者たち」。
＊22　安藤靖彦「『月に吠える』の地脈――「感傷詩論」などとのかかわりで――」(『説林』28号　昭55・1)
井上洋子「〈凶賊チグリス〉の行方――室生犀星と言語革命――」(『日本近代文学』49集　平5・10)
＊23　井上洋子「暮鳥と神秘思想――「奇蹟」と「影像《イメージ》」――」(『近代文学論集』13巻　昭62・11)
＊24　『黒鳥集』(昭森社　昭35・1)所収。引用は『山村暮鳥全集』第1巻(筑摩書房　平元・6)による。
＊25　引用は＊24に同じ。
＊26　引用は『山村暮鳥全集』第2巻(筑摩書房　平元・7)による。
＊27　引用は＊24に同じ。
＊28　「啼鳥余掟」「触覚抄」の引用は『山村暮鳥全集』第4巻(筑摩書房　平2・4)による。
＊29　引用は＊26に同じ。
＊30　奥野健男「青き魚――室生犀星の詩的故郷――」
＊31　引用は＊28に同じ。
＊32　＊22に同じ。
＊33　引用は『白秋全集』第3巻(岩波書店　昭60・5)による。
＊34　＊4に同じ。

第二章　意味と秩序——

『愛の詩集』『第二愛の詩集』『寂しき都会』——

1　志向性

(1)　概念と詩語

『抒情小曲集』で「小曲」の定型性を局限化し、「抒情」として自己を表出した後は、新たな段階に進む他はない。それは、「室生犀星氏」の中でも、「たとへばひとなみの生活をおくらむと／なみかぜ荒きかなたを歩むなり」と予告されていた。『愛の詩集』への転進が必然的であったことは、夙に伊藤信吉が、「愛と人道との精神とは、生活の破綻を生活の楽しさに変えたいと希う、もっとも現実的な欲望に他ならなかった。それはイメージではない。地上の生活への格闘である。」と指摘し[*1]、井上洋子も「犀星の場合詩人としての自己確立は、即ち生い立ちによる傷を癒すことにつながっている。」と述べている[*2]。

人道主義的な詩集として位置づけられる『愛の詩集』であるが、「人道主義」は詩人＝生活者としての犀星の確立に不可欠だったのである。「ひとなみの生活」への烈しい希求は、イズムによって整序されることによって、表出が可能になった。『愛の詩集』と『第二愛の詩集』（文武堂書店　大8・5）は、犀星が最も思念的であろうとした詩集である。

『愛の詩集』の「自序」で犀星は、「この宇宙にあるものはみな正しい。それが自分のやうな汚れたものにとつては、たまらなく苦悶をかんじさせる。その正しいものをとり入れて能くこなして、自分も又美しいそれらの最上な潔い意志によつて営みたい、なるべく自分を清めたい。」と「宇宙」として具現化された神の摂理を内面化し、普遍的存在に近づく努力を続けたいと表明している。「自分が今ここに人として正しい道を通りつつあることや、又それらのものについて多くの表現と韻律を贏ち得たことは、ここに集輯した作品に於て、極めて明らかにした。」と

〈正しさ〉が如何に核心的であるかを誇らしげに断言してもいる。このように、「自序」では〈正しさ〉の理念化が顕著であり、「汚れた」自分の対極として意味づけられている。犀星は、理念との緊張関係を持続しようとしている。

おれがいつも詩をかいてゐると
永遠がやつて来て
ひたひに何かしらなすつて行く
手をやつて見るけれど
すこしのあとも残さない素早い奴だ（以下略）

「はる」（初出『詩歌』6巻4号　大5・4）

自分はいつも室に燈明をつけてゐる
自分は罪業で身動きが出来ない気がするのだ
自分の上にはいつも大きな
正しい空があるのだ
ああ　しまひには空がずり落ちてくるのだ

「罪業」（初出『アルス』1巻3号　大4・6）

「永遠」を「素早い奴」と呼び、「なすつて行く」と表現する。あるいは、「罪業」の大きさで「正しい空」が「ずり落ちてくる」。犀星は、〈正しさ〉を肉体を介して内面化しようとする。『抒情小曲集』の文語とは異なり、口語の中でも俗語的な表現で内面化された観念が仮構される。

型破りな口語の使用は、福士幸次郎から刺戟を受けたからではなかろうか。「『太陽の子』の著者へ」（『詩歌』4巻9号　大3・9）では、「第一貴著に於て小生の最も喜び申上げ候ひしはリズムの豊富と自由との二件にこれあり候（略）貴兄の所謂『眼をでんぐり返し』たるの世界は片片たる草花屋霊魂屋の小僧詩人にしかと読ませたくぞんじ候。」と賛辞を贈っている。「最近の二詩集」（『遍路』1巻2号　大4・2）で、犀星は、光太郎と幸次郎を比較しつつ、「福士幸次郎氏のリズムがあらしであれば氏は強風である。あらしは荒れ、強風は遼遠に燃える。」と幸次郎のアナーキーな表現に注目し、「大正四年の詩壇」（『読売新聞』大4・12・22）でも「福士幸次郎氏の『太陽の子』が誰も何もかさずに内輪に読まれた。高村光太郎氏の『道程』も内輪に見られた。この二詩集を起点として詩壇の将来といふことを言へるなら私には喜ばしいことだ。」とその年を代表する詩集として二者を高く評価している。その『太陽の子』（洛陽堂　大3・4）[*3]には、犀星が一節を引用した「発生」（初出『テラコッタ』1巻1号　大元・12）が収録されている。

僕は別な空気をすふ、
別な力を感ずる。
僕自身はもう草だ、
新しい発生だ。
突きあたりつきあたり、
そして突き破り、突き破り、
吾等の行く先の魂をつかみたい。
途轍もない世界の果てに、

　　真実な産声をあげて、
　　底力ある目玉をでんぐりかへしたい。

「発生」には、「女よ、爾の罪は赦されたり。─馬太伝─」と前書が付いている。再生は、福音書の恩寵に等しい体験であった。それは、一般的な詩語では表出し得ない。「僕自身はもう草だ、／新しい発生だ。」という文法の整合性を無視した言い方は、感覚と表現の距離が限りなく近い、まさにことばが「発生」する現場に立ち会っている印象を与える。「突きあたりつきあたり、／そして突き破り、突き破り、」「底力ある目玉をでんぐりかへしたい。」と対象と直に激しく渉り合うことばが横溢する。いわば、比喩未満の直接性が、一回的な個の真実を表出している。この体験は、「自序」で、「青春の衰へを星雲の中に歯がみして死ぬ生き埋めの如き自分の『一生』を書いて殆ど再び行き詰りの絶頂に達《とど》いた自分は突如として生の勢のよい『発生』を感じた。」「奇蹟的出来事」であると述べられている。

真実は、肉体のことばによって語り得る。犀星は、これを幸次郎から受け止めたのではないだろうか。『太陽の子』には、「建設の前には破壊が必要だ／古い真理だが常にさうだ／底からひつくりかへして／あの芳烈な香ひがする／処女の地膚をむき出しにするのだ」（「断へず恋してる如く」初出『創造』36号　大2・8）「このぼんやりしたものの中に／身体《からだ》を投げ出しながら／自分はどんどん産むだけのものを産んで行く／産んで産んで産み飛ばすのだ」（「ああLOVEよ」大2・8・9執筆　初出未詳）「ほころびるもの／うらなり／ぐにやぐにやしたもの／皆確かな生命を吹きこめられる／活発な生を感じる／弾力がつく／どんでんがへしにはずんで生きる」（「日本の文学者に与ふる歌」大2・8・16執筆　初出未詳）と転覆＝再生のイメージが頻出する。再生のヴィジョンは詩語と日常語の位相の上下も転覆させることによって可能になる。犀星が、粗野な印象を与えることばを選択したのは、〈転覆〉によって形而上的な概念を固有の詩語に変えるためである。内なる秩序を作り上げるためには、それが必要であった。

(2)〈生活〉の思想

中野重治は、「朝の歌」（初出『詩歌』6巻3号　大5・3）について、「日常生活のなかの、普通の、何でもないことだつたが、その何でもないことが、はじめて経験することのようにこういう言葉で自分にわかつてくる。」と語っている。[*4]

こどものやうな美しい気がして
けさは朝はやくおきて出た
日はうらうらと若い木木のあたまに
すがらしい光をみなぎらしてゐた
こどもらは喜ばしい朝のうたをうたつてゐた
その澄んだこゑは
おれの静かな心にしみ込んで来た
おお　何といふ美しい朝であらう
何といふ幸福《しやはせ》を予感せられる朝であらう

生活が風土に根差したものであるとするならば、ここにはその喜びが余すところなく描かれている。循環する自然のリズムへの同調は、原点の身体性を呼び覚ます。[*5]それが、「こども」という比喩である。

これが、犀星が捉えた生活の本質であったことは、対になる「夕の歌」（初出未詳）の一節からも窺える。

人人はまた寂しい夕を迎へた
人人の胸に温良な祈りが湧いた
なぜこのやうな夕のおとづれとともに
自分の寂しい心を連れて
その道づれとともに永い間
休みなく歩まなければならないだらうか
けふはきのふのやうに
変ることなく　うつりもせず
悲哀《かなしみ》は悲哀のままの姿で
またあすへめぐりゆくのであらうか
かの高い屋根や立木の上に
けふも太陽は昇つて又沈みかけてゐた
それがそのままに人人の胸にのこつた
人人はよるの茶卓の上で
深い思索に沈んでゐた

「けふも太陽は昇つて／又沈みかけてゐた」と行分けするのではなく、「けふも太陽は昇つて又沈みかけてゐた」

と一行で言い下している。太陽の一日のサイクルが身体化されている。それが感情と思考を形成していくのである。ここには、『抒情小曲集』には見られなかった風土と生活の親和が描かれている。それが、意志的に獲得するものであるのが、『愛の詩集』の特徴である。「何といふ幸福を予感せられる朝であらう」という「朝の歌」の詠嘆は、「夕の歌」では、「なぜこのやうに夕のおとづれとともに／自分の寂しい心を連れて／その道づれとともに永い間／休みなく歩まなければならないだらうか」と内省に変わる。ここでも、「休みなく歩まなければならないだらうか」と身体感覚は一行で言い下されている。それは、自然のサイクルに還元できない、線状に伸びる前途の意識である。『抒情小曲集』の抒情の着地点であった〈寂しさ〉が、ここでは時間化されている。線状の時間意識と「悲哀は悲哀のままの姿で／またあすへめぐりゆくのであらうか」という円環する時間が重層化していく。「人人」という言い方は、「人類」にも通じる人道主義的な普遍性を共有しようとする姿勢であるが、その内実は、犀星固有のモチーフである。〈寂しさ〉という仮構された着地点は、仮構されたままで、モチーフとして継続される。

意志的な獲得は、ことばにおいてどのように実現するのか。それは、自己と環境の固有の関係性を構造化することであろう。

僕は畑をふんで街へ出る
畑をふんで自分の室へかへる
畑は毎日どんどん肥える
いつ見ても土のいろは堪らなく健康だ
晩は晩で大きな温かい生きもののやう
ぼおつとして息をしてゐるやう

ああ　いいな思ふ
半日も街へ出てゐると
堪らなく自分の室が恋しく
すぐに帰へりたくなる
畑をふんでどんどんかへる（以下略）

「自分の室」（初出『感情』2巻2号　大6・2　原題「この大地を抱いて」）

「畑をふんで」街と「自分の室」が繋がっていく喜びが伝わってくる。ことば遣いは素朴平明というよりも、「ああ　いいな思ふ」など稚拙と言ってもいい。しかし、ここでは「畑をふんで」の反復と「畑は毎日どんどん肥える」「畑をふんでどんどんかへる」の同調という単純な構成によって、繋がること、トポスが形成される喜びが端的に表出される。[*6] 自分の室―畑―街。目的地との間に介在するものがあり、それに愛着を覚えるようになってこそ、自分の周りの空間はただの場所からトポスに変容し、世界と自分を受け入れる感覚が生じる。「自分の室」の〈畑〉は親和的な世界の結節点である。それは、モノではなく、息づく肉体である。ここには、既成の「美」の概念を超えた固有の発見がある。慣用的なオノマトペや日常語、単独で取り出すと散文的な表現と変らないことばは、〈畑〉を結節点とする共鳴と呼応の関係性によって、散文ではなく、作者の意識の表象としての「詩」に変わる。これは、外在的な形式によって抒情を構造化するのではない、モチーフとの関係性によって感情を構造化する口語自由詩の詩法である。

実生活では、犀星の養父室生真乗が大正六年九月二十三日に七十三歳で死去。犀星は九月二十七日に家督を相続し、同郷の浅川とみ子と婚約、翌大正七年二月十三日にとみ子と結婚する。明治四十三年五月に上京した犀星は、下宿を転々とし、上京と帰郷を繰返していたが、大正五年七月十日、本郷の千駄木から郊外の田端に転居する。田端は、昭和三年十一月に大森に転居するまで、犀星の生活の地になった。「自分の室」の初出は『感情』2巻2号（大6・2）である。田端に越してから半年が過ぎており、その後の安定した家庭生活、まさに「ひとなみの生活」（「室生犀星氏」）の開始地点であった。

大正五年の秋に、犀星はとみ子と文通を始めたとされている。その後に書かれたであろう「永遠にやつて来ない女性」（初出『感情』1巻4号 大5・10）は、犀星の〈庭〉の本質性を物語っている。

秋らしい風の吹く日
柿の木のかげのする庭にむかひ
水のやうに澄んだそらを眺め
わたしは机にむかふ
そして時時たのしく庭を眺め
しほれたあさがほを眺め
立派な芙蓉の花を讃めたたへ
しづかに君を待つ気がする
うつくしい微笑をたたへて
鳩のやうな君を待つのだ
（略）
おれはこの庭を玉のやうに掃ききよめ
玉のやうな花を愛し

ちひさな苗のやうなむしをたたへ
歩いては考へ
考へてはそらを眺め
そしてまた一つの塵をも残さず
おお　掃ききよめ
きよい孤独の中に住んで
永遠にやつて来ない君を待つ（以下略）

〈庭〉を「掃ききよめ」ること、それは「君」を迎え入れる準備を整えることである。自分の心も清浄に保つことである。呼称も、一般的な「わたし」から主体の個を感じさせる「おれ」に変わり、「おれはこの庭を玉のやうに掃ききよめ／玉のやうな花を愛し」「歩いては考へ／考へてはそらを眺め」と比喩は次の対象を、行為は次の行為を呼び寄せ、連動するリズムは「おお　掃ききよめ」と行為を感情の象徴へ押し上げる。それは、「永遠にやつて来ない君」を待ちうける、結婚に対する敬虔とも言える心情である。〈庭〉は、「君」が「妻」として降り立つ領域であり、「家庭」の外延である。

実生活でも、犀星は終生庭造りに情熱を傾けた。「馬込林泉記」の「僕も無理をいふが無理を押しとほさないと形が出てこないのだ。（略）そこまで揉まれる気持はもはや植木屋などへトへトにし、僕もくたびれ、ことに植木屋は半分投げ出すやうな気持にさへなつてゐた。さういふときにいい加減なことで仕事のかたをつけてやれば、一生形をなさない石を見てゐなければならなかつた。」（「一原稿料」[*7]）という件を読むと、まさに格闘である。格闘するからこそ、「私は庭とけふも話をしてゐた／私は庭の肩さきに凭れてうつとりとしてゐた／私は庭の方でも凭れてゐることを感じた／私は誰よりも深く庭をあいしてゐた／私は／私は庭にくちびるのあることを知つてゐた」（「春の庭」『ホームライフ』2巻4号　昭11・4）というエロス的擬人化が可能になる。その情熱の根底にある〈庭〉の思想、外に開かれつつ内に囲い込む、永遠に完結しない空間という受容が、「家庭」前夜のこの作品に表出されている。

(3)　固着する韻律

「ある街裏にて」は、犀星も徘徊した都市の底辺の図である。

ここは失敗と勝利と堕落とボロと
淫売と人殺しと
貧乏と詐欺と
煤と埃と饑渇と寒気と
押し合ひへし合ひ衝き倒し
人人の食べものを引きたくり
気狂ひと癲癇病みのやうな乞食と
恥知らずの餓鬼道の都市だ
やさしい魂をもつたものは脅かされたり
威かされたりして
しまひに図図しい盗人になるのだ
（略）

又すべての芸術志望者らの虐げられた生活は
極貧とたたかつて
ただ一本の燐寸のやうに瘠せほそつて
餓鬼道のやうに吠え立つてゐるところだ
空気はいつも湿け込んで
灰ばんでゐるのであつた
人間の心を温かにするものは無く
又不幸な魂を救うべきことも為されてゐない
みんなはありのままに
ありのままなのら犬のやうに生きてゆく

初出は「自分の室」と同じく『感情』2巻2号である。世界を受け入れつつある「自分の室」の一方で、犀星は、「みんなはありのままに／ありのままなのら犬のやうに生きてゆく」局限の図も描いている。「失敗と勝利と堕落とボロと」「煤と埃と饑渇と寒気と」、抽象概念も具体物も、そこにあるものは等しくモノとして扱われている。在るということが存在のすべてである。無垢な魂の墜落という捉え方には、大正五、六年当時のトルストイ、ドストエフスキーへの傾倒ぶりを窺わせるが、主眼はそこにはなく、生き延びていくための剥き出しの姿である。モノとして畳み掛けていくリズムは、下降を加速させ、生の下限に着地しようとする。それは、そのような地点への共鳴である。法に触れる者たちが「恥知らずの餓鬼道の都市」という深部であるならば、「すべての芸術志望者ら」もまた、「餓鬼道のやうに吠え立つてゐる」。芸術志望者の一人である犀星は、両者に通底する救い難さを見るのだ。[*8]

モノへの還元を加速し、生活の下限に降下し、自己とそれらに亘っていくリズム。第一章でも述べたように、ハツのもとでの生活は、曰くある子供たちが金銭によって引き取られた生活であり、義理の姉のテヱは、遊郭での年季勤めを度々強いられた。犀星は、特異な家族の局限の姿を見出したのではないだろうか。菅谷規矩雄は、「寂しき春」の「たたみ重ねの呼応」と「同音重加の語法」を「情景の核心に固着した韻律」と呼んだ。「ある街裏にて」も、列挙と「餓鬼道の都市だ」「図図しい盗人になるのだ」「自分の瀕死的な境遇の仇を打つところだ」「下劣な利己主義者の群があるばかりだ」「餓鬼道のやうに吠え立つてゐるところだ」という断言が「たたみ重ねの呼応」になっている。〈寂しさ〉という抒情には収束し得ない自己の根源への問いかけは、「夕の歌」では循環する自然のサイクルには還元できない個の時間性となり、「ある街裏にて」では生活の下限に降下するリズムとなる。

2　トポスと比喩

(1)　具現化

田端で生活の基盤を築いて以降、作品には再び独自の比喩が現れる。これは、『第二愛の詩集』の特徴の一つである。

一つの陶器を据えて見てゐると
その底の方に微妙な音をひそめてゐるのが
けさはあきらかに
私の胸につたはつて来る

貝類に耳をあててゐるやうだ
そのまるい柔らかい底から
限りもしれない泉が湧くやうだ
ひたひたと心を濡してくるのだ（以下略）

「一つの陶器」（初出『感情』3巻7号　大7・7）

泉が湧出する陶器は、貝類という形容といい艶かしい。泉は、「にんぎょ詩社」時代の『卓上噴水』から持ち越された詩的イメージであろうか。美術が好きで、金沢では共に「北辰詩社」のメンバーであり、後に東京美術学校教授になった田辺孝次と親交のあった犀星は、水が迸る壺＝女性の豊饒さというシンボル性を踏まえたのだろうか。そこは判然としないが、晩年の「陶古の女人」（『群像』11巻10号　昭31・10）に直結するエロティックな感受性である。〈庭〉同様、終生愛好した〈陶器〉が、うたうべき対象として取り上げられる。観念的な〈正しさ〉ではなく、嗜好性が拓くイマジネーションがモチーフとなる。

これは、世界と繋がっている実感があってこそ成り立つ。「月を眺めて」（初出『感情』3巻10号　大7・10）では、「私がひらいた雨戸の音は／夜の葉と葉の上を亘り／月の中心にまでとどいてゆくやうだ／かしこにもまた何者かが居て／見下ろしてゐるやうな微妙さが来る」と語られる。「月の中心にまでとどいてゆくやうだ」で終らずに、呼応する気配を語らずにはいられない点に、在るべきところに在る＝〈正しさ〉を具現化した犀星の喜びが表れている。

自分の嗜好性が風景を捉える視点となるのは、次の「草原」（初出『感情』3巻11号　大7・11）も同様である。

僕はしぐれの季節が好きだ

やや枯れはじめた草原などで
あるかないかの雨あしをしらべるときの
定まりのない心はなににたとへていいか分らない
深い田舎の秋にはそれが多い
さういふとき人間の心はじつに優しさに深められる
心は時計のやうに敏活《さとり》ふかくなるのだ
私は国にゐて
くらい座敷の一と隅に机を据えて
よくその音をきいた
いまもその時雨の音がきこえる

時雨は、「あはあはしきしぐれなるかな」（「十一月初旬」初出未詳）「あはあはしい時雨であつた」（「しぐれ」同）と『抒情小曲集』でも『愛の詩集』でもうたわれている。「あはあはしき」とは、菅谷が指摘する詩的リズムの局限としての「同音重加」の技法であり、「「しぐれ」にひきつけられるじぶんの風土的感性」は十分自覚されているが、対象化しきれない「情念の源泉」への執着の表出である。[*9] ここでは、その「風土的感性」、季語と故郷の風土によって涵養された感性が、改めて個の視点から対象化されている。菅谷が言うところの、「風土と情念との「あはあはしい」違和」は、「やや枯れはじめた草原」「あるかないかの雨あし」「定まりのない心」と対象の微妙さに転化する。微妙さを捉える心は、「時計」に喩えられる。

〈時計〉も、犀星が愛好したものである。田辺孝次の息子で、戦後の一時期（昭和二十四年三月～十月）離れに居候していた田辺徹は、犀星と時計について、「小さく精密な機械、とくにそれが目に見えない奥処で、正確な時間を美しく刻んでいる腕時計に、犀星は一目置いていた。家中の時計をぴったり合わせておくのも好きで、精密な作業をする時計に対する犀星の感情にはまるで宗教的とでもいおうか、ほとんど時計崇拝アニミズムのようなものがあった。」と回想している。[*10] 随筆「時計」（初出『令女界』14巻1号　昭10・1）[*11]で、犀星は、「東京駅の時計は馬鹿づらをした正直者のやうに正しい。時計といふものは大きいほど馬鹿のやうにぽかんとしてゐる。」「僕の田舎の家に六角の柱時計が茶の間にかけられてゐたが、いま、それを思ひ出すと何故か草深い感じがしてならなかつた。」と述べている。〈時計〉は風景の一部であり、風土の差異を喚起させるものなのである。普遍的でありながら差異的な風土に属するものが、〈時計〉なのだ。

自分を基点として世界が広がる親和的な感覚は、ストレートに世界観をうたった場合ではなく、具体的なものを取り上げた場合に率直に表出されている。

本をよむならいまだ
新しい頁をきりはなつとき
紙の花粉は匂ひよく立つ
そとの賑やかな新緑まで
ペエジにとじこめられてゐるやうだ
本は美しい信愛をもつて私を囲んでゐる

「「本」」（初出『感情』3巻6号　大7・6）

読書とは外界の記憶もとどめる行為であり、「私を囲んでゐる」と言うように、出会いへの期待が季節の解放感と相俟って空間化されている。『第二愛の詩集』において、口語自由詩を支える個の感受性の言語化は深化している。

世界の受容が個的なものであること。その端緒が表出されているのが、「初めて「カラマゾフ」兄弟を読んだ晩のこと」（初出『一九一九年版　日本詩集』大8・4）である。

郊外の夜は靄が深く
しめりを帯びた庭の土の上に
かなり重い静かな音を立てて
椎の実は
ぽつりぽつりと落ちてきた
それは誰でも彼の実のおちる音を
かつて聞いたものがお互ひに感じるやうに
まるで人間の微かな足音のやうに
温かい静かなしかも内気な歩みで
あたりに忍んで来るもののやうであつた

私は書物を閉ぢて
雨戸を繰つて庭の靄を眺めた
温かい晩の靄は一つの生きもののやうに

その濡れた地と梢とにかかつてゐた
自分は彼の愛すべき孤独な小さな音響が
実に自然に、寂然として
目の前に落ちるのをきいてゐた

（第二、三連）

「初めて「カラマゾフ」兄弟を読んだ」感想が描かれているのではない。その時の庭の霑と椎の実の落ちる音が、決定的な読書体験の場面として描かれている。内容ではなく、場面として身体化されるからこそ、決定的な体験なのである。かつて幾度も聞いたであろう故郷の寺の椎の実が落ちる音は、新たな深みと広がりを持って響いてくる。それは、木の実が落ちる音との出会いであると共に、内なる世界との出会いでもあった。犀星は、このようにして、あらかじめある対象に感情を託すのではなく、場面の構成が自己の表出であることを摑んだ。

(2) 世界観の局限

具体的な対象に向けた独自の視点が深化する一方で、抽象的な世界観の構築も、この詩集でピークに達している。章題も、「自分の本道」「生涯の仕事」「孤独は精神に」と『愛の詩集』（「故郷にて作れる詩」「愛あるところに」「我永く都会にあらん」「幸福を求めて」）以上に観念的であり、求道的な印象が強い。「自分の本道」（初出『秀才文壇』18巻5号　大7・5）「世界の涯」（初出『感情』3巻5号　大7・5）複数の「感想詩」（初出『感情』3巻11号、二篇　初出未詳一篇）「幸福」（初出未詳）といった一連の作品の中でもヴォリュームがあるのが、「たのしい宇宙の饗莚」（『感情』4巻1号　大8・1）である。犀星は、地上を俯瞰して「都市の町や家まで／一枚の図面をひろげたやうに／動くものは動くものと一しよに／規律正しい生態を続けゆく」さまを描き出し、宇宙の摂理を精一杯形而上的に押し上げようとしている。しかし、想像の俯瞰図とそこから受ける感銘がいずれも概念的であるため、摂理のアレゴリーは描き得ていない。「人類の生活」が「はつきりとしかも個人と個人との意志の分れゆく様や／その動機や戦ひの諸諸まで見えてくるのだ」という印象は、「まことに個人の生活が続けられてゆく微妙さと／必然的な運命的平等とが／あたま並みに与へられてゐることを感じる」と抽象度を高めたに過ぎない。

『愛の詩集』の「自序」でも「汚れ」を浄める必要性が語られていたが、『第二愛の詩集』では「私は人道主義でも愛の詩人でもない。私は一個の汚れた世界で私の知る限りで一番汚れたものだ。」（「一九一九年手記より」）と更に強調されている。それが、「私のこの苦しい求信の道、そこにゆきつくまで私は生活する。」というドストエフスキー的な求道者像の強化と呼応する。一方で、「ためしてもためし切れない猛獣のやうに、私の奥の奥なところから、その本質に生きることを決定しなければならないことを感じる。」（「自序」）とも述べており、異質の本質性の自覚もせり上がってきている。両者が際どく均衡を保っている地点に、この詩集が成立している。「猛獣」に喩えられるアモルフなエネルギーを、形而上的な観念の強度で昇華しようとする向きがある。

生むものは
生もうとしてゐるものに
よき種子とよき芽生とを期待し
二つの性は歌ひながら睦み合ひ
野や山や海浜や或ひは人家の一隅に
たくましい接吻の響を立てる
生命のうたに憧れる

決して宇宙に恥じない律をつくつてゐる
一つの君主をつくりあげ
その君主のもとに蟻のごとく働き
しかも悉く律法の精神に劣ることはない
二つの鍵のやうに正しい

（第五連）

この時期の犀星にとって、「性」もまた〈正しく〉なければならなかった。「野や山や海浜やあるいは人家の一隅」とは、遍在する「性」の生々しさを感じさせるが、「宇宙の律」ひいては「一つの君主」に収斂していく。喚起された祝祭的イメージは、秩序に結びつけられている。

具体的な対象が具現された摂理であるという認識自体は、「律」ということばの使用も含めて、光太郎を想起させる。『道程』に収録されている「五月の土壌」（初出『詩歌』4巻6号　大3・6）[*12]である。

あらゆる種子をつつみはぐくみ
虫けらを呼びさまし
悪きもの善きものの差別をたち
天然の律にしたがつて
地中の本能にいきづき
生くるものの為には滋味と埘とを与へ
朽ち去るものの為には再生の隠忍を教へ

永劫に
無窮の沈黙を守つて
がつしりと横はり
且つ堅実の微笑を見する土壌よ
ああ、五月の土壌よ
（第三連）

光太郎の詩は、概念語が主体の視点として生きている。「はぐくみ」「呼びさまし」「たち」とイ音の韻を踏んだリズムが「天然の律」を体現し、生きものを平等に呼び覚まし育むイメージが、「生くるものの為には」「朽ち去るものの為には」という対句も効果的に生命の摂理に抽象化され、擬人化は「無窮の沈黙」「堅実の微笑」という超人格的存在の表情に展開する。詩句の韻律（押韻・対句）が打ち出されている理念の韻律（安定性・永続性）であり、擬人化された理念は行為から表情へと肉体性が深化していく。犀星には、このように、リズムとイメージが嚙み合いつつ昇華されていく構造がないままに、肉体を理念で意味づけてしまっている。三浦仁は、「たのしい宇宙の饗莚」と「五月の土壌」に、「世界が一つの神意によって支配され、それを受ける自然の全ては善美なるものと信じること、人間もその意志に添って絶えざる生命の充実を目指すべきこと」という「大正初期文壇の主流となった理想主義の特徴的な自然観」を読み取っている。[*13] しかし、理念的共通性は、逆に、光太郎のように理念を肉体化するのではなく、理念の上に肉体を据えようとする犀星の特徴、資質の相違を露わにしている。

第一節の(1)で引用した「最近の二詩集」「大正四年の詩壇」にその名前が挙げられていたように、犀星は光太郎を強烈に意識していた。「高村光太郎氏のリズムは温かくて強烈である。強烈でありながら私だちのごとく空騒ぎでないものである。正面から堂堂と歩いてくる大きな足跡である。」（「最近の二詩集」）「強風のやうな韻律の左右均整は一本道を走つた様な卒直なものであつた。」（「大正四年の詩壇」『読売新聞』大4・12・21）「あの人の魂には、実に広大な自然がある。あの人は鷲のやうな手を持つてゐる。」（「詩について感想（上）」『読売新聞』大6・4・26）と自分の及ばないスケールとダイナミズムを感じていた。それは、晩年の評論『我が愛する詩人の伝記』にまで至る。「最近の二詩集」で、犀星は、『道程』から「淫心」（初出『我等』1巻9号　大3・9）を引用している。

淫心は胸をついて
われらを憤らしめ
万物を拝せしめ
肉身を飛ばしめ
われら大声を放つて
無二の栄光に浴す

をんなは多淫
われも多淫
淫をふかめて往くところを知らず
万物をここに持す
われらますます多淫
地熱のごとし
烈烈――

（第四／最終連）

エロス的恍惚境は、即世界の核心である。エロスの全開沸騰は、世界との一体化と言うよりも世界を所有する全能感に直結する。犀星は、「リズムが施廻状クルップ式である。」と射撃砲に喩えているが、エネルギーを放出しながら本質に到るイメージを捉えたのであろう。それは、内発的な感覚を理念に昇華させた表出である。

大正三、四年の犀星は、暮鳥、朔太郎と共に、〈リズム〉をキーワードの一つとして用いていた。「リズムはつねに炎である。一種のラインかと思ふほど透徹である。対象そのものの感動が久しく時日を経由してまでも、えんえんとして燃えてゐる。同時にリズムは滞留してゐる。」（「金属種子」『詩歌』4巻2号　大3・2）「すべてはリズムなり。リズムの層にして光の集乱なり。きんぎん奈落なり。」（「祈禱」）と〈リズム〉は既成の詩歌を打ち破る身体的衝迫力の喩である。光太郎の作品評でも、主体の視点が支えるリズムの安定感とテーマへの遡及力を捉えている。しかし、喩的な一つの要素では分析的な視点にはならない。光太郎における理念の肉体化は「つかむ」ことができなかったということだろう。形而上的な世界観の詩は、『愛の詩集』三部作の後は姿を消す。

3　モチーフの胚胎

(1)　断片化

『寂しき都会』刊行時、犀星は既に「幼年時代」で小説家としても文壇にデビューし、「性に目覚める頃」（『中央公論』34巻10号　大8・10）「或る少女の死まで」（『中央公論』34巻11号　大8・11）「結婚者の手記」（『中央公論』35巻2号　大9・2）「蒼白き巣窟」（『雄弁』11巻3号　大9・3）「愛猫抄」（『解放』2巻5号）「魚と公園」（『太陽』26巻5号　大9・5）等、精力的に作品を発表していた。「序」で犀星は、「もつと自由に、もつと砕けてゆけるやうな」気がして「散文や小説を書いて見た」と述べている。自分の詩の「妙に怒り肩をしたやうな不愉快な韻律」に気づかせてくれたのは、散文や小説であるが、それ故に「郷土を踏むやうななつかしい心」でこれらの詩を書いたとも述べている。『第二愛の詩集』までの自分の詩を確立しようとする意気込みは、もはやない。

一方、「例言」では、「『寂しき都会』は『愛の詩集』の第三篇であり、さうして本集をもつて完結するわけである。特にさういふ断り書きがなくてもいいのであるが、さういふ風にも見られるといふことを示すために、ここに書きそへることにした。」と微妙な書き方をしている。内容的に関連性はあるが、表現意識の上では「小説」という解放空間を挟んで、もはやひと続きではない。理念的な自己の確立ではなく、生活の奥行きを描くという姿勢は、「都会のなかにある極めて小さな生活にちがひないが、その影のやうなものや小さな私自らの生活や、また私をとりかこむ自然などを、ノオトに記したままのものをここにおさめた。」という件に明らかである。

求心的なテーマは示されていないように、『寂しき都会』では、〈田端〉や〈家庭〉というトポスへの親和を前提に、トポスが細分化され、美意識の物象化が進行している。

私はその紅いのを見ただけで息がつまる
どこから彼麼美しいものが飛び出して来たのか
かの女は空気をひき裂いて通つてゆく
さかれた空気がしばらく
虹のやうにさへなつて見えるのだ
しかもとつとつと天馬のやうに大きく
大きな足で
すらりとさやを払つた槍のやうに

電車にものらずに行く
「地に燃える」（第四／最終連）（初出『感情同人詩集』大9・2）
関係性を繋ぐことがモチーフではないからこそ、美的対象として女が捉えられ、「虹のやうにさへ」「とつとつと天馬のやうに」「すらりとさやを払つた槍のやうに」と、オノマトペも含めて比喩が繰り出されていく。

この他にも、『寂しき都会』では、犀星の興味関心が断片的にモチーフと化している。「高台にて」（初出『感情同人詩集』）では「一種の永い呼吸のやうなもの」として田端の汽笛の音を生きものとして捉え、「生きてゐる崖」（初出『一九二〇年版　日本詩集』大9・7）では「田端の停車場で下りると右のはうに／その暖かい大きな毛皮のやうな／むしやむしやした崖がある」と停車場近くの崖への親愛をうたう。「竹を植える」（初出未詳）では、「篠竹がときおり障子をさやさやとなでる、はつとする／一瞬にわたしは女がきたやうにはつとする／しかしそんなものが来やうはづがない」と窓先の篠竹の秘めやかな官能性をうたう。〈田端〉あるいは〈家庭〉というトポスの中の特定の対象が、実在するということでモチーフになる。
そこは枯れ草で一杯だ
無限に温かく藁小屋のやうだ
一つ一つの枯れ草は火のやうに乾いてゐる筋ばかりになつてゐる
日あたりのいいこと全で蒸風呂のやうに
ひる間そこを散歩するといい気もちだ
けれども風が落ちてくると
ふしぎに筋ばかりの枯草が

みな一様に鳴る
それはか弱い悲鳴に似てゐる
一枚一枚のざらざらした枯れ株に
風が堰がれたりこされたりするのだ
それらのよく焦げた色は美しい
限りなくいやみのないほど美しい
ていねいにやさしい自然が
みないちやうに行き亘つてゐる
それを摑んでみると火のやうな気がする
火が火にならない前に
ああいふ姿をしてゐるやうにおもはれる（以下略）
「生きてゐる崖」
犀星は、崖の朝夕の変化を述べた上で細部に着目していく。概略から個へという進行は、詩の論理ではなく説明の論理に乗っており、観察の報告を聞いているような印象を受ける。独自の擬人化や比喩が表現を支えているものの、実在と詩的真実の同一視は危うい。関係性が対他化されず、トポスが全世界と化して主体は距離感覚、あるいは構成力を失ってしまう。仮構するという意識が希薄になって、素材の実在感に凭れかかってしまうと言ってもいい。「地に燃える」のように圧倒的な印象を取り上げる場合は、目の前の「美」を捉えようとする緊張感に転じて喚起力のある比喩を生むが、親和的な関係性を前提にした場合は、トポスを深化させるのではなく、断片化する危うさがある。

『愛の詩集』の第三篇と銘打っているように、「第二の故郷」（初出『雄弁』11巻2号　大9・2）では、上京してから田端に居を構えるまでを回想している。

五年十年と経つて行つた
私はたうとう小さい家庭をもち
妻をもち
庭にいろいろなものを植ゑた
夏には胡瓜や茄子
また冬は大根をつくつて見た
故郷の田園の一部を移したやうな気で
朝晩つちにしたしんだ
秋は鶏頭が咲いた
故郷の土のしたしみ味ひが
いつのまにか心にのり移つて来た
散歩にでても
したしみが湧いた
そのうち父を失つた
それから故郷の家が整理された
東京がだんだん私をそのころから

抱きしめてくれた
麻布の奥をあるいても
私はこれまでのやうな旅らしい気が失せた
みな自分と一しよの市街だと
一つ一つの商店や
うら町の垣根の花までが懐かしく感じた
（第二連）

主体がトポスを形成していく過程は的確に語られている。それは、事実関係を整理し、時間の経過に沿って並べていった的確さである。行為を単位とする抑揚のない行分けは、完了してしまったものに対する等間隔の視線を物語る。

トポスの深化は、直接的な回想ではなく、幻想の容れ物としての都市空間の発見に表れている。それは、「蒼白き巣窟」「愛猫抄」「魚と公園」といった同時期の小説で存分に発揮されており、詩の方は小説の形式に引き摺られて、説明的になったり（「活動写真と自分」初出未詳）、素描のようになってしまった（「たそがれの市街」初出未詳）感はある。しかし、「たそがれの市街」の幻聴の鐘の音は、外出した妻の行動を妄想的に想像する空間にふさわしい。

高台の崖のうへから
私は市街の屋根つづきをいつもおもしろく眺める
寺院のようなもの
古い塔のようなもの

鮮やかに建つた新しいのや
白い長いいくすぢかの道路や
それらがぼんやりと取りとめもなく
私の目にはいつて何かを考へ出さうとする
よくききすましてゐると古い鐘の音のようなものがきこえてくる
それがたえずこの市街のうへに起つてゐるらしくおもはれる
わざと耳をすますとききとりがたい
併しぼんやりと屋根つづきの下のほうに
えもいはれぬ人間のさまざまの生活が
あますところなく地を織り込んでゐることを考へると
ごおおん、ごおおんと古い音いろがする
地からでもなく空か《ママ》でもない
ずつとむかしからさまよふてゐるやうな音いろだ

（第一連）

雑然とした家並は、焦点を合わせようとする視線を拒む。目ではなく耳が都市の浮遊する空気を掬い上げ、意味に変換していく。明治末年の石川啄木は、「皮膚がみな耳にてありき／しんとして眠れる街の／重き靴音」（『一握の砂』東雲堂　明43・12[*14]）と深夜の静寂に身体感覚を甦らせ、「耳」で表象した。また、「屋根又屋根、眼界のとゞく限りを／すき間もなく埋めた屋根！／円い屋根、高い屋根、おしつぶされたやうな屋根、／おしつぶされつして、或るものは地にしがみつき、／或は空にぬき出やうとしてゐる屋根！」「あのとらへがたき物音の底の底の——／入れども〱はかりがたき／都会の底のふかさに。」（「無題（屋根また屋根）」）[*15]と負荷と重圧の総体として都市をうたった。深さから漂いへ、本質から表層へという感受性の推移が両者の俯瞰する視線の相違に表れている。

仮構意識の希薄さは、詩的表出以前の認識の地点を露出する。「亀」（初出『感情同人詩集』）では、「私は柵のそとから／こつそりと手を出して／非常に淫らな気もちになつて／亀のせなかをそろそろとなで廻した／（略）亀はそつと首を出した／そのくらい目を上げて／まじまじと私を見たとき／亀が私の考へてゐることをすつかり先刻から考へあてたやうに／くつすりと微笑したやうにおもはれた」と生理を直に感情に繋げている。「新しい夜」（初出未詳）は、最終列車も出てしまった後の夜更けの事務室を描いているが、「女事務員の頬は美事な紅みで／みつちりふくれあがつてゐる／楽しさうに話してゐる／処女らしい羨恥も見える／見るものに懐かしげなうつとりした目をもつてゐる」と暗闇から明るい向こうをしっかりと観察している。「春さき」（初出『一九二〇年版 日本詩集』）は、田端の春の光景として「女理髪人の店さき」も点綴されているが、「その硝子戸の内に／おかみさんのよこがほが／にくらしく挑色にけふはことさら上気してゐるのが見える／かなりな年ごろであるのに／まだぽつたりした肉つきがある」とある。星野晃一は、犀星の文学の根底には〈盗む〉という態度があり、それは養母ハツへの反抗から生まれ、正規の学歴を持たない犀星が無手勝流で学び取っていく文学形成のプロセスを貫いていると指摘している。[*16] 星野は、方法的特徴を示すキーワードとして「盗み」「盗み見」「盗み心」を挙げているが、この二つの作品が露呈するのは、まさに「盗み見」である。『寂しき都会』は、犀星のモチーフの端緒が出揃った詩集と見ることもできる。

(2) 実在性

詩的基盤＝生活の基盤を築いた犀星の眼に、あるべきものがあるべきところに在るという見え方が生まれる。これは、『第二愛の詩集』の「たのしい宇宙の饗莚」よりも犀星の世界観をよく表している。

一本の榁柑の木であるが
十二三ばかりの実がなつてゐる
黄ろい日光のやうな色をして
考へ深さうになつてゐる
そのまるまるとした格構がすなほに枝の上に離れられないもののやうに見える
みてゐると冬といふ季節の一番すぐれた温かさが感じられる
ものの円味があああも完全されて

ぽつかり空間をしきつてゐるのを見ると
すこしの胡魔化しも、うそもない
在るものはそのままで美しい

「すぐれた実在」（初出未詳）

蜜柑は体現された自然の摂理として犀星の眼に映る。この詩からは、山村暮鳥の次の詩が想起される。

なにを言ふのだ
どんな風にも落ちないで
梢には小鳥の巣がある
それでいい
それでいいではないか

「梢には小鳥の巣がある」（初出未詳・『風は草木にささやいた』白日社 大7・11[*17]）

『聖三稜玻璃』から一転、『風は草木にささやいた』は平明な詩風であるが、冒頭の反論といい、「それでいい／それでいいではないか」という現状の肯定といい、暮鳥には犀星にはない葛藤の果ての悟達といった印象がある。犀星にとって、ものの本来の姿とは、自然＝世界の摂理に即した生命の発露である。しかし、暮鳥にとって、そこにあるとは、被造物としての宿命を受け入れることである。「そのまま」の内実は、両者で大きく異なる。暮鳥は、「ぼくは人間が好きだ／人間であれ／それでいい／それだけでいい／いいではないか」（「人間の詩」初出『詩歌』8巻4号　大7・4）ともうたう。「人間であれ／人間を信ぜよ／鉄のやうな人間の意志を／けだもののやうな人間の愛を／そして神神のやうな人間の自由を／ああ人間はいい」と暮鳥の人間観の根底には、精神と肉体の複合性という認識がある。「人間の詩」ではそれが肯定されるが、「草の葉つぱの詩」（初出『感情』2巻8号　大6・9）では、「一まいの草の葉つぱですら／人間などのもたない美しさをもつ／その草の葉つぱの上を／素足ではしつて行つたものがある／素足でその上をはしつて行つたものに／そよ風は何をささやいたか／こんなことにもおどろくほど／ああ人間の悩みは大きい」と原罪を持つ存在としての人間を、無垢な植物と対比して描く。犀星のように、蜜柑と自分を等しい位相に置いて共鳴することはできない。

暮鳥の存在の肯定は神への烈しい葛藤を経ている。『梢の巣にて』（叢文閣　大10・5）の末尾に納められた「荘厳なる苦悩者の頌栄」（初出『日本及日本人』791号　大9・9）[*18]は、一三七二行に亘る長大な作品である。暮鳥は、『旧約聖書』を、〈自由〉をめぐる神と人間の闘争の歴史として捉え、アダムとイヴを「人間最初のそして大なる苦悩者」であると見なす。「楽園追放」「バベルの塔」「ノアの大洪水」、人間は神からどんなに残忍な仕打ちを受け、「運命のその最終最悪のものとして」死を与えられても、「大地の塵でありながらその大地をも踏みつける意志」を得たと断言する。

みんな嘘であればいゝと思ひます
みんな嘘であれ
だがこれだけはどうしても疑ふことが出来ない
それは人間の悪いことです
それは人間の善いことです
それからその善い悪いの上にたつて
その善い悪いを自らで審判《さばい》てゐることです
そして人間の弱いことです
そして人間のみすぼらしいことです
けれどもそれとゝもに
人間の強いことです
運命のつきだすその槍の穂先をほゝゑんでうけうるほど
それほど強くなつたことです

（略）

けれど神様
真のあなたである神様
理想としての神様
それをわたしはわれ〳〵人間にみつけました
眼ざめた人間がそれです

あなたに詛はれた此の大地を
ともかくも楽園とした人間です
その人間です
お丶新しい神様

暮鳥は、全一三七二行を神に対して時に問いかけ、時に悲憤し、時に決然と語りかける。「それでいい／それだけでいいではないか」という肯定は、絶対と信仰をめぐる懐疑と煩悶の中で暮鳥が手にした、そこに立脚する他はない存立の基盤である。

犀星には、暮鳥のようなイデアとの葛藤はない。犀星にとって〈自然〉は、菅谷が指摘するところの出生をめぐる意味の先験的な欠落、ひいては生の根源的な肯定感の欠如の代替的な存在である。「在るものはそのままで美しい」蜜柑の姿は、自己が秩序の一部であることを占めるべき位置として実感できる、秩序と生命が一体化した〈自然〉の象徴である。

タイトルの「実在」という観念用語の使用は、犀星においては珍しい。ここにも、同時代の動向への目配りと吸収が窺える。これは、百田宗治の「私は一本の樹木を見てゐる」（『ぬかるみの街道』大鐙閣　大7・10[*19]）を連想させる。

私は一本の樹木を見てゐる、
その裸になつた枝を見てゐる、
その老いさらぼけたやうな幹を見てゐる、
その樹のそ丶くれだつた皮を見てゐる、

その姿を見てゐる、
その土から生え延びた姿を見てゐる、
その実在《レアリテ》を見てゐる。

その確実さを見てゐる、
その力を見てゐる、
そのすばらしい一杯の生長を見てゐる、
その無言の屹立を見てゐる、
その不動の姿勢を見てゐる、
おゝそれは私を圧倒するやうだ、
私を吸ひ込むやうだ、
そのレアリザッシオンは私に怖ろしい。

「実在」及び「レアリザッシオン」について、山室静は、「レアリザッシオンは「実現」の意。著者の気に入りの語の一つ。ベルクソンからでも来ている用語か。生命が自己の潜めている可能性を残りなく実在化している姿を言ったもの。」と解説し[*20]、乙骨明夫は、『ぬかるみの街道』に「実在」「実現《レアリザッシオン》」が中心概念になっている詩が複数あることに注目し、百田の関心の深さを指摘している。[*21] 乙骨が指摘するように、この詩集には「世界を通じて実現の精神に」という傍題が付いている。

この詩において、百田は、個としての対象と向き合い、まさに「一本の樹木」のみを見つめている。百田と言えば、民衆詩派の代表的な詩人として位置づけられているが、その底にある「個人主義的思考」（乙骨）が表れているとも言える。犀星は、百田の「実在」に、描写が本質を浮かび上がらせ、そこでその核心を名づけるという描き方、光太郎の理念が遍在する具象とは異なった、描写の積み重ねによる抽象化を見たのであろう。単独者としての存在に収斂していく百田に対し、犀星の「実在」は、「季節」や「空間」との繋がりを描き出すことによって成立する。

注

＊1　伊藤信吉「室生犀星論」『現代詩人論』（河出書房　昭15・7）所収。引用は『伊藤信吉著作集』第4巻（沖積舎　平15・7）による。

＊2　井上洋子「〈凶賊チグリス〉の行方――室生犀星と言語革命――」

＊3　引用は『福士幸次郎著作集　上巻』（津軽書房　昭42・3）による。

＊4　中野重治「忘れえぬ書物――室生犀星『愛の詩集』――」　初出『忘れえぬ書物』（中野重治・国分一太郎編　明治図書　昭34・9）引用は『室生犀星』による。

＊5　初出では「日がうらうらしてがくたいが通つて行つた／こどものような気がして／天気がよいので踊りたくなつた／見ればほんとのこどもらは／喜ばしい朝の歌をうたつてゐる」とあり、風土ではなく眼前の景との同調にとどまっている。また、朝の喜びの嘆声ではなく、「気がつくと／としがひもなく／己はしのびなきをしてゐたのである／おれの中心のつみとがの類ひが／すつかり消えてしまつて／ほんとの己の姿になつてゐるのである」と観念的な意味づけで結んでいる。

＊6　初出では「出るにも入るにも／葱や大根菜ッ葉の畑に接する」（第三、四行）「どつしりした音楽的重量を感じさせる」（第七行）「適度なしめりを帯びた土にひらひらした菜ッ葉の楽譜」（第八行）が挿入されている。微視的描写や説明的意味を削除し、リズム的構成力を強化して現行形が成立した。

＊7　原題「庭のわかれ」　初出『行動』1巻1号（昭8・10）『文芸林泉』（中央公論社　昭9・5）所収。

＊8　初出では「すべての芸術志望者ら」という自画像はない。その代りに最終四行で、「ああこの都市こそは私の永久に住むとこだ／この都市こそは生きて教へられることの多い私の為めにはどつしりとした永久の書物だ／おれはまだどれだけも読んでゐない／読んで読んでそして読みつくさう！　ここにあるこの大きな書物を」と外部からの共鳴が幸次郎ばりの情熱的な口調で語られている。現行形で内部に棲む当事者像に転換し、存在の下限に向けた視線を深化させた。

＊9　菅谷規矩雄「室生犀星――詩の初期と晩期」

＊10　田辺徹『回想の室生犀星――文学の背景――』（博文館新社　平12・3）の「野にある人」。

＊11　『慈眼山随筆』（竹村書房　昭10・2）所収。

＊12　引用は『高村光太郎全集』第1巻による。

＊13　三浦仁『室生犀星――詩業と鑑賞――』の「作品鑑賞」（『寂しき都会』／「すぐれた実在」）。

＊14　引用は『石川啄木全集』第1巻（筑摩書房　昭53・5）による。

＊15　執筆時期は不明であるが、岩城之徳は「啄木の、四十一、二年ごろの日記によって、生活にうちひしがれた彼の心に去来し点滅した思いでもあった。」と述べている（『日本の詩歌5　石川啄木』中公文庫　昭49・8、の「鑑賞」）。引用は『石川啄木全集』第2巻（筑摩書房　昭54・6）による。

＊16　星野晃一『室生犀星　何を盗み何をあがなはむ』の「序に代えて」。

＊17　引用は『山村暮鳥全集』第1巻（平元・6　筑摩書房）による。

＊18　引用は＊17に同じ。

＊19　引用は『日本の詩歌13　山村暮鳥・福士幸次郎・千家元麿・百田宗治・佐藤惣之助』（中公文庫　昭50・12）による。

＊20　＊19の「鑑賞」。

＊21　乙骨明夫「百田宗治論――『ぬかるみの街道』まで――」（『国語と国文学』57巻10号　昭55・10）

第三章　〈家庭〉と〈都市〉

――『星より来れる者』『田舎の花』――

1
内と外

(1) 〈内景〉

『星より来れる者』の「序」で、犀星は、「私は特に作らうとするより、考へやうとするより、れいの、すらりと書いてゐる。」と述べている。この脱力状態、感興を記すという「詩」の初発に回帰するような態度は、『寂しき都会』から継続している。全六章から成るが、「我庭の景」「都会の川」「障子の内」という章題（他は「巣」「夏画」「雀どり」）は、トポスの内包と外延がモチーフであることを示している。これも『寂しき都会』を受けて、もはや、理念的な存在の意味付けは必要ではなく、世界と自然の秩序は〈実在〉として対象から読み取ることができる。

古い妻は干鰈を日なたへ出して
その塩かげんをひとりでほめてゐる
日はあたたかくさしてゐる
その影はすぐ足袋ともつれて
ひとむらの篠竹の影と一しよに障子に映つてくる
啼くものは冬の蠅だけである

古い妻はさて
おなかのこどものために

小さい襦袢やおしめを縫ふのである
日なたへ出て
さうして一日をくらすのである

「家」（初出『日本詩人』1巻6号　大10・6）

「家」は、「障子の内」の冒頭作品である。「古い妻」はとみ子夫人である。犀星ととみ子の結婚は大正七年二月なので三年余りの月日が経っているが、一般的には長い年月ではない。しかし、犀星は、あえて「古い妻」と繰返す。それが、日差しと庭に植えた篠竹の影にしっくりと調和する、一つの風景としてなじんだ妻像を喚起する。それは、家庭の中で「一日をくらす」まさに「家内」としての妻であり、犀星は室内からその光景を眺めている。「障子の内」は、犀星が家庭を捉える視座を象徴している。それは、トポスの最も内側の景として〈内景〉と呼ぶことができよう。

〈内景〉は、穏やかな日常性の象徴ばかりではない。限定的な空間は、ささやかな異和を発生させる。章題作である「障子の内」（初出『人間』3巻3号　大10・3）は、春の訪れを察知する室内を描く。

机にむかつてゐる片頰がいきる
障子をへだてて
ほんのりと桜色がさしてくるのである
そのうへ室はいつまでも誰もこないから
あし音一つない

（第二連）

「そのうへ」とは、何に対する「そのうへ」なのだろうか。上気する類とは直結しない。直接描かれてはいない、自分の身体とのみ向き合っているような感覚だろうと思われるが、見えない文脈を前提にする繋がりの飛躍が、密室空間がもたらす感覚の歪みを表出している。静謐な空間はどこか不穏なものを感じさせるのである。静謐が不穏に転じる気配を描いているのが、犀星の〈内景〉の特徴である。「冬さめ」（初出未詳・「我庭の景」）では、冬の無為な一日が描かれている。

一日寂しい冬の雨になつた
さてわたしは机にあごつきをして
同じことばかり考へてゐる
道路が雨に濡れてゐること
燈のかげが其処にうつつてゐることなどである
それゆえ寂しいのではない
ただわたしはどのやうにかういふ雨の日を送つたらよいか
時間が愉しく送れるかといふことを
あれかこれかと考へてゐるのである
雨は冬になると幽暗になる
わたしの室内にいつしらず
いつも寺のやうな匂ひと静かさがくる
わたしはその中で

長いパイプで煙草をふかしてゐる
どれもこれも愉しいことなどはない
考へあぐんで
火をさかんに起してゐるだけである
わたしの瞳に火のかげがしてゐる
それは誰も気がつかない
それきりで消えてしまふのである

かうして一日は冬の雨でくれた
長い明日の雨が又やつてくるだらう

この作品には構成にも感情にも焦点というものがない。濡れた道路に映る燈の影、瞳に映る火影というささやかな発見や寺院という連想は、それ以上昇華されることはなく、日常性に回帰する。視覚や嗅覚がイメージは想起させても、意味を結ばない落着きの悪さは、定型という枠を外した口語自由詩が物語性や観念性に拠らずにどのように形式を成立させるかという、構成力の拡張の問題を図らずも提示している。犀星の詩は、畏敬した光太郎のような強力な中心点がない。それが、単一の焦点を持たない構造に転化する可能性を、この作品は辛うじて示している。

犀星の「すらりと」書く態度が、ややもすれば、詩と散文の区別を曖昧にする雑駁さになってしまうことは、「むじな」（初出未詳・「我庭の景」）と「霊魂と精神との燃焼」（『新潮』32巻6号　大9・6）の類似からも窺える。

机の前にどす黒く
むじなのやうに坐つて書いてゐると
坐敷の隅の方にもも一人坐つて書いてゐる
私のやうにむじなのやうなやつが
机にがみこんで
唇を閉ぢて息をつめるやうに
こつこつ彫るやうに書いてゐる

実際、私とおなじいやつが
私の方へ向いて
私がうごけば
そいつが動き
ため息すれば
そいつもああとやるのだ
私はいつもそいつを感じたとき
誰にするともなく
ひとりでにたりとやる
そいつも煤のやうに微笑する

「むじな」

机の前にどす黒くむじなのやうに座つて書いてゐると、座敷のすみにもも一人座つて書いてゐる。私のやうに黒くむじなのやうなやつが、机にかがみこんで、唇を閉ぢて息をつめるやうにこつ〳〵と彫るやうにかいてゐる。ほんとに私は私自身をそんな風にもう感じ出した。実際、私とおなじいやつが私の方を向いて、私がうごけば、そいつがうごき、ため息すれば、そいつもああゝとやるのだ。私はいつもそれを感じ出したとき、ふいと目をやつてにたりと微笑する。きつとそんなとき仕事にむ中になれるからだ。

「霊魂と精神との燃焼」

語句は殆ど同じである。「霊魂と精神との燃焼」から詩として「むじな」を分けるものはどこにあるのか。前者のドッペルゲンガー的事象であるという語り手の説明が後者にはなく、前者の「私」と「そいつ」の行動の呼応が、後者では行分けになっている。事象を一般的な意味に還元する志向性がはたらいているのが「霊魂と精神との燃焼」であり、意味づけよりも幻想空間性を描き出そうとしているのが「むじな」である。説明と行分けの有無が幻想の前面化と後景化になり、「詩」と「散文」を分けているのは、次元の相違というよりも位置の相違である。「初めに」で引用した奥野健男が述べるように、それは、犀星における詩と散文の相互乗り入れ状態の一つであるかもしれないが、記述の論理（散文性）を詩の形式にあてはめてしまう危うさも示している。

「星簇」（初出『サンエス』2巻9号　大9・9、「我庭の景」）は、〈内景〉の視線が主体と外界を結んだ美しい作品である。

雲と雲との間に
ずつと遠く一つきりに光る星、
その星はきえたり

またあらはれたりする不思議な星、
ちぢんだり伸びたりする光、
雲と雲との間にそれがちらつく

毎晩こちらから覗いてゐると
あちらでも毎晩覗いてゐる
ながく覗いてゐると
ますます親切に鋭どくなる星、

電話のやうなものが星と星との間に
いくすぢも架けられ
糸をひいて
下界のわたしの方まで
寂しい声をおとしてくる

遠くの星と覗き合う関係。覗き見は、星野晃一が指摘する犀星のキーワード「盗み見」のバリエーションである。ここでは、一方的にこちらから覗き見をするのではなく、「あちらでも毎晩覗いてゐる」。そして、星は「ながく覗いてゐると／ますます親切に鋭どくなる」。「眺める」でも「仰ぐ」でもない「覗く」ということばは、向こう側の世界に向けた眼差しであることを物語る。しかし、それは、遥かな距離ではあるが、垂直関係や上下関係ではない。

星はこちらの気持ちに呼応してくれるように思われる。それは、見る側が即自的な地点にいるからである。未知の世界との視線のコミュニケーションは、内界が外界に投影された想像力の表象であり、内界の拡張としての外界の把握である。それは、「星」を眺める際の原体験的な心情を掬い上げている。

　意味ではなく声としてのコミュニケーションは、見えない電話線に喩えられている。ちなみに、当時（大正九年）の電話の普及事情は、「一九〇七年に約六万であった加入数は、〇九年には一〇万を突破、一三（大正二）年には二〇万を突破する。電話加入はその後も加速度的に増加し、二二年には四〇万を、二七（昭和二）年には六〇万を、三四年には八〇万を突破する。[*1]」と急速に普及する途上にあった。もっとも、「こうした戦前期の電話の急速な普及にあって、加入者の圧倒的大部分は商業・サービス業および行政関係者であった。すでに〇五（明治三八）年の東京の電話加入者の職業分類でも、官庁、銀行、旅館、飲食業、運送業、貸席・待合、株式仲買、通信広告業、新聞社などが上位を占めているが、この傾向は、大正・昭和期にはより顕著に認められるようになる。」ということである。ここに列挙された職種は、いずれも都市の文化・産業である。犀星は、「愛と詩に就いて」（『アルス』1巻8号　大4・10）で、「吾等は彼の漏電の光を愛するやうになり、石造りの窓から例令へば劇場旅館会社製鉄場なぞの窓を愛してゐる。より復雑な人間生活の背景から月は毎夜のごとく昇つてゐる。建築や機械が進むに従つて自然風景が美くしく或物は荘重になつてくる。処もしらぬ山里に一本の電柱を見つけることは優しいことではないか。コンクリイトの歩道でこほろぎの啼くを聞くのはより寂しいではないか。」と述べており、都市文明も自然の一部として捉えている。見えない電話線は都市の夜空が拡張された宇宙の喩である。

『星より来れる者』は、大鐙閣の『現代代表詩選』第二篇であるが、糸を引く星という映像的イメージは、同時に第一篇として刊行された百田宗治の『青い翼』にも見られる。「星——断章」の章[*2]（「Ⅰ　夜更けの星」〜「Ⅸ　星の数」）の「Ⅵ　鞦韆」である。

高い空から
蜘蛛のやうに糸を引いて下りて来た星、
一つ一つその糸にぶら下つて
彼方を眺めたり、此方を見戍つたり、
ぶらぶらと風に揺られて
高い空で鞦韆《ぶらんこ》してゐる星。

同じく「蜘蛛の糸」でも、芥川とは異なって、下界の業苦は少しも表象せず遊戯感覚に満ちている。「星――断章」は、「Ⅱ　流星」「Ⅲ　水の中に落ちた星」「Ⅲ　星の昇天」「Ⅴ　星の饒舌」「Ⅶ　笑つてゐる星」「Ⅷ　星の喧嘩」といったタイトルからも窺えるように、稲垣足穂の『一千一秒物語』（金星堂　大12・1）にも通じる宇宙的ファンタジーである。例えば、「Ⅷ　星の喧嘩」では「何を言ってるのだらう、／『お前は少し俺に近づき過ぎる、／もそつと向ふへ行つて呉れないと／わしの光の邪魔になる。』／／『うんにや、こゝは俺の先祖代々の星座だ、／お前こそ向ふへ行け。』」と語り手は星の会話に聞き耳を立てている。犀星と百田の表現を触発したのは、実体化できないものも視覚化する映像体験が挙げられるだろう。犀星は、星と電話線を、百田は星と蜘蛛の糸を表象として等価に扱うのである。

福田正夫は、「「青い翼」と「星より来れる者」」（『日本詩人』2巻4号　大11・4）で、「「星簇」はいい詩である。鋭どさも出てゐるし、寂びしい感覚の裏の声もきこえる。」と評価する一方で、「どこまでかうもやさしく表現するのであらうか。（しかし私達はかうした表現に満足出来はしない、私達は近代的の進展を見つゝけて行く）しかるにこの詩人はこれだけでいつも完成した詩を見せてゐる。」と時代を拓く表現ではないと批判もしている。福田の相対的ではあるが高い評価は、外界と純一な関係を結び得る〈内景〉の即自的な視線による。純一な感覚性が静謐な美を感じさせるのである。しかし、見てきたように、〈内景〉は対自的な空間でもある。ささやかな異和や発見が遠近感覚を歪ませ、もう一つの現実を開示する契機にもなり得る空間なのである。

(2)〈雑景〉

歳の暮になると、南天や千俩や万年青や梅もどきや、さういふ紅い念入りな実が、つやつやしく光り出してくる。店々の飾り窓に猫のやうに白いボアや、青や紅や黒や紫や竪縞や碁盤や格子型やさういふあるとあらゆるシヨオルが、頸首にぺたぺたと靡いて、ほつそりした顋の先をつるつると撫でながら、そとを歩いてさへ居れば悩ましく視線にまつはりついてくる。鮭のやうに瘠せたのや河豚のやうなのや、鯛やほうぼうのやうに紅いのや、出目金魚のやうなのや、西洋人のやうなのや、それらが織物のやうに町々の旗やクリスマスツリイや飾り窓の間をつづつてゐて、みんな動いて、混線して、ごちやごちやになつて、肉顔と肉顔とが重なつて、もう一度重なつて、こんどは離れ、次から次へと限りなく艶めかしい。

「ある雑景」（初出未詳・「都会の川」）

『星より来れる者』には、〈内景〉とは打って変わったこのような作品も収録されている。これは、「田端の入口」である動坂の師走の光景である。対象は厚みを持たない映像として空間を充満しつつ流れていく。犀星の眼がカメラアイになったかのようである。焦点を持たずに等しくモノが動き、ひしめく光景は、タイトル通り〈雑景〉である。田端は犀星にとって、固有の関係性が成立しているトポスであるが、一方で、表層が浮遊する都市空間として捉える眼も保持している。

この視線は、過去の犀星を映像化することにもなる。

　おそらく非常に疲れてゐて、そして絶えず陰気にてくてく歩いてゐる姿が、いつも、そこ（引用者注：浅草の活動写真館を指す）の窓から小用を達しながら眺めるときに見えてくるのである。なぜか混線された家並や道路や荷車や小汚ない通行人や溝や柳や一品洋食店などが、うすぐらい私の生活にコビリついて、何時までもさういふところを通つたり眺めたりするごとに、ふいに私を沈ませてくるのである。まだまだ、そこらの溝の匂ひの沁みた飲食店に、どうかすると、みすぼらしい私が左の頬肘をついて、労れた目つきで鍋や皿や豚肉のならんだ小棚をながめてゐるやうに思はれるのである。

「都会と屋根」（初出未詳・「巣」）

「むじな」同様、ドッペルゲンガー的な自分が場末の風景の一部として現れる。『寂しき都会』の「第二の故郷」で描かれたトポスに到る経緯には収まらない、もう一つの原像がある。自分の原像に出会うために浅草を訪れることは、『寂しき都会』の「ある街裏」（初出『感情同人詩集』）で既に描かれている。「つづめて言へば私のむかしの「時間」に／炭をつかんだやうな過去にあへるのだ／一人ゐたさに／雨のときはぬかるみにかげをおとして／ぬかるみを拾ひ歩きして／うすぐらく／路地のおくをたづねてゆくのだ」と上京後の生活は「炭をつかんだやうな過去」と表現され、嫌悪感を伴う時間の塊として捉えられている。抽象的な比喩が具体的な映像に転じた時、過去は像として対象化されたことになる。それは、裏町に同調する、みすぼらしくて、疲れていて、沈んだ姿である。それは、像から受ける印象ではあるが、意味の規定ではない。映像的に描写するとは、読み取れる意味を固定しないということである。それは、そこに立ち戻って過去を読み直す基本的な自己像である。「都会と屋根」で犀星が、「わけてもどうかすると、夕景などにその窓さきからなゝめに人家の屋根を射りつけた残照の、へんに赤茶けた色あひを見ると、ますます気が鬱《しづ》みこんで、それをもとへ返すためには、かなりな時間がかゝるのである。それゆゑ私は浅草の裏通りをあるくことが厭である。が、まだあそこを通りもしなければならない気もするし、そこの泥濘や潦の上に沁みた私のみすぼらしい黒ずんだ影が、はすかひに屋守のやうに落ちこんでゐるやうな気がするのである。」と語る両義的な心情は、未だ固定されない過去を意味している。

〈雑景〉は室内という基点を持つ〈内景〉とは対照的だが、犀星の世界観は〈内景〉に支えられ、〈雑景〉がそれを活性化する。

雨は静かに降りそそいでゐる
川の上は森として
こまかい音をたててゐる
をりをり電車がどんよりした上に影をうつしてはゆく
幾双となく荷足船がつながれてゐる

船は動いてゐるやうで
そのままつながれて
雨にうたれてゐる
屋根庇から烟がひとすぢ上つてゐる
窓から橋の上の電車を一人の子供が
いつまでも熱心にながめてゐる

往来の人かげもみな水の上にうつつては
しづかに消えてゆく
烟はやはり上つてゐる
子供の母おやらしい女が
ひと束の青い葱を洗つてゐる
総てがしんとした雨中で橋のかげになつてゐるのである

「都会の川」（初出『人間』3巻3号）

「都会の川」の章題作である。伊藤信吉は、「平凡な情景をはっきりとした形と色で一枚の画布に収め、題材と表現とに過不足のないバランスを与えたその安定感」に「口語自由詩としての特色」と「詩的感銘」があると述べている。[*3] 収めるべきものを収めたという印象はどこから来るのだろうか。これは、電車や人の往来が川面に映り、川には水上生活の船が繋がれているという、東京の風景の一典型である。しかし、それだけに終らない普遍性と臨場感を感じさせる。それは、移りゆく電車の影や人影の中で上り続ける一筋の船の烟が生活の変らぬ部分を感じさせ、静かに降り続ける雨が人間の営みを包み込む自然を感じさせるからだろう。雨は慈愛のように「静かに降りそそいでゐる」のである。冒頭のこの一行が、作者の感受性を物語っている。作品は、生活—風土—自然の三層構造になっている。それは、犀星が考える世界の秩序である。さらに、「窓から橋の上の電車を一人の子供が／いつまでも熱心にながめてゐる」と船内が「子供」にとっての〈内景〉であることが示される。「子供」にとって、通過する電車は〈内景〉から眺める外界であり、個々の外界を含んでトポスとしての風景が成立している。それは、この「子供」にとってだけではなく、「降りそそいでゐる」「立ててゐる」「うつしてはゆく」「つながれてゐる」と「雨」

のリズムと同調しつつ、眼前の光景を描いていく犀星にとっても同様である。ここには、〈内景〉と〈雑景〉が重なり合う風景が描かれている。

2 聖域と幻想

(1) 〈子ども〉

菅谷規矩雄は、犀星の文学の根底にある「人間の関係の根柢である〈親なるもの〉の先験的欠如という不条理」について、「〈父なるもの〉は、かれじしんが現実に父親となることの意味として充たされよう。では、「いのち」のきわみとしての〈母なるもの〉はなにか」と晩年の「女ひと」に到るモチーフを推察している。[*4]「かれ自身が現実に父親となること」に深く関わってくるのが、〈子ども〉というモチーフである。

『愛の詩集』では、〈子ども〉は、「子供らは自分を見てにつと微笑する／あの大きな開け放した親密さに／じりじりと自分はつめよる／その正しさを感じたさに／神のあどけない瞬間を見たさに／きたない自分をふり落す為めに」（「子供は自然の中に居る」初出『文章世界』12巻4号　大6・4）とドストエフスキー的な無垢なる存在として捉えられている。結婚後の『第二愛の詩集』では、「一人づつが妻をもつて／その性欲を極限し整へてゆくことは／この邪悪な世の中にあつても／他の動物に劣らない／人間としての正しさだ／これのみは感嘆できうる」（「苦しみ悩み」初出未詳）と性欲を秩序化する制度として「結婚」が捉えられる。「正しさ」という理念によって現実を意味づけようとすることは、自分の出生に関わる性の領域にも及んでいる。夫婦の意味を性の領域で捉えることは、出生の意味を辿り直すことでもあるのだ。

『寂しき都会』の〈子ども〉は、世界の原点を教えてくれる存在である。「生涯の中に」（初出『雄弁』1巻2号）では、「子どもらはそのとき／ちひさい白い手をあげて／両方の親たちによつて教へられた「さよなら」をした／小さい魂は勇ましく慄きながら／いくたびもさよならをくりかへした／おとな同士もまた／おたがひがこの世の父であり／母であるべき厳粛さとたしなみとをもつて／しづかに挨拶した／深い安心と謙遜とが／期せずしてこの瞬間にとりかはされた」と親は子どもに教えたことばによって、人と人が繋がる原点を見、改めて自分たちもことばを交わす。子どもは親を繋がりの原点に立ち戻らせてくれるのである。

一方で、「微笑」（初出未詳）は、「つみなきものは決して遠慮をしない／恥かむことすら知らない／大手をふつて出てくる／酷い形式のなかからも／惨忍な性交からも／豚のやうなむれからも／つみのないものは微笑んで出てくる／恐ろしくなる／出て見てはじめて恐ろしくなる」と出生の先験的な超越性とも言うべき生命力に畏れを抱く。無垢な存在とは、社会的存在以前の生命力でもある。犀星は、理念的な意味づけを外れる本質も捉えている。

長男の豹太郎は、大正十年五月六日に誕生した。『星より来れる者』の「乳をもらひに」（初出『大観』4巻8号　大10・8、「雀どり」）は父になった犀星の作品である。

母おやに乳がないゆゑ
こどもが泣いてしかたがない
かんしやくが起つても
黙つて私はがまんをしてゐる
ぎあ、ああお、きや、ああお
乳の時間になると
私は雨のなかを出てゆく

ぎあ、あああお、ぎや、ぎややあああお、
（第三連）

「私」は貰い乳をしに出かけるのであるが、赤ん坊の泣き声のオノマトペは凄まじい。『月に吠える』（感情詩社・白日社　大6・2）[*5]の「『おわあ、こんばんは』／『おわあ、こんばんは』／『おぎやあ、おぎやあ、おぎやあ』／『おわああ、ここの家の主人は病気です』」という「猫」（初出『アルス』1巻2号　大4・5）の鳴き声を想起させる。「猫」が「ここの家の主人は病気です」と言うように、濁音の多用は禍々しさを喚起させる。赤ん坊は、禍々しくも本能的な生きようとするエネルギーを炸裂させている。これは、異物としての赤ん坊であり、「微笑」で描いた「つみなきもの」の直截な像である。「こども」（初出未詳）では、「おこると歯がゆさうに顔を振る／そこがよく似てゐる／あまり似てゐるので／長く見詰めてゐられない」と風貌を通して血を分けたことを実感し、その事実を受け止めかねている。

異物としての直截な〈子ども〉は、九カ月後の「日の出る前」（初出『日本詩人』2巻5号　大11・5『田舎の花』所収）では、神聖化される。

窓の隙間のひかりが次第に濃くなる
子供の顔容《かほかたち》をすこしづつ浮ばして来る
子供の瞳はくろぐろと冴え
明りをみながら　あせつて
清い朝明けに遅れまいとする
そして母親のふとつた白い胸を蹴りつける

母親はよい夢から破られ
目をさますと
子供は大きな青い翼を両肩に着けながら
それを揺らがし
喜び勇んで
ばたばた羽ばたきをやる。

（第二連）

「子供」は天使である。この「天」は循環する自然のリズムであり、「子供」は生命力に満ちた朝の使いである。犀星が考える世界と自然の秩序に完全に共鳴する存在である。異物としての赤ん坊は、「母親のふとつた白い胸を蹴りつける」と生命力を発揮しつつ、犀星の世界観を介して昇華されている。

（略）

母親は子供を抱いて
風ひとすぢない庭へ下りる
すばやい朝のかんじが母親をとりかこむ
なるべく子供を高く抱き上げ
ゆすり上げ
子供の気の向くまま
葉や木や空や　さまざまなものに触れさせ

日の出るまで凝乎《ぢつ》としてゐる
神にさへ払つたことのない注意深さを
十重二十重に肌に迫らせ凝乎としてゐる。

（第三／最終連）

世界と初めて出会う子供は聖なる存在であり、「母親」は「神にさへ払つたことのない注意深さ」で接する。始まりとしての子どもと慈しみつつ畏怖の念を抱く母という聖母子的な親子像は、犀星自身の出生の意味を充填する代償的な母子像でもある。生まれて程ない赤ん坊の得体の知れなさは、成長と共に、「無垢」の理念を通して描き得る対象になっていく。「日の出る前」は、秩序化された性の先にある〈子ども〉の神聖化の極限であろう。父としての犀星は、そこに自らの出生の意味を仮構しつつ、普遍的な場面を描き出そうとする観察者である。ところで、翼の生えた子どもという形象化は、千家元麿を思い起させる。

わが児は歩む
大地の上に下ろされて
翅を切られた鳥のやうに
危く走り逃げて行く
道の向うには
地球を包んだ空が蒼々として
底知らず蒼々として、日はその上に大波を蹴ちらしてゐる
風は地の底から涼しく吹いて来る

自分は子供を追つてゆく。

「わが児は歩む」（第一連）（初出　白樺同人集『白樺の森』大７・３『自分は見た』玄文社　大７・５、所収）[*6]

千家もまた、「千家元麿氏の詩集」（初出『日本詩人』６巻４号　大15・４）[*7]から『我が愛する詩人の伝記』の「千家元麿」（初出『婦人公論』43巻13号　昭33・12）に到るまで犀星が評価し続けた詩人である。いずれの文章でも「わが児は歩む」について触れている。「千家元麿氏の詩集」では、「この話をここまで押しひろげ、蒼茫の空気をかもしたところに、わざとらしい森厳めいたものを用ひずに、淡々としてうたうてゐる。何ともいへずよい。」、「千家元麿」[*8]では、「「地球を包んだ空が蒼々として、」の表現には、無限といふ言葉がしつとりと包まれてゐる。」と述べている。三十年余を隔てて同じ作品に言及していることに、感銘の深さが窺える。

犀星が述べているように、同じく〈子ども〉を地上に下り立った天使として描いても、千家の詩には犀星のように張りつめたものがなく、おおらかな開放感がある。犀星の〈子ども〉が鋭敏な本能で世界と向き合っているのに対し、千家の〈子ども〉は世界に祝福されつつ、世界と戯れている。これは、意味を充填しようとするモチーフの強度の相違であろう。「初めて子供を」（初出同前『自分は見た』所収）でも、千家は、戯れる子どもを描いている。

初めて子供を
草原で地の上に下ろして立たした時
子供は下ばかり向いて、
立つたり、しやがんだりして
一歩も動かず

笑つて笑つて笑ひぬひた、
恐さうに立つては嬉しくなり、そうつとしやがんで笑ひ
そのをかしかつた事
自分と子供は顔を見合はしては笑つた。（以下略）

「自分」も子どもを観察しつつ、開放感を共有している。千家の眼差しには、この世界への信頼感が根底にある。母子像についても、同様である。

冬が来た
夜は冷える
けれども星は毎晩キラ〳〵輝く
赤ん坊にしつこをさせるお母さんが
戸を明ければ
爽やかに冷たい空気が
サッと家の内に流れこみ
海の上で眼がさめたやう
大洋のやうな夜の上には
星がキラ〳〵
赤ん坊はぬくとい

股引のまゝで
円い足を空に向けて
お母さんの腕の上に
すつぽりはまつて
しつこする。

「小景」(『自分は見た』)

赤ん坊は母親に抱かれ、母子は夜という「大洋」に「すつぽり」と抱かれ、星に見守られている。「日の出る前」の母親と子ども、子どもと世界の間には緊張関係があるのに対し、千家の場合は包み込まれる一体感が層を成している。しかし、それは、千家が楽天的な詩人であったことを意味する訳ではない。「道端で」(同)は、道端で休んでいる老婆に抱かれた「べニ色の衣服を着た赤ん坊」を描いているが、「母の胎内ですつかりのびた子供の頭の髪は/ところ〴〵から長くのびて前へ垂れ/大きなつむりを下げて地上を見つめて動いてゐる」とおそらくは貧しい中で、持て余されてこの世に生まれてきたような存在を、赤ん坊の垂れた頭が表象している。このような表現をなし得たのは、千家が生活に共鳴する感受性を持ち合せていたからだろう。「地球の生地」(同)では、「見ろ、見ろ/何処にでも地球の生地はまる出しだ。/例へば/沢山な子持の青白い屑屋の女房は/寒い吹き晒しの日蔭の土間で/家中にぶちまけられた襤褸やがらくたを/日がな一日吟味し片付ける。/大きな籠の中からとり出すのは/つるのこはれた鉄瓶や錆の出たブリキ製の御飯蒸し/かうやくを沢山張つた埃だらけな硝子のかけら」と収拾がつかない片付けの連鎖という局限を捉え、「地球の生地」と名付けている。それは、非常に具体的な顔を持つ。貧しさとは、外界に翻弄される状態が露出した姿なのだ。

生活の局限的な本質を捉える眼が、存在の抽象化を可能にする。

（略）

頭がだんだん垂れて行く、地上へ向つて。
その深い姿は日の目の見えぬ他界の蔭に育つたものを思はせる。
地の底を流れる河の渦まく淵から現はれたやうに暗黒で異様だ。
そこに此世ならぬ顔がもう一つ現はれてゐる。
地球が青空の中に包まれて浮んでゐるやうに
見えぬ姿に包まれて半分姿を此世に現はしてゐる。（以下略）

「道端で」

青空に半球を浮かべる地球の比喩が卓抜である。見えない半球のように、千家は、赤ん坊の背中の奥にある宿命の重苦しさを感じ取る。「暗黒で異様」な領域と共に実在を捉えるからこそ、平穏な母子の光景は祝福された像として千家の眼に映るのである。犀星が千家を評したことばを借りるなら、犀星の母子像には、母子としての原場面を成立すべき意志として「森厳めいたもの」があるが、母子像を通してこの世界に感謝する千家は、包み込み広がる「蒼茫の空気」「無限」を漂わせる。共に、存在することに対する自覚的な意識を持ちながら、両者の資質の相違が表れている。

(2) 映像性

既に述べたように、犀星の映画の受容は、『抒情小曲集』に描かれた芸術家としての自己像に見られ、早い時点から影響を色濃く受けている。「たそがれの市街」（『寂しき都会』）の「ひと妻でないやうにみせて／わかやいでゐるかもしれないし／また妙に腰のところに鳴るやうな／美しい金属の札をさげてゐる猫のやうに／その持主を明らかにして歩いてゐるかもしれない／そこの通りにはさういふ女がたくさんゐるだらう／女同士の冷たい視線をたたかはしてゐるだらう」という外出した妻の姿の想像も、透視的な視線ではなはだ具体的である。「むじな」（『星より来れる者』）のドッペルゲンガー的自己も映像体験に基づいているだろう。

中でも、クローズアップによる世界の変容を描いたのが、『田舎の花』の「青い蝶」の章に収められた「花弁」（初出『都会人』大11・6）「寒い新緑の下で」（初出未詳）「粉っぽい桜の咲いてゐる二階」（同）「幻惑」（同）である。

（略）

かうしてゐても、耐へがたいほど、明るく眩しい粉つぽい埃が、なま温く、いちめんに舞ひ上つてくるのだ。こんもりとその埃はしまひに動かなくなり、凝結《かたま》つてゐたやうであつたが、その陰つたところに、うすい紫いろの陰つたところに、わたしは、そこに不思議に明るいものを見ただけです。ただ、それは生きたもので、非常に艶麗なものだつたことを附言したい。そのときの私は、上げた目をそれきりその二階にしづかに停めて置くことができなくなつたほど、いきなり、わたしは上から重圧された気分と、すぐ息づまりさうな気になつたのです。それはどうあつても話しすることができません。

「粉つぽい桜の咲いてゐる二階」

視線は「眩しい粉っぽい」桜の変化を辿っていくが、「不思議に明るいもの」の正体は「生きたもので、非常に艶麗なもの」としか明らかにされない。カメラアイのような視線は、どこまでも対象に接近することが目的なのではない。「その陰つたところに、うすい紫いろの陰つたところに、」と語り手の緊迫感をことばのリズムとして写し取り、対象との心理的距離感を視覚化することが目的である。対象に向けた視線が、対象を語る語り手の心理の表象であり、ディティールの具体化と抽象化が関係意識のリズムになること。これが、この作品の映像性の内実である。植物の動物化とそれを目撃した語り手の驚愕が視覚のリズムとして一体化している。

犀星は、「新文芸の意義」（『文章倶楽部』13巻8号　昭3・8）[*9]で、「自分は新しい映画を見るごとに何か文章を感じた。文章といふやうなものでないかも知れぬが、新しい鋭い直接自分の気持に残るものを映画から感じた自分はさういふ感覚的な文学――映画の上にある強度の印象風な、ピッタリした描写力の中に、映画描写と文芸描写の相違はありながら、何か文章を感じざるを得なかつた。恐らく感覚的であり写実的である新文章の様式は、映画に於るガッチリ充填されたものからも影響されることを疑はない――。」と述べている。これは、詩集刊行後から数年後の文章であるが、「強度の印象風な、ピッタリした描写力」「感覚的であり写実的である新文章」とは、視覚と心理の同調的な描写を指すのであろう。「尠くとも映画手法の「大写し」の全体の感応、その美の重量からも新文章の内容が築かれ、従つてその様式が少しづつ変つてゆくことも疑はれない。」とクローズアップの表象性を「美の重量」として着目してもいる。

「粉つぽい桜」の形象は、朔太郎の「春の実体」[*10]（初出『卓上噴水』3号　大4・5『月に吠える』所収）あたりから着想された気がする。

かずかぎりもしれぬ虫けらの卵にて、
春がみつちりとふくれてしまつた、
げにげに眺めみわたせば、
どこもかしこもこの類の卵にてぎつちりだ。
桜のはなをみてあれば、

桜のはなにもこの卵いちめんに透いてみえ、
やなぎの枝にも、もちろんなり、
たとへば蛾蝶のごときものさへ、
そのうすき羽は卵にてかたちづくられ、
それがあのやうに、ぴかぴかぴかぴか光るのだ。（以下略）

透視する視力が、「桜」や「蛾蝶」の奥にあるものを見せ、「春」を異形の卵で充満する世界に変えてしまう。犀星の「桜」は「粉つぽい蝶の羽根の粉のやうな花びら」であるが、〈蝶〉もまた、朔太郎の重要なモチーフである。「月夜」（初出『詩歌』7巻4号　大6・4　『青猫』新潮社　大12・1、所収）[*11]では「あかるい花瓦斯のやうな月夜に／ああなんといふ悲しげな　いぢらしい蝶類の騒擾だ。」、「恐ろしく憂鬱なる」（初出『感情』2巻5号　大6・5　『青猫』所収）では「こんもりとした森の木立のなかで／いちめんに白い蝶類が飛んでゐる／むらがる　むらがりて飛びめぐる／てふ　てふ　てふ　てふ　てふ　てふ　てふ」と外化された病理の表象となる。犀星は、朔太郎の病理の「桜」と「蝶」にヒントを得て、対象と視覚のドラマとして表層的に転用したと言える。

「幻惑」（初出未詳）は、「兇賊 TICRIS 氏」を思わせる、隠密裏に窓から侵入した「彼れ」の殺人場面である。屋外から室内へと移動し、入り込んでいく視線は、まさにカメラの視点である。そこで、視線は、眠る一人の女に暫しとどまる。

（略）

月はすこしづつ動いてゐる。といふより、微塵な移り方をしてゐる。うす氷のやうにつめたく、蒼さは手のひらに揉んでみる。硫黄のやうにぎら〳〵してゐる。たとへばその部分だけ変色しはしないかと思はれるほど、奇体な燐光を染付けてゐるのである。たとへば女の片頬へうつりかけた月光には、その十分な月光の惑乱がみえる。一種のあぶらのやうな雲形のちらちらした無数のかたまりが重なり累なつて、厚みをうかべてゐる。がそのため か鋭さが一そう加へられてゐる。たとへば一種の焔のやうに燃えてゐると云つた方がい丶かも知れない。ちよいと指さきを遣れば何か青くさい硫黄の匂ひのやうなものが喰つつくやうな気をさへ起さすのである。

（以下略）

これは、カメラを通した欲望の視線である。眠る女は映像化されることによって全くの客体となり、存分に眺め得る対象になる。これもまた、星野が指摘する「盗み見」の全開である。視線が捉えたものを余すところなく描き出そうという欲望は、視覚が喚起する感覚へと横すべりしていく。「うす氷のやうにつめたく、蒼さは手のひらに揉んでみる。」「ちよいと指さきを遣れば何か青くさい硫黄の匂ひのやうなものが喰つつくやうな気をさへ起さす」と視覚は触覚と連動して官能の深みへ誘い込んでいく。犀星は、「大写し」を全くの客体と化した対象に向けることによって、生起していく欲望をクローズアップするのである。「そして彼れは次第に女の上にかがみ込み、かがみ込むことに拠り完全に女の、れいの白い喉すぢへ目がけ、彼れの右の手がさし伸ばされたのであつた。」という謎の影による殺人は、その行き着く果て、究極の所有を、見つめる視線に成り代わって行った代替行為である。生起された欲望に即して、対象との関わり方を果てまで辿ってしまうのである。「幻惑」は、表層が情動を突き動かしていく究極の映像体験を描いた作品である。

犀星は、この後、小説において、映像的描写を以て心理描写に代えようとした。「文芸描写と映画描写」（「文芸時評」『新潮』25巻6号　昭3・6）で、「映画はその作中の「顔」を以て描写を進行させるるため、さういふ直の材料で打つかつて行くことは到底文芸の場合で為される描写と比較にならない。その「顔」のみの表現が既に心理的な作用であるために、殊更に性格や心理を突き止める必要がないのである。」「文芸作品が次第に性格心理のみの焦点に拘泥しないで、寧ろ映画的な摑み方の的確さ大きさで実行してゆくことになるのも決して偶然ではないのである。」と述べている。しかし、その試みは、犀星が支援した『驢馬』同人、若き友人の堀辰雄に批判される。堀は、「室生犀星氏の小説と詩」（『新潮』27巻3号昭5・3）で、「死と彼女ら」（『新潮』24巻12号　昭2・12）を初めとする犀星の近作について、「まだ詩的な構成」に過ぎず「レアリストの構成とは言へない」「悲劇それ自身ではなしに、悲劇の影でしかない」と評する。その欠陥は「一つはあなたの方法が映画の方法からあまりに多くのものを借りてゐるからではないかと思ひます。」と推察し、「カメラは、いかに努力しても、現実の陰影をしか捕へることが出来ないものであり、「我々は映画のすべての終つたところから小説を書き出さなければなりません。」」と述べている。

映像は具体的現象として目の前に示されるが、映像的描写はことばによって成される。それは、対象自体ではなく、対象を見る側、語り手の対象との関係意識をこそ露出させる。対象の映像的描写によつて対象の心理を露出させることはできない。堀の指摘は、その辺りを衝いている。「青い蝶」の諸篇は、描写の代替ではなく、入り込む視線が写し出し、抑圧し、喚起するものを辿っていることが独自の描写たり得ているのである。

注

＊1　『大衆文化事典』（弘文堂　平3・2）「電話」の項目は吉見俊哉による。

＊2　前書に「千九百十八年（大正七年）から、千九百二十一年（大正十年）に至る間の私の作品のなかから、主として印象風の詩六十四篇を輯めて、この詩集を編む。配列は大部分作順による。」とある。『青い翼』は「Ⅰ」と「Ⅱ」から成るが、「星——断章」は「Ⅰ　一九一八—一九二〇」に収録されている。

＊3　伊藤信吉『日本の詩歌15　室生犀星』（中公文庫　昭50・2）の「鑑賞」。
＊4　菅谷規矩雄「室生犀星――詩の初期と晩期」
＊5　引用は『萩原朔太郎全集』第1巻（筑摩書房　昭50・5）による。
＊6　引用は『千家元麿全集』上巻（彌生書房　昭39・2）による。
＊7　『庭を造る人』所収。原題「二つの詩集――千家元麿の詩集」引用は『室生犀星全集』第3巻（新潮社　昭41・2）による。
＊8　引用は『室生犀星全集』第10巻による。
＊9　『薔薇の羹』（改造社　昭11・4）所収。「文芸雑稿」と改題された。
＊10　引用は＊5に同じ。
＊11　引用は＊5に同じ。

第四章　〈父〉の情景——『忘春詩集』『高麗の花』『故郷図絵集』——

1 〈父〉の領野

長男の豹太郎は、大正十一年六月二十四日に亡くなった。僅か一年一カ月の命であった。『忘春詩集』はその半年後に出版されており、愛児を喪った慟哭の作品が収められている。

『田舎の花』で犀星は、聖母子的な母子像を描いた。それは、出生の意味の極限化である。意味づける主体ではあっても、我が子との一体感は持てない父親の心境が、豹太郎存命中の作品に描かれている。

わが家はきのふもけふも
子守唄には暮れつつ
洋燈《らんぷ》の下《した》にみな来りて
おころりころりをうたへり。
人の世の佗しさおのれ父たることの
その真実《まこと》を信じる寂しさ。
ふいるむのうつり変りゆく
その羽毛《はけ》のごとき足なみの早さに
おのれひとり
いくたびか停まらんとしつつ
その陰影《かげ》をさへとらへんすべもなし

「ふいるむ」（初出『新潮』36巻5号　大11・5）

家庭は赤ん坊を中心に廻るが、その団欒の輪の中で父親は疎外感を感じている。「おのれ父たることの／その真実を信じる寂しさ。」と父の自覚は本能的にではなく、観念的にしか生じない。この実体感の希薄さを、犀星は映像に喩えている。自分の周りを廻っていく映像のような情景。川本三郎が「暗闇の映画館のなかで、白いスクリーンのなかに投影される光と影の造形が映画の何よりもの特質である。」と述べているように[*1]、「その陰影をさへとらへんすべもなし」とは、映像の本質を捉えた比喩である。実体ではないことがわかっているからこそ没入し、意識下の領域を拓いてくれる世界に対する覚醒。これは、〈父〉が存立する地点に佇む心境を卓抜に表象している。

一方、「象」（同）では、疎外感が命なき染付の象に投影されている。

古き染附の皿には
かげ青い象ひとつ童子に曳かれ歩めり。
この皿古きがゆえ
底ゆがみ象のかげ藍ばみ
皿のそとにも寂しきかげを曳きけり。

かかる古き染附の皿には
うるしのごとく寂しく凝固《かたま》りたる底見え
日ぐれごろ
象のかげ長からず

ちぢまり一入悲しげに見ゆ。

「かげ青い象」「象のかげ藍ばみ」の「かげ」は姿の意であり、[*2]「寂しきかげを曳きけり」はものの影であるが、いずれも「かげ」という平仮名表記によって相違が相対化される。「日ぐれごろ／象のかげ長からず」とは、影を曳く「かげ」（姿）のような錯覚を与える。「現実と皿絵の情景とが混同するような錯覚に一瞬落ち入り、象が曳かれているのも夕暮の景色の中に思えてくる」（三浦[*3]）と陰影と実体の境界が出入りしている。「寂しき」「寂しく」「悲しげ」という情感に映る世界の陰影が、「かげ」をキーワードにした映像的描写によって表出されている。それは、非実体的だが、自分の心情が捉えた固有の世界である。「ふいるむ」が〈父〉の意味を語っているのに対し、「象」は〈父〉の心象を描いている。

犀星は、「日の出る前」では記述者として外側から母子像を描いたが、それでは充足できない意味を内側から、子どもに成り代わって見つけようとしている。それが、「母と子」（初出『婦人公論』7巻4号　大11・4）である。「母よ　わたしの母。／わたしはどうしてあなたのところへ／いつころ人知れずにやつて来たのでせう／わたしにはいくら考へてもわかりません／あなたが本統の母さまであつたら／わたしがどうしてこの世に生れてきたかを／よく分るやうに教へてくれなければなりません／（略）ふしぎな神さまのやうに／あなたの言葉のひとつひとつを信じたいのです」と口語で、根源的に率直に問いかける。母の答えはこうである。「いいえ　坊や／お前はそんなことを訊いてはなりません。／おまへは温良《おとな》しく育つてゆけばいいのです／大きくなればひとりでにみんなわかることです。／母さまの　たましひまで舐りつくしておしまひ。／母さまが瘠せほそれるまで。」。

母子の繋がりの根源性は、母の肉体を全て自分に取り込むという行為としてしか意味づけられない。問いかけることは、禁忌である。

子供よ
みんなお前にあげたのだから
さう悲しさうにわたしの顔を見てはなりません。
母さまの大切なからだも
さうしてその心も
みんなみんなお前にあげたのだから。

（第十一／最終連）

これは、生みの母の記憶が殆どない犀星の、子どもの立場から仮構する先験的な根拠の極限だろう。自らの肉体という実在に刻印しようとするのである。〈父〉の実体感の希薄さは、出生に対する直截な問いかけに回帰する。犀星が〈父〉の身体性を実感するのは、皮肉なことに、豹太郎の死を介してである。

毛糸にて編める靴下をもはかせ
好めるおもちやをも入れ
あみがさ、わらじのたぐひをもおさめ
石をもてひつぎを打ち
かくて野に出てゆかしめぬ。

おのれ父たるゆえに

野辺の送りをすべきものにあらずと
われひとり留まり
庭などをながめあるほどに
耐えがたくなり
煙草を噛みしめて泣きけり。

「靴下」（初出『詩と音楽』1巻2号　大11・10）

「靴下」は「挽歌の名作」（三浦）[4]であるが、三浦も指摘するように、最終二行の慟哭が作品の質を決定している。堪えに堪えた〈父〉は、ここで記述者から情動する身体と化す。我が子がいかに身体に入り込んでいたかを知るのである。それは、「我が家の花」（同）の「母おやはつねにしづかにしづかにと言ひ／あかごの目のさめんことをおそれぬ。／さればわれはその癖づきし足もとを静め／そとより格子をあくればとて／もはや眠らんこどもとてなし。」、「いづこに」（初出『詩と音楽』1巻3号　大11・11）の「わが家の湯殿に／灯を入れ／母おやひとり湯にひたれり。／膝の上に児のありしものを　と　悲しむ。／いくたび我もそれに触れけん／まろやかに肥えたる我が子の／胸おもひいでて泣きけり。」という我が子の身体と同調していた在りし日の発見でもある。

我が子の不在は、「きのふ乳母ぐるま買はんとおもひ／よこはまにも行かば形やさしきを得んと／立ちあがりしわれなるに／なに人もなき部屋にさす朝日のみあかるく／ひとつの影だにもなき。」（「最勝院自性童子」初出『詩と音楽』1巻2号）と「影」の不在として表出される。「象」でも描かれていた、実体ではなく像としての「影」ということば。犀星は、このことばによって、哀しみを昇華していく。

やや秋めける夕方どき

わが家の門べに童子《わらべ》ひとりたたづめり。
行厨《うちかひ》をかつぎいたくも疲れ
わが名前ある表札を幾たびか読みつつ
去らんとはせず
その小さき影ちぢまり
わが部屋の畳に沁みきゆることなし。
かくて夜ごとに来り
夜ごとに年とれる童子とはなり
さびしが我が慰めとはなりつつ……

「童子」（初出『詩と音楽』1巻2号）

「その小さき影ちぢまり／わが部屋の畳に沁みきゆることなし。」と我が子の像は圧縮されて、消えぬ畳の染みとなる。陰影でもあり姿でもある「影」によって、亡き子どもの痕跡として実在するものが意味づけられる。犀星の映像的感受性は、モノから自立してモノを捉え、世界を構築していくことばの本質に届いている。

重なる内容を持つ小説が、「童子」（『中央公論』37巻10号　大11・10）と「後の日の童子」（『女性』3巻2号　大12・2）である。「童子」は豹太郎の死の前後を描いており、終り近くになってそれまでのリアリズムから一転し、幻影の「童子」が夫婦の許に訪れる。「後の日の童子」は、「童子」が夫婦の許にしばしば訪れ、次第に輪郭が薄れて姿が見えなくなるまでの経緯を描いている。いわば、小説では、詩「童子」の「さびしが我が慰めとはなりつつ……」の「……」の部分が、夫婦の心情の揺れ、波立ちとして展開されている。詩では着想の要が作品化されていることになるが、要点とその敷衍という水平的な相違なのではない。詩「童子」の「像」と実在の繋ぎ方は、心情と幻像が交錯する怪異譚の構造的基点である。

2　〈陶器〉

(1)「寂しさ」と「幽遠」

〈父〉の体験は、「寂しさ」とその先にある「幽遠」を浮上させた。

町に出でゆき
古き磁器ひさぐ店をあさり
終日つめたき陶器に手をば触りつつ
かかる寂しさにわが心やどるか。

「明代の陶器」（第一連）（初出『新潮』36巻5号）

わたしの部屋には
つめたい陶器ばかりあつまつてある、
わたしはそれに触りながらゐると
いつも雨にさわるやうな気がする、
わたしはときどきさういふ冷たいものに
触らうとする自分をいとふ、

もうすこし温かいものに
わたしの慰めよ、しづかに思ひをかけよ
さうわたしは考へるけれど
やはり手をつめたくさわらしてゐる
どうすることもできない。

「部屋にこもりて」（初出未詳）

『忘春詩集』以前は、「陶器」は温かな官能性に満ちていた。「抱へると冷たくない／温かい鳥を抱へたやうな気がする」（「青九谷」初出未詳・『星より来れる者』）「手にとる／その円みを超えて柔らかさがくる／異性の肌のまるみさへ沁みでる」（「愛陶の民」・同）「それは、或る不思議な形からと色からと、そして温かいからだをもつてゐるうすあをい陶器なのである。」（「古九谷」初出『日本詩人』2巻1号 大11・1、『田舎の花』所収）「実際は柔らかすぎるくらゐの軟さできよい水の種類であるかも知れない。」（「青磁」初出『帆船』1号 大11・3、同所収）と曲線的な女体として感受されている。しかし、『忘春詩集』では、何よりも「つめたい」。肉体ではなく物体として捉えられ、軟らかな水ではなく直線的な雨として感受されている。「古九谷」では「陶器の香台を覗く気もちは快活でも陰気でもない。寂寞そのものと顔を合せることである。」ともあるが、こちらが「寂寞」という情調であるのに対し、『忘春詩集』の「寂しさ」はモノに投影された心情である。「冷たいもの」に魅かれていく心を厭いつつも「どうすることもできない。」のである。

冷たさへの嗜好は、〈父〉の体験にすべて還元できる訳ではない。「あきらめ」（初出『新潮』36巻5号）では、「あまりに美《は》しきものら／ゆきかよへばこころ乱るると云ふか／みそぢ越えしものの止むなきあきらめ」とある。犀星は、年齢で自分を摑んでいく詩人でもあった。後年、還暦を迎えた犀星は、「まだ頭はまつくろだし／踵もそんなに擦り切れてゐない、／手だつてぴかぴかだ／おれが六十歳なんて莫迦らしい。」（「再び」『蠟人形』22号　昭23・8）「人生六十年／白いばらなぞ犬にくはれてしまへ。／あの膝　この膝／みんな棒杭になつてしまつた。」（「悲曲」『詩界』2号　昭26・9）と一巡りした時間に感慨を抱き、想定される老人像に抗っている。「みそぢ越えしもの」の諦念は、「いまの世のわかきひとびとら／白き手をつなぎ／垣のかげにみなたのしげに語れり。／／われはかくあらんことを願はず。／されどかくあらざりしことの／わが思ひをつんざくことの何んぞ激しき。」（「緑のかげに」初出『詩と音楽』1巻1号　大11・9）と禁欲的な自己を強いる。身体に堆積された時間の意識が自己規定を促し、欲望と相克しつつ体験の意味が生れるのである。

「幽遠」については、星野晃一が、「祈禱」の「群を離れた寂しげな魚」に向けた「白日しんたるなかに柔和と幽遠とをかんじたのである。」という用例以降の表現を検討し、犀星の根源的な宇宙観、自然観が表れた語であることを指摘している。[*5]星野が論じるように、「幽遠」は犀星のキーワードの一つであり、個を超えた大いなる存在を示す語として用いられている。

幽遠な小春日のしごとで
なにか思ひ出してふいに咲いてみたが
寒くてようは開かれずに
余りたのしいことがない
そのためちぢれて悲しげに見える。
ぽつぽつのある枝に
うてなも短かく花が帰り咲きをしてゐる

「帰り花を見る」（第三連）（初出『詩と音楽』1巻3号『忘春詩集』所収）

妻も友だちもかかはりのない界に
地球のどこか最極端に寄せられてゐるやうな気がする
あたかもわたしだけがひとりで灯《ともしび》を点じて
何千年後にさびしく居残つて
その灯を継いだり剪つたりしてゐるほど
一切の幽遠が充ちてゐる。

「灯を剪る」（第二連）（初出『日本詩人』3巻2号　大12・2『高麗の花』所収）

屋外に寒い風が叫んでゐるのに
机の上に白い花弁が吹かれて来た。
手に取つて見ると春の花でも
そして秋咲く花でもない。

ただ烈しい純白につんざかれたところの
彼《あ》の寒風が生みつけて行つたやうな
幽遠な花の落ちたのである。

「寒風の花」（第一、二連）（初出『日本詩人』3巻2号『高麗の花』所収）

わたしはうす風邪でうつうつ眠つてゐる間に
もう幽遠な百年間が経つてしまつて

あたまが空つぽになつて茫乎《ぼんやり》としてゐた。（以下略）「風邪」（初出『詩と音楽』1巻4号　大11・12『高麗の花』所収）

目に留まった花から無窮の時間感覚まで、犀星は実在の奥にあるもの、実在を実在として押し出しているものを「幽遠」という語で言い止めようとしている。それは、抒情を超えて「寂しさ」を観念化し、不可避のものとして受け止めることである。

中でも、「寒風の花」の寒風がもたらした花という発想は、漢詩に通じるものがあるように思われる。黒川洋一は、江戸後期に作られた漢詩の歳時記として『林園月令』三篇二十四冊（館柳湾纂輯・伊沢信厚参行　天保二／一八三一年）を挙げ、「永井荷風や柳田国男が欽愛してやまなかったものといわれる」と紹介している。[*6] その中から同趣の例詩を挙げてみる（江戸富沢町　金生堂刊　初篇「巻七「冬」「十月」」）。

雪窗　　宋　葛長庚

素壁青燈暗ク紅炉夜火深シ雪花窗外ニ白シ一片歳寒ノ心

雪　　金　高士談

藪藪タル天花落テ未レ休マ寒梅疎竹共ニ風流江山一色三千里酒力消スル時匹ニ寄ルレ楼ニ

雪　　呂中孚

随テレ風払払玉花飄ル入テレ夜ニ寒窗更ニ寂寥炉火已ニ残メ燈未レ尽セ一簾ノ疎竹白粛々

『高麗の花』には、「黄ろい蠟石」（初出『詩と音楽』2巻2号　大12・2）の篆刻や「菊を彫る人」（『詩と音楽』1巻4号）の菊の彫刻のように、文人趣味的な作品が収録されている。同じく『高麗の花』所収の随筆「野茨の実」には、「山居悠々として自適するに／春窓既に更け／日として鳥語なき日なし。／人生の事みな失意、／されど失意を思はず／独座春蘭を覶ぎつつ送る。／誰か一顆の石印に思ひ潜ますことを知らん、／昨日印面に唾し／今日なほ刻に執す、／まことに山居訪ふ人なく／流水桃木に夢むのみ。」と擬漢詩とも言うべき無題詩を載せている。犀星は、「これはでたらめに書いたのである――が、それさへ何んだか私には妙な詩より自分にはふさはしいやうな気がする――。」と漢詩的な情調に傾斜する心情を述べている。犀星が『林園月令』に目を通したか否かはわからない。しかし、例詩に見られる、風に随って吹き込んでくる「玉花」（雪）の構図、「雪花」に「寒ノ心」を知るという思考性を消化し、更には「天花」という慣用語をその由来する自然観に還元して詩情として深化させたという印象を受ける。漢詩の季節感を手がかりにモチーフの核心を突き止めようとしたように思われる。

「寂しき春」以降、「寂しさ」も犀星のキーワードであり、感情の基底部を指すと共に、出生の先験的な意味の欠落をめぐることばでもある。星野は、「性に目覚める頃」に現れる「寂しさ」を原形として整理し、「己の中からあえてしばしば「寂しさ」を呼び出してそれを描き続け、それを自己の文学の中心に据えるに至った」と指摘している。[*7]犀星は、対象を再び「寂しさ」に引き付けつつ、「幽遠」へと突き抜けようとしている。

『忘春詩集』『高麗の花』には「支那」に共鳴する作品が見られる。久保忠夫は、犀星が一目置いていた谷崎潤一郎、芥川龍之介、佐藤春夫が、大正十年前後に中国に遊び、中国文学に関わる作品を執筆していたことに刺激を受け、中国に関心が向かったのであろうと推測している。[*8]

古き支那の世に
馬守真といへる金陵の妓《をんな》ありき。
蘭をえがくにこまかき筆をもち

客にそがひせるいとまいとまには
心しづかに蘭画を描きつつ
うすき女らしき優墨にふけりしと云ふ。
その葉を書き表はしたるものの
やさしく艶めき
品ある匂ひこぼるるごとし。
さればさびしき折折の
えもいはれず坐りてながむるなり。

「馬守真」（初出『詩と版画』2号　大12・3『忘春詩集』所収）

犀星は、同題の小説も書いている（『中央公論』38巻3号　大12・3）。久保は、小説「馬守真」について、この名妓の存在は『歴代画史彙伝』『図絵宝鑑続纂』を直接間接に介して知り、妓楼の設定や「瑜《ゆ》糜《に》」（墨の意）という耳慣れない語の使用から、具体的な造形には余懐の『板橋雑記』を参照したのではないかと推測している。[*9]『板橋雑記』の「李十娘」には「磨隃糜」という語句があり、[*10]小説「妓李十」（『改造』3巻12号　大10・11）も書いた犀星が、目を通した可能性は高いだろう。ちなみに、久保は、「瑜」は「隃」の誤字であろうと指摘している。

岩城秀夫によれば、『板橋雑記』は江戸時代に口語訳を添えた和刻本が出版されて広く読まれ、文化十一（一八〇四）年には『唐土名妓伝』と改題して江戸書林から刊行されたということである。[*11]『金陵旧夢唐土名妓伝』（松山堂書肆・東京都京橋区南伝馬街一丁目）の該当箇所を見てみる。

性嗜ミレ潔ヲ能シ二鼓琴清歌ヲ一畧渉《ホヾワタリ》二文墨ニ一愛ス二文人才子ヲ一所ノレ居ル曲房密室帷帳尊彝楚々トシテ有レ致《ヲモムキ》中ニ搆ヘ二長軒ヲ一軒左ニ

種二ヘ老梅一樹一ヲ花時香雪霏トシ払二フ几榻一ヲ軒右ニ種二ヘ語梧桐二株巨竹十数竿一晨夕洗レヒ桐ヲ拭《ヌグヒ》レ竹ヲ翠色可レシ餐《クラフ》入二ル其室一ニ者ハ疑レフ非二スト塵境一ニ（性《ムマレ》ツキキレイズキニテ芸ハイライテナシ其上ヨホド詩文ニワタリテ文雅ノ客ヲ愛シ居所ノ曲房《ヘヤ》密室《ネマ》等ノフスマ障子トコ花生ケマデモソレ〳〵ニ風雅ヲツクシ中ホドニ長軒《ヲヽザシキヲ》カマヘザシキノ左ニ老梅《ヲヽムメ》一本ウヘ花サケバカホル雪風ニナビキテ几《ツクヘ》ノ上ニトブザシキノ右ニハ梧桐《アヲギリ》二本巨竹《ヲヽダケ》十本ウヘアサユフ桐ヲアラヒ竹ヲヌグヒミドリノ色キラ〳〵トシテ目ヲサマシ心ヲ清クス入リクルモノハイカナ粋《スイ》デモ肝ヲツブセリ）

磨《スリ》二瑜麋一ヲ熱《タキ》二都梁一ヲ供二ス茗菓一ヲ暮ルレバ則合楽酒宴尽レシ歓ヲ而散ス然レドモ賓主秩然トシ不レ及二於乱一（漢ノ代ノ瑜麋ト云フ上墨ヲスリ都梁《ランカウ》ヲタキ菓子茶ヲ出夜ニ入レバ琴三味ニテワツサリトサヤシイヅレモ立カヘルサレドモ客モ李十娘モ初中後シカツベラシク少モ不行儀ナコトナシ）

＊　丸括弧内は本文傍の口語訳である。ただしルビは適宜省略した。

『唐土名妓伝』では「隃麋」ではなく「瑜麋」と表記されているので、犀星がこれを読んだ可能性はある。李十の清冽な美意識が馬守真に移植されているが、原文の「曲房密室」が喚起する官能性は退けられている。「瑜麋」に基づく「うすき女らしき優墨」は、語り手の「さびしき折折」が共鳴する個に根差した営為として造形されている。久保も指摘しているように、馬守真と言えば佐藤春夫の訳詩「そゞろごころ」がある。これは、「支那歴朝名媛詩鈔」と銘打った『車塵集』（武蔵野書院　昭4・9）[*12]に収録されている。「原作者の事その他」という付記で、馬月嬌（馬守真）を「趙今燕と同じ時代（引用者注：「十六世紀中葉。明朝万暦年間。」を指す）、同じく秦淮に、同じやうに名を馳せた名妓である。名を守貞といふ。容貌は大して美しいといふ程ではなかつたが、風流でまた豪快の気質の愛すべきものがあつた。又、湘蘭と号して善く蘭を画き一家の風格を得た。その名は海外にまで聞え当時シヤムの使節が来朝した時にその画扇を得て帰つたといふ。」と紹介している。

「豪快の気質」とする春夫の紹介は、「心しづか」に蘭画を描く犀星の馬守真像とは異質の姐御的イメージを持たせる。

夢こそ清けれ竹の寝椅子に
杯あまけれ花のかほりに
目ざめてそぞろに楽しからずや
月かげさやかに櫛笥《くしげ》を照らせり

原詩は「竹榻清人夢／花香媚酒杯／覚来有幽趣／明月満妝台」である。春夫は、甘美な情趣として「清人夢」「有幽趣」を訳している。妓楼という背景や「媚酒杯」という詩句を考慮すれば、春夫の訳詩は原詩の雰囲気を掬い上げているのであろう。犀星の馬守真は、蘭画や「瑜襲」に触発されつつ、自分の心情を投影した独自の孤影になっている。

大正期の作家の中国への関心について、川本三郎は、谷崎の「支那趣味」という語を引きつつ、「ユートピアと現実の微妙なバランスの上に仮構されたひとつのフィクション」「新しい国への憧憬と古い国へのノスタルジーがないまぜになった、大正期的モダニズムの一表現」であると指摘している。[*13] 谷崎は、「支那趣味と云ふこと」（『中央公論』37巻1号　大11・1）[*14]で、「われ〳〵今日の日本人は殆ど全く西欧の文化を取り入れ、それに同化してしまつたやうに見えるが、われ〳〵の血管の奥底には矢張支那趣味と云ふものが、思ひの外強い根を張つてゐるのに驚く。」と述べている。それは、「一と度び高青邸を繙くと、たつた一行の五言絶句に接してさへ、その閑静な境地に惹き入れられて、今迄の野心や活発な空想は水を浴びたやうに冷えてしまふ。」という時代の先端に立つ価値観を相対化する世界観である。犀星には、谷崎や春夫に共通する比較文化的な視点はない。犀星にとって、「支那」という素材は、「支那趣味」を超えて心情を表出し得る別の肉体を見出すことであった。仮構された肉体として素材を扱うことは、犀星の一貫した姿勢である。

(2) 底にかがむ

ゆかしき家ならびて
門のべも清く掃かれある。
門のべにみな桜つぼめる。
垣のうちに子守唄やさしく
小路の日だまりに支那人のかがみて
陶器に金焼を入れ
破片《かけら》をつけるある。
みな静まりて心をこむる姿なり。

古への高麗人は寂しい、
灰色めいた光沢《つや》をみせた斯のやうな香合ををりをりは形作つて
自ら心を遠きに遣つて眺めてゐたらしい。
まるで蛤のやうにのどかに生き

「つれづれに　その二」（初出『新潮』36巻5号『忘春詩集』所収）

春の空気に緊《しま》つた形を動かしてゐる。
そこに名も知れない一人の高麗人が
いつも蹲《かゞ》んで心しづかに眺めてゐるやうにも思はれる。

「高麗の花」（第三連）（初出『新潮』38巻3号　大12・3『高麗の花』所収）

「つれづれに　その二」は、「南京町」と共に『新潮』に掲載されている（総題「忘春」十五篇）ことから、横浜南京町のスケッチだと思われるが、かがみ込んで陶器を扱う「支那人」の姿が清閑な風景を特徴づけている。〈陶器〉が生活に息づいている土着的な愛好の象徴が、〈かがむ〉姿である。犀星は、「愛陶の民」でも、「わたしは支那人が高らい青磁などの古い破片を／服の前ボタンにつかつたり／時計のくさりにつないだりしてゐるのをみると／ほんとに陶器を愛する民をみるやうな気がする」と語っていた。今、眼前にあるのがその情景であり、「静まりて心をこむる」ものとして感受される。この実景が、「高麗の花」の香合の底に蹲む高麗人の幻想に展開する。自分の作った陶器の底に入り込むこと、それは形を変えた胎内幻想であろう。豹太郎の死が要請した、慰撫されるための心象である。陶器のエロティシズムは、外界から肉体を守る壁として硬質な固体に変容する。陶器の底にかがみ込むことは、冷たさに閉ざされることでもある。

夕餉のしたくはまだできぬか
さぶしい汽笛があちこちで鳴つてゐるのに
障子の紙が藍ばんで

うすい羽根のやうにふるへ
それを眺めてゐるとしだいに眼がちらつくほど
子供ごころになりやすい
樹の幹のぬれたうそ寒い
寂しい冬の日暮であるに。

冬の夕ぐれは
つめたい陶器の底にでも踞《かが》んでゐるやうに
どこを向いても白つぽく悲しい
それだのに
夕餉のしたくはまだできぬか。

たどたどしげな幽遠な冬の気に沈んで
お前たちのしごとも捗取《はかど》らぬのか
早うそのあたたかい夕餉のしたくを急いで呉れ
「夕餉のしたくはまだできぬか」（初出『詩と音楽』2巻1号　大12・1『高麗の花』所収）

冬の日暮れの始原的な感覚を呼び覚ますような心細さ、寄る辺の無さが「子供ごころになりやすい」と言い留められ、「たどたどしげな幽遠な冬の気」と呼応する。ここでも「幽遠」がキーワード的に用いられているが、日常性と実存性の繋ぎ目の役割を果たしており、単独の語の形容に終ってはいない。存在や季節や時間をその中に容れている世界を喚起することばとして生きている。

寂しさの底に身を置く心象は、「愛陶」を介して「支那人」の心象の想像となり、共鳴となる。

支那人はぼんやりといつも悲しげで
そして考へ込んで
小鳥の瞳のいろに時計を読み
翡翠の玉をかざして日の光をながめ
己れの生涯のうらなひをする
わたしの国では
海や山の上の夕焼けや指紋のうづまきに
自分のさいはひを読まうとする
この二つのさびしい国が海を隔てて
お互ひの心を知らうとしてゐる。

「支那風な景色」（第三／最終連）（初出『詩と音楽』2巻1号『高麗の花』所収）

左右対称的な二つの国の「さびしさ」は、犀星自身の心情である。この時期、犀星は、「馬守真」「妓李十」の他にも「関羽廟の蠟燭」（『婦人画報』188号 大10・9）「塔を建てる話」（『赤い鳥』7巻4号 大10・10）「唐氏」（『中央公論』37巻6号 大11・6）「龍の笛」（『コドモノクニ』1巻8号 大11・8）「翡翠」（『女性改造』2巻1号 大12・1）等、古代中国に材を採った小説を書いている。そこからも発想を得たのであろうが、心情が投影されたモノを基点に同定できる事象を広げていくのは、独自の想像力である。「支那趣味」という対象化された「美」の受容以前の、具体的な事象に対する共鳴が描かれている。後年、犀星は、自分の方法について、「僅かな情景とか心理とかをたよつて書くうちに、しだひに自分らしいつやを見付けて、それを磨き上げるやうな私の仕事」（「作家の手記」『縮図』1輯　昭22・4[*15]）と述べているが、概念ではなく事象が着想の発端になる点は、この作品にも通じる。〈陶器〉の底にかがみ込む心象から「支那人」への展開には、犀星の想像力、ひいては世界との繫がり方の特徴がよく表れている。

この時期に、〈寂しさ〉は観念的最大値となる。

陶器でも俳句でも
ねらつてゐるところは寂しさだけだ。
その他の何ものでもない
もうそれに定つた
そしてわれわれの内にあるものも
そいつを現はしさへすればいい
他の何ものもいらない
日々にあたらしく又代えがたい
人生の霧や雲を掻きわけた寂しさだけが
ものの蘊奥にかがやいてゐる

「ふと思ふこと」（初出『新小説』30巻2号　大14・2『故郷図絵集』椎の木社　昭2・6、所収）

『抒情小曲集』で風景への違和として表出された「寂しさ」は、人生の根元にあるものとして意味づけられ、創作の源泉として自覚される。この後、「寂しさ」は直接的な概念としては姿を消し、能動的挑戦的な姿勢として現れる。

3 百田宗治

犀星は、「百田君の詩集」（『庭を造る人』[*16]）、「何もない庭」（『天馬の脚』 改造社 昭4・2[*17]）で百田宗治に言及している。前者では「最近のかれの詩は沈んだ気もちのよい落着き方をして、私の心に近く昵懇の感じを囁いてゐる。「一人と全体」の時のかれが永い間かゝつて、いまその本道へ沁みついて来たやうである。」、後者では「詩の最高峰は静かさの中に縛め付けられたものの一切で、穏かさで烈しさを叩き上げるものである。彼の詩は多難な幾様かの生活から自ら髪ふりかざし乍ら叫ぶかはりに、沈んでその幾様かの人生を縛め付け圧搾してゐるのである。」と沈静な情感を百田の本質であるとし、強く共感している。

沈静の顕在化は、民衆派詩人としての活動の自己批判と関わりがあろう。『偶成詩集』（椎の木社 昭2・10）に収録された「実行なき人生──自らの弱さに就て語る」（「（大正十四年三月）」という日付が末尾にある）で、「この弱さはひつきようこの人生に架かるわたしの重力の不足から来るのだらう。自己を強ひるといふことの出来ない、不必要な諒解や内省、不断に結末を見越しての躊躇逡巡、」と述べている。甚だ抽象的な自省であるが、その二カ月後の『日本詩人』5巻5号（大14・5）に、百田は「所謂民主詩の功罪」を載せている。ここで、最近の詩壇の「用語の混沌不様、それから沉長で締め括りのないリズムのだらしなさ」について、「まだ口語詩といふものの様式が充分に固まつてゐない地盤の上へ、内容そのもの、口語運動とも云ふべき吾々の野生的なデモクラシイ運動が加はつて来たせいではないかと（自分達のことだから尚一層痛切に）わたしは思ふのである。」と拙速な詩の「民主化」をその要因として指摘している。ここで、百田は、「言葉は粗雑でも、室生君の昔から書いてゐる詩には古い言ひ草だがこの「心」がちやんと現れてゐる、落着いた天成の詩だ、しかしわたしなどの書いて来たものはその反対だ、わたしはむしろ詩によつてその「心」を匿した、自分自身のものを他《よそ》にして、後天的な素材で一個の家を組み立てようとした、」と犀星と対照させつつ、借り物の段階で詩想化したと顧みている。これが、先の「わたしの重力の不足」に重なると考えられる。

第三章で触れたように、百田の『青い翼』は、大鐙閣の『現代代表詩選』第一篇として、犀星の『星より来れる者』は同第二篇として、共に大正十一年二月に刊行された。「鞦韆」と「星簇」の発想の類似もそうであるが、「星」[*18]（百田）と「夜」（犀星）を読み併せると、発想を超えて感受性の類似を感じる。

「星」（第一連）

空の深い星にみとれてゐると、
地上の足を忘れて仕舞ふ。
濃みどりの空中一ぱいに、
星は輝き、
星は一つ一つ新しく産れて来るやうだ。

空はふかく
星がいちめんにある
いくら見てゐても飽きない

みればみるほど何かを発見するやうに思ふ
あたらしいものが心に乗りうつることをかんじる

「夜」（第三連）（初出未詳）

「一つ一つ新しく産れて来る」「あたらしいものが心に乗りうつる」といずれも自然から汲めども尽きぬ新鮮さを感受している。謙虚かつ親和的な自然との向き合い方は、両詩人の根底にある。

百田は、第五詩集の『青い翼』に到って「民衆の自覚を求め、あるいは社会の悪を指弾しての声高な雄弁調は一擲されて、沈静した調べに身辺のさりげない事象を歌う傾向がはっきりしてくる」と指摘され[*19]、『何もない庭』（椎の木社　昭2・3）『偶成詩集』『冬花帖』（厚生閣書店　昭3・8）と閑寂な心境をうたい、『ぱいぷの中の家族』（金星堂　昭6・7）でモダニズムの詩風に転進する。犀星もまた、『故郷図絵集』の後は、モダニズム的な『鶴』『鉄集』を刊行しており、詩風の変遷もよく似た経緯を辿っている。人道主義を受容して内面の確立を図り、そこを抜けて具体的な生活相に目を向け、時代の進展と共に方法論的な詩法も取り込んでいく大正期詩人の型を読み取ることができる。

『何もない庭』の表紙の題字は犀星が書いている。『偶成詩集』の中扉には「室生犀星に」という献辞があり、次のページは「君今年の冬は寒からん」という詞書、「（大正十三年一月十三日尺牘）」という但書と共に、「火桶抱いてしばしば思ひ深からん」という犀星の句が掲載されている。関東大震災後、犀星との金沢での再会を記した「——散文紀行「霙ぞら」より（大正十二年十一月）」も収録されている。また、犀星が『鉄集』を刊行した椎の木社は、百田が経営していた出版社である。実生活でも、彼等は親しく交わっていたが、「唐皿」（大15・3作[*20]『何もない庭』所収）の「童子らは／けふも遊んでゐる／白けた唐皿の縁で／童子らは／けふも独楽をたのしんでゐる」、「帰り花」（『冬花帖[*21]』）の「天が降らせた灰だ。／梢についてゐる帰り花のやうに、／その子は寂しい顔をしてゐるにちがひない。」と素材の選択と「寂しさ」の心情が投影された情趣も似通っている。
犀星が称賛する百田の沈み込む情感がよく表れている作品を挙げてみる。

日がかげれば
何もない庭はさびしい
日さへ照つてゐれば
万朶の花の咲きにほふ心地がする
「何もない庭」（大14・11作『何もない庭』所収）

塀越しに掌《てのひら》ほどの日のひかりが落ちる、
太陽だつて気がつかないにちがひない
この遺物《わすれもの》を私は珍重してゐる。
「わすれもの」（『偶成詩集』[*22]）

この白いつめたいものは
天からくるのだ。
高い天の一方から落ちてくるのだ。
垣根のまはりに虫のやうにむらがり、
ひえびえとそこで
ゆふぐれの空気を喚《よ》んでゐるのだ。
「垣根」（『冬花帖』）

「日」は、人間の生活が成り立つ自然の根源的な恵みの象徴だろう。「太陽だつて気がつかない」ささやかな日当りに目を留めるのは、末端に本質を見る世界観の表れであり、遍在する恵みの局限に同調するのである。「垣根」は、犀星の「寒風の花」や「夕餉のしたくはまだできぬか」の「幽遠」を想起させる。ただし、犀星には外界と拮抗する個の存在があるが、百田はその風土の目と化す。自己の局限化が、犀星に「幾様かの人生を縛め付け圧搾してゐる」という感想を抱かせたのであろう。「烈しい純白につんざかれたところの／彼の寒風が生みつけて行つたやうな／幽遠な花」（「寒風の花」）と衝突と生成を思い描く犀星と波紋と浸透に着目する百田。それは、〈陶器〉の底にかがみ込む姿勢と風土の底に沈み込む姿勢の違いでもある。

犀星と百田には、それぞれに家庭観をうたった作品がある。

家庭をまもれ
悲しいが楽しんでゆけ、
それなりで凝固つてゆがんだら
ゆがんだなりの美しい実にならう
家庭をまもれ
百年の後もみんな同じく諦め切れないことだらけだ。
悲しんでゐながらまもれ
家庭を脱けるな
ひからびた家庭にも返り花の時があらう
どうぞこれだけはまもれ

この苦しみを守つてしまつたら
笑ひごとだらけにならう。

一本の竹をそだて、
一本の竹をふやし。

掌《てのひら》ほどの日のひかりを愛し、
掌ほどの日のひかりを尊び。

蠶のやうに一人の子を大切にし、
蠶のやうに一人の子を衣《きぬ》にまき。

夜ごとの食膳を愉しみ、
夜ごとの星々を空にあがめ。

「一本の竹」(『冬花帖』)

犀星の「家庭」は、「ゆがんだなりの美しい実」として家庭の固有性を肯定する。相対化を踏まえた固有性という前提は、自身の成長過程と「ひとなみの生活」(「室生犀星氏」)への烈しい希求が根底にある。「悲しんでゐながらまもれ」「どうぞこれだけはまもれ」という熱い呼びかけと「この苦しみを守つてしまつたら/笑ひごとだらけにならう。」という人生の経験知が、「家庭をまもれ」「家庭を脱けるな」と繰返す、存在の基盤を守り抜こうとする厳しい意志に支えられている。犀星にとっての「家庭」の必然性と戦闘的と言ってもよい生きる姿勢が直截に表出されている。

対照的に、百田の「一本の竹」は静謐さに満ちている。「一本の竹」「掌ほどの日のひかり」「一人の子」と、ここでも局限性を表象する素材で統一されている。それらを「蠶のやうに」注意深く慈しみ、今日の糧に感謝する一日を繰返すのである。百田の「家庭」はささやかさに還元される。「一本の竹」があまりに静謐で、人がその中心である「情景」というよりは、人も風景の一部である「光景」と呼びたくなるのは、授かるという意識に貫かれた充足にある。『我が愛する詩人の伝記』／「百田宗治」（初出『婦人公論』43巻12号 昭33・11）で、犀星も、「何もない庭」と「一本の竹」を引用しているが、百田の世界観の端的な表れを感じ取ったのであろう。昭和初期の代表的なモダニズムの詩人、北川冬彦は、『詩と詩論』2号（昭3・12）の「批評」欄で『冬花帖』を取り上げて、「材料を撰んだ丈で能事終れりとする人生派の詩人」の中で百田は「形式に対して極めて厳しき態度を接する詩人として僕の眼に映じて来た」と述べ、この詩集は「詩集の中の詩集」の「百田宗治」であり、「「詩の機構性を最高度に緊張、震動せしめるもの」と云ふも過言ではなからう。」と絶賛している。「一本の竹」については、「子を「蠶のやうに」大切にする百田宗治氏の、切実なる現実の要求が生んだ「開かれたる眼」」であるとも評している。百田の世界観は、場面を構成し得るぎりぎりに選び抜いた素材と反復のリズムという形式を持つ。それは、フォルマリストも認め得る自立性を獲得している。

似通った経緯を経て、同じような時期に閑寂、沈静と評される作風を展開した両者であるが、「寂しさ」の深化と局限化という開きを見ることができる。

注

＊1　川本三郎『大正幻影』（新潮社　平2・10）の「5　文士が映画と出会うとき」。引用は岩波現代文庫（岩波書店　平20・4）による。

＊2　久保忠夫『室生犀星研究』の「Ⅰ　犀星詩鑑賞」（初出『読解講座現代詩の鑑賞②　近代詩Ⅱ』明治書院　昭43・8）、三浦仁『室生犀星――詩業と鑑賞――』の「作品鑑賞」（『忘春詩集』／「象」）が懇切な注釈を行っている。

＊3　＊2に同じ。

＊4　＊2に同じ。

＊5　星野晃一『室生犀星――幽遠・哀惜の世界――』（明治書院　平4・10）の「第二章　幽遠の世界」／「幽遠を求めて」。

＊6　『中国文学歳時記』第1巻（黒川洋一・入谷仙介・山本和義・横山弘・深澤一幸編　同朋社　昭63・11）の「序」（黒川洋一）。

＊7　『室生犀星　何を盗み何をあがはなむ』の「Ⅰ　発生／3「発生」期の「水」と「寂しさ」／(2)「寂しさ」そして「哀惜」と「幽遠」」。ちなみに星野は、「寂しさ」について、「一、「盗み」「盗み見」（女）とのかかわり」の中での感傷性・情緒性、「二、「哀惜」（母・表・お玉）とのかかわり」の中での悲痛な声無き叫び、「三、「幽遠」（自然）とのかかわり」の中での奥深い情感、に分類している。

＊8　久保忠夫『室生犀星研究』の「Ⅲ　犀星の「馬守真」」（初出『東北学院大学論集〈一般教育〉』96号　平2・3　原題「室生犀星と中国文学」）。

＊9　＊8に同じ。

＊10　『東洋文庫29巻　板橋雑記・蘇州画舫録』（平凡社　昭39・10）による。

＊11　＊10の「解説」。

＊12　引用は『定本佐藤春夫全集』第1巻（臨川書店　平11・3）による。

＊13　川本三郎『大正幻影』の「8　支那服を着た少女」。
＊14　引用は『谷崎潤一郎全集』第22巻（中央公論社　昭58・6）による。
＊15　引用は『室生犀星未刊行作品集』第5巻（三弥井書店　平元・10）による。
＊16　初出「「一人と全体」を評す」（『日本詩人』6巻4号）
＊17　初出『読売新聞』昭2・3・3、4
＊18　「星」は「I　一九一八―一九二〇」に収録されている。
＊19　『日本の詩歌13　山村暮鳥・福士幸次郎・千家元麿・百田宗治・佐藤惣之助』の山室静「鑑賞」。
＊20　巻末の「覚書」による。
＊21　前書に「大正十五年（昭和元年）より最近に至る約二年間に成れるもの丶うちより、詩三十六篇を抄綴して「冬花帖」と題し、別に陋巷風物詩の傍題を付す。」とある。
＊22　前書に「大正十三年一月より同十四年二月に至る大阪住吉在住中の作品より選べる詩十四篇を採つて「冬ばら」「鳥かげ」の二章を成す」とある。

第五章　〈幽遠〉の先——『鶴』『鉄集』——

1　対象化

(1)　抒情の地点

『鶴』の「自序」は、「自分は巻等諸作に於て自分の中に膠着してゐる何物かを蹶破る気持を持ち、それに打つかつて行つたのが最近の自分である。」という一文で締め括られている。犀星の自己変革の決意の程が窺える。関東大震災後のこの時期は、プロレタリア文学とモダニズムという新たな文学の擡頭期でもあった。自己表明の必然について、船登芳雄は、犀星もまた、文学主体の再検討を迫られたであろうと推察し、『驢馬』（大15・4〜昭3・5　全12冊）同人の中野重治、堀辰雄達との交流、芥川の自殺（昭2・7）の衝撃が犀星に創作の「停滞感、閉塞感を打開しようとする」決意を促し、「叙情的世界との決別、否定」をもたらしたことを指摘している。[*1]

収録作「彼女」（初出『不同調』6巻2号　昭3・2）は、「我は彼女を蹶飛ばせり、／曾て彼女の前にうづくまりし我は／眉を上げて彼女を蹶飛ばせり、」と荒々しい詩句である。「彼女」とは「抒情の女神」（船登）を指すのであろうが、それは、再生のための否定である。

（略）

我の唯切に念ふは
我がために最後の詩を与へよ
滅びゆく美を与へよ
いま一度我を呼ぶものに会はしめよ、

「老乙女《おいたるをとめ》」（初出『不同調』6巻2号）

寒流を泳がしむことを辞せず、
いま一度会はしめよ
老いたる乙女のごとき詩よ立ち還れ。

「老いたる乙女」に喩えているように、犀星は抒情詩から離れることのできない詩人である。『高麗の花』の閑寂を超えたところが「立ち還る」地点である。それは、「何者か割れたり／我が中にありて閉じられしもの割れたり／かれらみな声を挙げて叫び出せり」（「何者ぞ」初出『不同調』6巻2号）という押さえ込まれていた情熱の回復である。しかし、それはそのまま新しい文学の趨勢に赴く訳ではない。

自分は結果に於て恐ろしいことになるので
仕方なく引金を曳いて
自分の中にある熱情を射殺した。
彼は何者かに擁かれたまま
鳶のやうに寂しく屋根の上から転がり落ちた、
そして熱情と別れた自分は
冷たい巌窟のやうなところに
硝煙をあびたまま喪失者のやうに佇んでゐる——

「情熱の射殺」（初出『創作時代』2巻3号　昭3・3）

「射殺」という激しいことばで表現しなければならなかった「情熱」とは何か。犀星と『驢馬』同人の中野重治や窪川鶴次郎との交流を背景に、「〈思想〉の自己抑制」（伊藤信吉[*2]）「若い友人たちへの複雑なメッセージ」（小川重明[*3]）「プロレタリア文学とプロレタリア解放運動に同調する「熱情」」（船登[*4]）と先行研究は、ほぼ共通して、マルクシズムあるいはプロレタリア文学への共鳴と運動参加の断念であるとしている。「結果に於て恐ろしいことになる」について、伊藤が「検挙、投獄などの破壊的事態」を想定し、「人生的処置」の「見事」さを見ているように[*5]、筆一本で立っている生活人の犀星は現実的な判断をしたのである。それでは、「立ち還る」地点はどこに築かれるのか。

自分は冬の道端で
鋭い枝が塀の上に出てゐるのを見る、
自分は立ち止つてそれに見とれてゐる。
自分の要るのは此の鋭い枝だけだ、
枝と自分との対陣してゐる時が消えてしまへば、
もう自分の文章も詩も滅びた後だ。

「文章以前」（第二連）（初出『文章倶楽部』13巻2号　昭3・2）

「すぐれた実在」（『寂しき都会』）で、蜜柑の木がそこに在ることの意味を発見したように、犀星は突き出してくる枝そのものと向き合う。ただし、「すぐれた実在」が調和と秩序の世界であったのに対し、今度は「対陣」する緊張関係にある。一対一で対峙し、対象と関係を結び直す地点こそが「立ち還る」地点である。犀星は、「詩歌の道」（『天馬の脚[*6]』）で「自分は詩歌への精進はしてゐても、最う動かないものを動かさうとする詩歌の最後の中に絶叫してゐるものである。動かないものを動かすところへ行き着くことは、併し歓喜に違ひはないが進歩ではなかつた。」「最早あらゆる詩歌はその本体を掻きさぐることではなく、本体自身が本体となる前の、文章が文章とならない以前、感情の動きが既に動きとならない前のものでなければならなかつた。」と述べている。「動かないものを動かさうとする」、モチーフとして固着してしまった状態で抒情するのではなく、意味として対象化される以前の地点に戻ることが「文章以前」である。

『鉄集』でも、犀星は自らの詩歌観を披露している。

僕はあらがねを鋳つて、
それをよく敲いて、
一枚の椎の葉をつくつた。
僕の小鳥がその葉の上で啼く。

「椎の葉」（初出『詩・現実』2号 昭5・9）

既に対象化されてしまった状態で実体的に「本体を掻きさぐる」のではなく、自分の感受性でことばという「あらがね」を「一枚の椎の葉」に錬成すること。これが、抒情の起点である。

伊藤は、高村光太郎の「首の座」（『文芸レビュー』1号 昭4・1）[*7]と比べつつ、両者から「人生的詩人における思想的体験と、それをくぐったうえでの強固な生の自覚」を見、しかし、その思想性については、光太郎の方が「はるかに強く、はるかに具体的だった。」と指摘している。[*8]

麻の実をつつく山雀を見ながら
私は今山雀を彫つてゐる。
これが出来上ると木で彫つた山雀が

あの晴れた冬空に飛んでゆくのだ。
その不思議をこの世に生むのが
私の首をかけての地上の仕事だ。（以下略）

伊藤が述べるように、芸術という虚と実の反転に賭ける光太郎の決然とした口調に比べると、犀星は慎ましく可憐でさえある。しかし、抒情が固有のことばの扱い方から生まれることを、光太郎よりも明瞭に示している。

この時期、春山行夫がモダニズムの論客として『詩と詩論』に拠って活躍していた。第3号（昭4・3）には、犀星が「無詩学時代」の「感傷主義詩派」の代表的詩人として取り上げられている（「無詩学時代の批評的決算——高速度詩論　その二——」）。春山のキーワードは「ポエジイ」であるが、それは、韻文（Vers）という従来の形式から解放され、散文（Prose）においても表現が可能になった文学的本質である。（「ポエジイとは何であるか——高速度詩論その一——」『詩と詩論』2号　昭3・12）春山は、犀星の「詩中の剣」（『詩神』5巻2号　昭4・2）の一節（「僕は行詰つたといふか、／行詰らない文学が集つて存在してゐたか、／行詰つた中から潜りぬけ破り出て行く、／くろがねの扉を蹶散して出て行く、／その出て行くことは出ていかねばならないからだ、／空気の無いところにゐられるか、／行詰つた奴は行詰らない奴より壮烈だといふことを知らないか、」）を引用しつつ、「これは云ふところの音律の何ものをも具へてゐない。つまり氏は韻文法則を破壊することによつて、反対に韻文の観念を固守してゐるのである。」と批判している。この作品の観念が詩として成立するためには韻文形式を必要とするが、「ポエジイ」の本質的理解がないために粗雑な自由詩となり、従来の韻文精神から脱却できないと言うのである。「行詰つた詩といふものは、簡単に、詩とは何であるか、といふ観念の行詰りを除いて原因はない。」という指摘はそれ自体としては妥当であるし、「ポエジイ」という概念による形式の相対化も詩史的な整理としては有効である。しかし、方法論的なフォルマリズムの視点に立っているとは言え、「無詩学」＝文学性の欠落という決め付けは、余りにも一面的である。「椎の葉」は、春山の俎上に載せられた犀星の返答のように思われる。「poesie は一般文学的立場に於ての詩。」（「ポエジイとは何であるか――高速度詩論　その一――」『詩と詩論』2号）という春山の抽象的な定義を超えて、「ポエジイ」が成立する地点を示している。

(2) 美意識

我は張り詰めたる氷を愛す。
斯る切なき思ひを愛す。
我はその虹のごとく輝けるを見たり。
斯る花にあらざる花を愛す。
我は氷の奥にあるものに同感す、
その剣のごときものの中にある熱情を感ず、
我はつねに狭小なる人生に住めり、
その人生の荒涼の中に呻吟せり、
さればこそ張り詰めたる氷を愛す。
斯る切なき思ひを愛す。

「切なき思ひぞ知る」（初出『不同調』6巻2号）

『鶴』の巻頭作である。「巻頭諸作」を代表する緊張度の高い自己省察が「氷」として形象化されている。「我はつねに狭小なる人生に住めり、／その人生の荒涼の中に呻吟せり、」という自己裁断の背景について、三浦仁は、芥川を回想した犀星の文章を引きつつ、「芥川の自決は、風流に遊ぶ文人の仮面の裏に潜んでいた人生と文学への厳しさと深刻な苦悩を今更ながら犀星に気付かせるものであった。」と指摘している。[*9]「僕の文芸的危機」（『新潮』25巻2号　昭3・2）[*10]には「芥川君の死は自分の何物かを蹶散らした。彼は彼の風流の仮面を肉のついた儘、引ぺがしたのだつた。（略）自分は自分自身に役立たせるために此友の死をも摂取せねばならぬ。」とあり、この痛切な認識が自己像に直結していることが窺える。

これについて、星野は、「芭蕉を崇拝する詩人の立場に立って、あえて異説を唱えてみたい。」として、「「寂しさ」を求める芭蕉の精神を自分も追い求めたいという強い思いを込めて作った作品」であるという見解を提出している。[*11]星野は、豹太郎の死、関東大震災後の金沢疎開（大12・10〜13・12）の時期が「俳句そして芭蕉が犀星の中に浸潤していく」時間であったと捉え、評論「句作」（『中央公論』43巻3号　昭3・3）[*12]の「彼の壮大も厳粛さもみな彼のさびしい中から彼の齅ぎあて捜り当てたものである。（略）寂しさを友とするものは何ものよりも勁い、彼の勁剛さの鍛へられたのも彼のさびしをりの信條があるからだ。それ故、彼の地盤はいつもゆるぎもしないでゐる／うき我をさびしがらせよ閑古鳥　（嵯峨日記）／彼の此の呼びかけている気もちの底は、しつかりと張りつめて氷のやうに澄んでゐる。」という件に犀星の自己投影を読み取っている。

『芭蕉襍記』（武蔵野書院　昭3・5）が芥川の「芭蕉雑記」（大12・11〜13・7）に触発されたことは夙に指摘されている。『芭蕉襍記』所収の文章は、大正十三年一月から昭和三年三月にかけて書かれたものであり、芥川への意識が芭蕉と向き合う犀星の意識に影響していると考えられるであろう。芥川の死後に執筆された「句作」は、なおのことであろう。従って、「切なき思ひぞ知る」の「氷」への願望には、芥川の自殺が促した、人生論的な芭蕉の読解が投影されていると見ることは可能であろう。星野の見解は「異説」ではなく、可能性を掘り下げている。

「氷」は、星野が指摘するように俳句的精神の表象でもあり、「美」として対象化されている。「筧の音」（『大阪朝日新聞』大15・1・4）[*13]では、「今朝は池の上に氷が張り筧さへ氷かゝつてゐるが、水音は半ば涸れながら落ちてゐる。（略）自分は俳道といふもの、姿を見たやうな気がして氷の融けるのを待ち詫びた。俳道の底にもこれらの涓滴が落ちてゐて四方枯れた野山に通じる一本の筧があるやうではないかと思はれた。筧の水は温かく氷を上の方から解かしてゐる。」とある。それは、「我は張り詰めたる氷を愛す」「斯る切なき思ひを愛す」人生の美に重なるのだ。
この「氷」は、「ふと思ふこと」（『故郷図絵集』）の「日々にあたらしく又代えがたい／人生の霧や雲を掻きわけた寂しさ」の昇華である。犀星は、戦中から戦後にかけて疎開先の軽井沢で「美」を超えた実在としての「氷」に出会うことになるが、この時点での「氷」は美意識の観念化の極である。
一方、『鉄集』では「硝子戸の中」という章が立てられているように、「硝子」がモチーフ化されている。

おれは硝子の箱のなかにゐた。
硝子を透して見た木の葉の色は一層鮮やかだつた。

「二重の硝子戸」（初出『文学』6号　昭5・3）

若葉は二重の硝子戸のそとに戦いてゐる。
何倍かに殖えて見えるが、
硝子のそとでは一本きりしか
樹木が立つてゐないのだ。

「二重の硝子戸」（初出『作品』1巻6号　昭5・6）

これらの作品を支えているのは、現象と出会った感動の他はない。何ら表象性がないという点で、驚くべき表出の直截さがある。犀星は、「映画のエロチシズム」（『薔薇の羹』[*14]）で「人間の腕も一度機械を経由して来ると、美しさが倍加し誇張されて見える。硝子戸越しに見る樹木の枝や葉が一層美しいやうに、映画では西洋人の腕が肩から指さきまで整うた量と線とからなる、生き身の鮮かな感じで迫つてゐる。」とフィルムと硝子に共通する性質として、美の増幅作用を挙げている。発見を意味にするとこのようになり、意味を詩にすると「硝子は風景に深みを見せる。／硝子は暗さを湛へてゐる。／硝子は真理を一層真理的なものに見せる。／硝子の凹みで女の顔が伸びちぢみする。」（『文学』6号）となるが、出会いをそのまま詩にした「二重の硝子戸」の新鮮さには及ばない。

　ところで、犀星はなぜこの時期「硝子」に着目したのだろうか。これには、親交のあった堀辰雄の存在が考えられる。渡部麻実は、堀のジャン・コクトーへの傾倒について、『コクトオ抄』（『現代の芸術と批評叢書』第1巻　厚生閣　昭4・4）に結実する蔵書の手沢本を精査し、コクトーが二十世紀の新たな文学の模索として「不可視を可視化」する「速度と角度」の変化に着目したこと、その改変装置として「鏡やガラス」を頻用していること、堀がコクトーのこの試みを過たず受容し、「蝶」（『驢馬』11号　昭3・2）「ルウベンスの戯画」（『山繭』2巻6号　昭2・2）「死の素描」（『新潮』27巻5号　昭5・5）「聖家族」（『改造』12巻11号　昭5・11）等で実践したことを論証している。[*15]

　『コクトオ抄』には、「ポエジイ」の方法が「問題は、毎日彼の心と眼とが触れてゐるものを、彼がそれをはじめて見、そして感動するのであるかのやうに彼に思はせる所の、角度と速度とを以て、彼に示す事にあるのである。[*16]」と説明され、「実に創造者に許されるべき唯一の創造」であると断言している。犀星の昭和三、四年時の評論にも、新たに「速度」という用語が現れる。末尾に「昭和四年三月」と記された「描写上の速度」（初出未詳・『薔薇の羹』）では、「自然主義描写を根本とする小説」の行詰りの打開は「何よりも描写上の速度如何によつて決定される。描写の速度は我々よりも邃に荒廃されない、手のつかない若い皮膚を齅ぐやうな文章から組み建てられる。」と述べ、その好例として堀の「不器用な天使」（『文芸春秋』7巻2号　昭4・2）を取り上げている。「その描写には自然主義文学から全然離された、別種の神経感覚から作為されたもの」であり、「感覚が起る心理の速度、速度の新しい飛躍は此作家がなまなかの作家でないことを証明してゐる。」と述べている。また、「文芸描写と映画描写」(「文芸時評」『新潮』25巻6号)では、「映画はその作中の「顔」を以て描写を進行させるため、さういふ直の材料で打つかつて行くことは到底文芸の場合で為される描写と比較にならない」「速度ある完成」に到っており、「文芸作品が次第に性格心理のみの焦点に拘泥しないで、寧ろ映画的な摑み方の的確さ大きさで実行してゆくことになるのも決して偶然ではないのである。」と述べている。

犀星の文章は、『コクトオ抄』刊行以前のものなので、直接影響を受けたと断言はできない。映画の印象を直接概念化したことばかもしれない。しかし、堀の「速度」が方法論として抽象化されているのに対し、犀星の「速度」は印象であり、実体的である。用語は同じであるが、次元が異なる。

同じことは、「硝子」の用い方にもあてはまる。「硝子」をモチーフとした作品は、堀の方が早い時期に発表しているので、こちらの方が影響の可能性が高いだろう。例えば、「即興」(「蝶」初出時のタイトル)を見てみる。「私」は朝のプラットフォームで、先ほど見かけた美しい夫人の「光線のせいか、硝子を通して見たやうにすこし青味のある皮膚をしてゐる」姿を脳裏に甦らせている。それは、傍らにやって来た現実の夫人よりも魅力的な「イリユジヨン」となる。講義の後で、「私」は喫茶店に入る。

私は喫茶店の硝子戸の前に立ちながら、友達がもう来てゐはしないかと、中をのぞいて見たが、硝子戸が外からの明るい光を反射してゐるために、私はどうしても中の人々を見分けることが出来ないのであつた。そしてその硝子戸に映つてゐる私自身や小さな雲や葉の多い木や走つてゆく自転車などの方が反つて私にははつきりと見えたのであつた。私はその硝子戸を押し開けながら中に入つて行つた。そのとき不意にけさプラットフオムで見たあの知らない夫人を思い出しながら。不思議なことに私が知らない夫人の顔から受けた一瞬間のイリユジヨンにはどこかこの硝子戸の現象に似てゐるところがあるのであつた

現象を倒錯的に映し出し、意識下の「イリユジヨン」を浮上させる「硝子戸」は、まさに「不可視を可視化」する装置である。この後も「自動車が何台となくその硝子に映りながら、ちやうど一かたまりになつてゐる焼林檎の上を疾走してゆく。しかし焼林檎は決してつぶされない。この店の前を通り過ぎる人々もその硝子の上に、フイルムの中の群集のやうにふと映つては消えてしまふ。それらの人々の中にまぢつて私の友達が映りはしないかと私はぢつと見てゐる。そんな風に、硝子の中にあるものを見やうとしないでそれに映るものばかり見つめてゐると、その硝子の中の西洋菓子のきれいな色彩だけがぼんやりと感じられてくる。急に私はまた朝の夫人の一瞬間の変に美しかつた顔を思ひ浮べる。」という描写がある。「硝子の中にあるもの」ではなく「映るものばかり見つめる」とは、実体の「焼林檎」に現象の「自動車」を疾走させ、都市に生きる身体の感受性を表出しようとする堀の方法論の表明に他ならない。それは、現実と「イリユジヨン」が錯綜しつつ多層化していくことばの世界である。

堀を置いてみると、改めて、犀星の「硝子」が全く方法論的ではないことが窺える。堀は「「鉄集」」（『椎の木』2巻11号　昭8・11）[*17]で、「二重の硝子戸」（『文学』初出）について「殆ど無意味に近く見える」が「その一語一語が切なく顫へてゐる。塀の上に出てゐる鋭い枝さきだけを見せつけられてゐる感じだ。」とその魅力を評している。堀は、犀星が対象を見る際の意味や観念で先験化されることのない、その都度更新されるような感受性を捉えている。犀星は、堀の〈硝子〉の「イリユジヨン」を眼が出会う現象として肉体化したのである。犀星にとっては「硝子」もまた、幻惑する肉体であることは、「冬の鋭い硝子戸の中に、／おれはその内側にゐるのだか／外側にゐるのだかが能く分らない、／おれは硝子戸に爪を立てて見て／それが硝子だといふことを知るだけだ。」（「硝子戸の中」初出『ア

ルト』9号　昭4・9）と「爪を立てて」確かめていることにも明らかである。

晩年の「消える硝子」（『心』12巻1号　昭34・1）[*18]で、犀星は、堀的な実体を攪乱させる映写装置を超えた、映像を肉体化する「硝子」を描いている。「私」は一心にガラス窓を磨きながら、昨日デパートの時計売り場で応接した店員の少女の「開け放しに余すところない笑ひ顔」を思い出している。「私」は、「硝子をみがけばみがく程笑ひが大きくひろがつてゐて、そして笑つた意味といふものを少しも持つてゐないところが、僕には面白かつたんだ。一度笑へば次ぎもさうなる順序なんだが、つまり磨いてゐるガラスには複製の笑顔があつて、いくらこすつても消えないばかりか、いよいよ明瞭になつてくるばかりなんだ。」と語る。ここには、鏡とは異なって、映し出された向こう側も透けている「硝子」の透視された内部とも言うべき感覚が、脳裏の映像の外化同定として展開されている。

この随筆で、犀星は、幼少期からの「硝子」への嗜好も述べている。「私はしじゆうラムネの玉を耳の穴か、口の中かに入れて愛玩してゐた。玉はやさしく無限にすべつこい、」とは愛撫である。「玉は悪質のガラスで泡つぶだらけであり、拡大された写真で見た月の内部にあるぶつぶつが吹き出てゐて、ちひさい月の感覚も充分にあつた。」とミニアチュールとしての宇宙幻想も抱かせる。晩年の〈硝子〉の夢幻的な肉体性への展開は、成長期に獲得した感性に基づいている。堀の方法論としての「硝子」も身体的な経験として受容し得たのであろう。

この時点の犀星の美意識の中で、「氷」は観念の、「硝子」は現象の極である。

2　換喩性

(1)　素材

『鶴』では、それまでになかった無機的な肉体が現れる。

我は清く生きんことを願へり、
我は美しき恵みあらんことを乞へり、
我はまた富と名とを祈れり、
我は、——
我は今は毀れたる机に対へり、
我が背骨は地球のごとく曲れり、
我が肋骨は幾本かを不足す、
我が頭はブリキを埋積せり。

「我は」（初出『詩歌』9巻1号　昭3・4）

「地球」のように湾曲した「背骨」と「ブリキ」を内蔵した「頭」は、立体的な像を結ばない。だからと言って、「肉体」という記号に還元され、「地球」も「ブリキ」も物質として等価に扱われている訳でもない。空虚で荒廃した感情の追究でも自律的な喩の展開でもない、半端な心象になってしまった。犀星は、新しい素材に挑戦したが、扱い方が定まっていない。

「骨」と「地球」という素材は「断層」（初出『婦人公論』13巻4号　昭3・4）でも用いられている。「己は地球の骨にしがみつき／太古の民のやうに星を怖れてゐる、」「暗い寒い冷たい骨の上にしがみついて、／星と星の断層を見詰めてゐる、／己の墜落してゆくところを見定めてゐる」と「地球の骨」は存在の最後の拠点となり、拡張された肉体として捉えられている。

犀星は「地球」という素材をどこで着想したのだろうか。坂本越郎によれば、「大正の末ごろ、岸田国士によるジュール・ルナールの名訳『葡萄畑の葡萄作り』が出て、動物や昆虫に関する機知に富んだ詩的短章が当時の詩人たちを夢中にさせた。」という。[*19] 犀星にも、『にんじん』に言及した随筆「ルナアルの歌」（『報知新聞』昭8・8・14〜16）があるし、北川冬彦は、『亜』（大13・11〜昭2・12　全35冊）について、「二人（引用者注：冬彦と安西冬衛を指す）はジュール・ルナールの『葡萄畑の葡萄作り』『博物誌』にも傾倒していた。〈蛇。——あんまり長すぎる〉など、これだこれだと興奮していたのを覚えている。」と回想している。[*20] ルナールがいかに関心を持たれたかは、三好達治が「ジユール・ルナール先生に」という献辞を付けて、鳥や魚の対話形式の短詩「しゆしようとまん」（『亜』35号昭2・12）を作っていることからも窺える。

その『葡萄畑の葡萄作り』（岸田国士訳　春陽堂　大13・4）には、次のような詩がある（「エロアの控帳／うつろの榛の実」）

わたしは、自然によらなければ書かない。わたしは、生きた尨犬の背中でペンを拭ふ。

日が暮れた。地球はまた一転した。夜の隧道の下を、ゆるやかに、物事が通つて行かうとする。

何だ、何と云ふあやふやな格好をした樹だ。嘘をつく女の鼻のやうに、葉が北風に揺れてゐる。

この「自然」は抒情を投影する対象ではなく、観察によって得られる知的な対象である。「生きた尨犬」とは「自然」の換喩であり、詩人の感情の深さではなく、具体物と観念の関係化という世界認識の論理が喩として示され、その広がりが詩的感興となる。「日が暮れた。」の詩句も、「地球」の自転としてイメージし得る観念的な想像力が、

「物事が通って行こうとする」抽象的な「夜の墜道」の形象化を可能にしている。「あやふやな格好をした樹」も、その印象を「嘘をつく女の鼻」という生活の文脈を呼び込んで対象化しているため、喩の回路が外に向かって開かれる。

野村喜和夫は、隠喩は、選択・類似性・言語原理であり、換喩は、結合・隣接性・世界原理であるとヤーコブソンを踏まえつつ、二種類の喩の特徴を簡潔にまとめている。[*21] 主体と対象を固有の関係性に変えるのが喩の力であるが、隠喩ではイメージが、換喩では意味が主として作用し、前者は独自性を、後者は一般性を指向すると言い換えることもできるだろう。隠喩は主体と対象をイメージによって深部へと繋ぎ直して既存の文脈から解放し、換喩は主体と対象を意味という第三項を介在させて外部へと繋ぎ直し、感情を相対化しつつ開放的な回路を作る。実際にはどちらか一方のみが機能することはなく、両者は相関的に作用しつつ、固有の表現が生まれる。ルナールの隠喩は換喩的であり、知的想像力が捉えた「地球」は、物理的制約を超えていく都市の身体感覚にふさわしい新たな詩語として詩人たちの目に映ったのではないだろうか。

『亜』に拠ったモダニズムの詩人、瀧口武士も、この頃「地球」という詩を載せている（31号　昭2・5）。

風は草木に光ります
動物は建物の装飾です
海はパイプを燻します
陸地は音が一ぱいです

緑の球に跨って
人は一日動きます
飛行機に乗って上ったら
夜の洋燈が見えてくる

ここに出てくるモノは、肉体的なあるいは物質的な厚みや質感を持たず、記号化されている。等しく奥行きを持たない表層的な世界である。「地球」はもはや人間が跨る「緑の球」として足許に収まっている。このイメージと連動して、人間は「飛行機に乗って」夜の街を眼下に収める。和田博文によれば、日本で飛行機が定期旅客の輸送を開始したのは、昭和三年五月一日、日本航空輸送研究所の堺～今治～大分線（週三往復）である。その後、東西定期航空会と日本航空株式会社は、政府が設立した日本航空輸送株式会社に統合され、昭和四年七月十五日に東京～大阪～福岡線（一日一往復）が、九月十日には「内地」と「外地」を結ぶ福岡～蔚山～平壌～大連線（週三往復）が開始されている。[*22] 和田は人々の搭乗体験によって、飛行機を「見上げる視線から見下ろす視線へ」と変容していくことを指摘しているが、和田のことばを借りれば、瀧口の飛行機から俯瞰する光景は、「見上げる視線」が想像する「見下ろす視線」である。想像の裡にある分、近代的な科学技術がもたらす身体の拡張感覚は膨張する。拡張した身体によって、世界の質感の差異が消えてしまうのである。

このように、人間の身体に覆われて記号化してしまった瀧口の「地球」に比べて、犀星の「地球」は「暗い寒い冷たい骨」の肉体性から離れることができない。昭和二年の犀星の詩を見ると、ルナールや堀口大学の訳詩集『空しき花束』（第一書房　大15・11[*23]）の「森のねざめ」（ヴィクトオル・キノン）を思わせる擬人法と短い会話形式を実践している。

花

優しい百合の芽の言ふやうには『わたくし風邪をひいたやうですわ、こんなに紅いんですもの。』

花

色々な花はちりながら思ふやうには、『あたくしたちは来年もやつぱり咲くのか知ら？……』

ゴミ屋

ゴミ屋はゴミ箱をあけながら、『何だ、花ばかりぢやないか？』

石

竹の蔭にある石、『おれも近年少しづつ瘠せてゆくやうだ、おれが瘠せるなんてなことは誰も知らないことだらう。』

はち

蜂は人を刺して殺された。

手紙

彼女はインキに香水をふくめた。——

「庭」（『婦人倶楽部』8巻6号　昭2・6）

花。——今日は日が照るか知ら。

向日葵。——えゝ、あたしさへその気になれば。

如露。——さうは行くめえ。おいらの量見一つで、雨が降るんだ。

薔薇の木。——まあ、なんてしどい風。

後見人。——わしがついてゐる。


野苺。——なぜ薔薇には刺があるんだらう。薔薇の花なんて食べられやしないわ。

生簀の鯉。——うまいことを云ふぞ。だからおれも、人が食やがつたら、骨を立てゝやるんだ。

薊。——さうねえ、だけど、それぢやもう遅すぎるわ。


「葡萄畑の葡萄作り／囁き」

雛菊（露の玉の中に写る自分の姿を眺めながら）。

そんなにぶるぶる振へては困るぢやないの、私のお宝よ。

露の玉。

お前は本当に美しいね。

雛菊。

嘘ではなくつて？

露の玉。

美しい奥さまの襟かざりよ！

蜜蜂。

何時までお化粧してゐるの？

雛菊。

そんなに妾を皺くちやにしては困るぢやないの

あなたは乱暴ね……

「森のねざめ」

犀星の機知的な「はち」は「囁き」から着想されたように思われるし、「手紙」の喩の複合性も従来にはない。しかし、「囁き」も「森のねざめ」も、複数の話し手が発話の内容を受けつつ新たな文脈に繋いでいき、多声的な会話を展開しているのに対し、犀星の「庭」の「花」や「ゴミ屋」や「石」は相互に関連し合うことなく、モノローグを呟いている。擬人法の会話形式がもたらす風景の活性化、主体の抒情からの自立性が生かされているとは言いがたい。だが、犀星は一行という詩形に凝縮された複合的な喩の密度と擬人法の自律性を身につけようとしている。一行詩という詩形自体は、夙に、『抒情小曲集』時代の犀星が、白秋の「真珠抄」に触発されて試みている。

予は坂を愛する。

蛇を寸断して水に投げ入れる。

祈れば女は左へ曲る。私も左へ曲る。

「感想」（『風景』1巻2号　大3・6）

祈れば樹上の果実は落つ　祈れば青きもの紅くなり形無きもの現る。

「一行詩」（『文会』4巻4号　大3・12）

『抒情小曲集』時代の一行詩は観念の表象である。箴言的な表出によって、芸術は信仰と化し、自己意識は預言者的な芸術家像に昇華されている。これに対し、『鶴』前後の一行詩は、対象を見る視線であり、方法である。犀星にしてみれば、若き日々になじんだ形式の差異的な再生である。この後も、犀星はこの形式を用いており、「僕は乳をのむ」（『あらくれ』2巻9号　昭9・9）では「僕は牛の乳ぶさで乳をのむ。」「馬が虻に乗つて出かける山の中。」と換喩的な諧謔味が生れている。話は逸れるが、「馬が虻に乗つて出かける山の中。」については、殆ど同じ作品を俳句として『犀星発句集』（野田書房　昭10・6）に収録している。「馬が虻に乗つて出かける秋の山」[*24]である。「秋」という季語を外し、句点をつけると、俳句は一行詩になる。犀星における詩と俳句、あるいは伝統と前衛の近接性を見ることができる。

犀星が、モダニズムを意識していたのは、「我は」の反復による進行の形式からも窺える。乙骨明夫は、反復による進行のリズムについて、百田の「彼」（『最初の一人』短檠社　大4・6）服部嘉香の「若し」（『朱欒』2巻10号　大元・10）光太郎の「牛」（『道程』）を挙げつつ、「たたみかけるような重複的リズム」であり、口語自由詩に特有なリズムが勃興期に切り拓かれたと指摘しているが[*25]、このリズムは、モダニズムの詩人も好んで用いている。

沸沸と水は湧出した

水は流れた

水は夜空を沾した

水は地下に滲み透つた

水は人体を環つた

明るい生活と僕です

北川冬彦「斑らな水」（『検温器と花』ミスマル社　大15・10）

明るい思想と僕です
透明の悦楽と僕です
透明の礼節と僕です
新鮮な食欲と僕です
新鮮な恋愛と僕です

青い過去の憶ひ出は
みんなインキ瓶に詰めてすてました

北園克衛「記号説」（第十五連）（『白のアルバム』／『現代の芸術と批評叢書』第6巻　厚生閣　昭4・6）[*26]

白い遊歩場です
白い椅子です
白い香水です
白い猫です
白い靴下です
白い頸です
白い空です
白い雲です
そして逆立ちした

白いお嬢さんです
僕の Kodak です

春山行夫「ALBUM」（『植物の断面』／『現代の芸術と批評叢書』第10巻　厚生閣　昭4・7）

北川の反復は、次第に核心に迫っていく用い方であるが、北園、春山は差異を増幅しことばの記号的な自律性を試みている。大正期の人道主義的口語自由詩が要請した、感情の強度と共にテーマを深化させる反復のリズムは、モダニズムにおいてはことばを感情から解放する形式として用いられている。反復という形式は、反転に耐えうる口語自由詩の一定型として展開している。

犀星も、『抒情小曲集』時代に「狐はこんこん／狐は神聖／偉いなる狐の道／狐貴様の巣／狐貴様の心信／狐の嫉妬／されども熱き狐の涙。」（「狐」『地上巡礼』1巻3号）「天の足／いんよくの足／狂気の足／天真爛熳の足／ふゆちりすとの八角の足／ち　ぽこのふもと地の足／お　んこさまの足／刑法の足」（「電線渡り」『異端』2巻1号　大4・1）等と反復形式を意欲的に用いている。三浦が指摘する「熱狂体」の時期であり、北園、春山のことばが増殖していく印象とは異なり、イメージの多層化が図られているのは、資質と共に方法論をめぐる時代的相違でもある。犀星の反復形式は昭和初年に復活し、『鶴』所収の「我は」「友情的なる」（初出『詩歌』9巻1号）を始め、「腹」（『令女界』6巻2号　昭2・2）「クララ・ボウ論」（『中央公論』43巻5号　昭3・3）『鉄集』所収の「宮殿」（初出『文学』6号）「地球の羞恥」（同）「背中の廊下」（初出『令女界』9巻11号　昭5・11）「硝子」（初出『文学』6号）「象に乗つて」（初出未詳）と頻用している。モダニズムの詩人たちの活躍に刺激されてのことであろう。

モダニズムの詩人と犀星を分つのは、実在を記号には還元し得ない態度である。

彼女らは建築を持てり

彼女らはヤサシキ建築を持てり
此の世の終る時もそのヤサシサは亡びず、
彼女らは菫のごとく匂へり、

「彼女」（初出『婦人之友』22巻5号　昭3・5『鶴』所収）

「建築」も『鶴』で登場する新たな素材である。小関和弘によれば、一九二〇年代には「二三年二月完成の丸ビル（鉄骨煉瓦地上9階、主にフラー社施工）に代表されるように、東京市内には鉄筋石造やＲＣ構造などの四層以上のビルが次々建築された」ということであり、[*27]大正末年から「モダン都市」が急速に進行していったことになる。海野弘は「この時期（引用者注：一九二〇年代）にはおびただしい東京論があらわれているが、特に震災後、そして一九三〇年前後には、大東京、大銀座がつくられ、それを記念して、写真集から盛り場案内にいたる東京の本が集中的に出された。」と述べている。[*28]ちなみに『コレクション・モダン都市文化第31巻・「帝都」のガイドブック』（藤本寿彦編　ゆまに書房　平20・1）の「関連年表」を見ると、一九二八（昭和3）年の項には「一月、新居格ほか「モダーン生活漫談会」（『新潮』）。座談会「近代生活」（『文芸春秋』）二月、永井荷風「カツフエー一夕話」（『中央公論』）。四月、堀口大学ほか特集「新東京風物五景」（『新潮』）」と、商業誌が座談会や特集を組んでいる。翌二九（昭和4）年になると「モダン」を冠した特集が一気に増える。「モダーン・ライフの再吟味」（片岡鉄兵他、『中央公論』2月）「モダン生活の氾濫」（丸木砂土他、『改造』6月）「モダン移動風景」（『新潮』7月）「モダン日本の近景」（片岡鉄兵他、『中央公論』10月）といった具合である。

現実の都市の立体化と「モダン都市」をテーマとする記事や出版の増加は犀星を刺激したことであろう。犀星は女性の肉体を「建築」に喩えることで、その立体美を表象する。「ヤサシキ」の片仮名表記は、物質として「美」を対象化する視線であろうが、「菫のごとく匂へり」と肉体美を強調するための物質化なのである。逆に、「陶器」に向ける視線と同様に、「建築」に官能美を感じ取り擬人化していると読めなくもない。その位、ここでの「建築」は肉体的である。肉体の形容としての「建築」は、「メイ・マッカアボーイ」（初出『映画時代』4巻6号　昭3・6）でも「われはメイ・マッカアボーイを愛す、／彼女の神韻漂茫を愛す、／優雅な手弱女《たをやめ》風の建築を愛す、」と用いられている。「映画のエロチシズム」で述べていたように、映像化された肉体は実体感を倍増させるのであり、「建築」は増幅された立体的肉体美の形容である。

『鶴』では、「都市」からの着想は、扱い方が定まらないか、あるいは従来の隠喩的な表現にとどまっている。素材的な扱いを越えて一定の達成を示すのは、換喩的な擬人化を方法として身につけた『鉄集』である。

(2)　都市の身体

白粉の皮、
白粉の骨、
白粉の都、
白粉の叛逆、
地球は白粉の顔を半分羞かしさうに匿し、
その半分を赧めてゐる。

「地球の羞恥」（初出『文学』6号『鉄集』所収）

「白粉」とは、当時の都市風俗を象徴する「カフエー」や酒場で働く「女給」の換喩である。「帝都復興とともに、さまざまな東京案内が刊行された」中の一つである[*29]『東京盛り場案内』（酒井真人　誠文堂　昭5・11）には、「カフエーとバー」（銀座）「エロ百パーセントのカフエー」「カフエー街の分類」「東海道のカフエー」「恋の安息所と女給アパート」（新宿）という目次がある。「女給」は性的な好奇心の対象になる新たな職業であった。「皮」「骨」「都」「叛逆」とカメラが引いていくように視野が拡大し、「地球」の顔という現代文明の表象となる。反復のリズムと共に、表象の抽象度も上っていく。

犀星も、「モダン日本辞典」（『モダン日本』1巻2号　昭5・11）を執筆しているが、「女給」の項目は次のように記述されている。

> 奈何《いか》なる良家の子女も一度生活的悲境に立つ時には、先づ「女給にでも」ならうといふやうになつたのは、女給が職業方面に適応されてゐるからである。近代文明のむら雀のなかに彼女等が存在してゐることは否まれない。彼女等はヂヤズの中に懐妊してジヤズの中で愛し児を生んだ。彼女等はダマされまいとしながら何時もダマされ勝だつた。彼女等が悪心深ければ深いだけその深いところで失敗した。

性的な身体を生業とする女性の立場と心情が、身内に対するような愛憎半ばする眼差しで描かれている。「地球」の「羞恥」と「叛逆」は、このような女性達への共感の表出である。「白粉」の換喩的な意味が、対象を主体の感情に閉じ込めず、社会的な文脈へと開放している。

「皮」から「骨」へ、「白粉の骨」には性的肉体の芯とも言うべき表象性がある。犀星は、随筆「白粉の骨」（初出『若草』5巻10号　昭4・10[*30]）で「カフエや酒場でジヤズを聞く」際に「酔うてゐる時に私は彼女らの「白粉の骨」をガリガリ噛る自身の姿を見出す。」と述べている。「おれの飼犬はガリガリと寒い音を立て丶／彼女の険のある肋骨を噛み砕き／喉へ通さずに吐き出し吐き出し、／不機嫌に唸り声を立て、おれの顔を見つめた、」（「笑ひたくなる」『若草』5巻11号　昭4・11）「ブルドツクはお屋敷の奥さんの骨を舐ぶり、金歯や腕時計やビタアミンAの丸薬を吐き出し、優しい太股の間をゲツゲツ唉うてゐた。そればかりではなく凡ゆる令嬢の柔らかい骨や、女学生の筋肉や太つた女給の歯のあたる部分を、寧ろ味ふよりも噛み込むために素晴らしい骨の音を立ててゐた」（「金歯と腕時計」『伴侶』4号　昭5・7）と、昭和四、五年時の犀星は、骨を「ガリガリ」「ゲツゲツ」齧る行為を獰猛な性的欲望の実行の喩にしている。これを踏まえて「白粉の骨」という換喩的隠喩が成立している。随筆「白粉の骨」には、「信州の山中」で聞いたジャズの印象が「私はジヤズの中に東京で見た多くの白粉の骨を見出し、それらが林や森の中で踊り興じながらも、却つて生活苦に踠いてゐる姿を見て取り、近代地獄の燈籠を見るやうな気がした。」と描かれている。「白粉の骨」は性的肉体の芯にとどまらず、自分も共有する現世的肉体の芯として内面化されていく。

欲情する「骨」が反転して自らの「骨」になる心理には、犀星の成育の経緯が反映していよう。養母ハツの下での反抗的な生活、娼婦としてたびたび年季奉公に出された義理の姉テヱ、雨宝院の近くの西の廓の女たち、上京後の下層生活。「白粉の骨」は過去の生活を意味づける喩でもある。〈陶器〉や〈魚〉はエロス性が観念に昇華された対象であるが、第三者的な存在に関しても、自分との交点が見出せてこそ喩として抽象化し得る。ここからは、独自の換喩的隠喩が成立するモチーフを読み取ることができる。

犀星が、女性の美を捉える場合の着眼点は「脂肪」である。称える詩も作った「メイ・マツカヴオイの脂肪に就て」（初出『新潮』25巻2号　昭3・2）[*31]では、「脂肪はそれ自身の静寂を営むことにより漸く「その人」をつくり上げてゆく」「メイ・マツカヴオイの品と高雅、その輪郭正しく美しい鼻、それらの過度に行き亘つてゐるところの脂肪の微妙さは、同時に脂肪それ自身が営むところの美しさであらう。」と、「脂肪」を自律的に人格化し、女性美を「脂肪」に還元している。「野卑と粗雑、チーズとペ《ママ》エコンの混血児であるクララ・ボウの肉顔には、脂肪の野蛮性、それ自身の活動や混乱、血液的モダンの初潮、同時に彼女の脂肪は月経と同様の働きを営むところのものであらう。」と、「脂肪」に基づいて、対照的なクララ・ボウを描いており、「脂肪」は美の要素のみならず、独自の分析用語と化している。

脂肪は冷える。
脂肪は凝結する。
脂肪は凍える。
脂肪は宮殿をつくる。

「宮殿」（初出『文学』6号）

「脂肪」は女性美の象徴として独自の換喩になっている。「白粉の骨」とは異なって実体感がないのは、映像的想像力の中で増幅された美を形象するにとどまっているからだろう。「メイ・マッカヴオイ」の初出は、「脂肪の宮殿」の総題で他の四本の映画評と共に掲載されており、「宮殿」が映画からの着想であることが推察できる。同様に作られた作品が「背中の廊下」（初出『令女界』9巻11号　昭5・11）である。

背中のユキ、
廊下のユキ、
大腿のユキ、
二ノ腕のユキ、
ユキのウズ、
ユキの厚み、

ユキは畳まれ築かれてゐる。

犀星は、『青き魚を釣る人』の扉詩に上田敏が訳した「レミ・ドウ・グルモン」の「雪」(『牧羊神』金尾文淵堂　大9・10)を載せているが、これは堀口大学も『月下の一群』(第一書房　大14・9)で訳出している。敏を経て大学へ、「背中の廊下」の「ユキ」の着想にはグールモンがあったことも考えられる。

シモオン、雪はお前の襟足のように白い、
シモオン、雪はお前の両膝のやうに白い。

シモオン、お前の手は雪のやうに冷たい。
シモオン、お前の心は雪のやうに冷たい。

雪を溶すには火の接吻《くちづけ》、
お前の心を解くには別れの接吻。

雪はさびしげに松の木の上、
お前の前額《ひたひ》はさびしげに黒かみのかげ。

シモオン、お前の妹、雪は庭に眠つてゐる。

シモオン、お前は私の雪、さうして私の恋人。

「雪――ルミ・ド・グウルモン」（『月下の一群』[*32]）

外面と内面の両方、すなわち存在そのものの隠喩であるグールモンの「雪」に対し、「背中の廊下」の「ユキ」は表層に終始する。冷たさという直接性を離れてどこまでイメージを自律させ得るかという点で、「宮殿」同様、もっともモダニズムの詩観に近づいた作品である。これも、映画の印象がモチーフである。「ポーラ・ネグリ」（初出『中央公論』43巻4号　昭3・4[*33]）では、「何よりも大写しに効果のある肉顔の量積、カメラに大胆な瞬きをしない瞳孔、冷たい諷刺的な浮びやすい嘲笑、次第に蒼白になる表情の運動的なタイム、頬骨、割れてゐる巨大な真白な背中、それらの中に粗大な美しい建築的な堂堂たる容姿」と女優の映像を無機的な鑑賞される肉体として捉えている。「ふいるむの女」（「かげなきもの」初出『女性』2巻5号　大11・11『忘春詩集』所収）であるからこそ、物象化が可能になる。ちなみに「廊下」という背中の比喩は、後述する登山家、冠松次郎の著作から着想したと考えられる。犀星は、冠の著作に触発されて、『鉄集』所収の「剣をもつてゐる人」（初出『新科学的文芸』3巻7号　昭7・7）「ノツソリと立つ者」（同）「煤だらけの山」（初出未詳）等を書いているが、冠の『黒部渓谷』（アルス　昭3・7）には、最初に山岳の地形を表す用語が説明されている（「地形の地方的称呼」）。「廊下」は、「殆ど直立に近い峻高なる岩壁が恰度家屋内の廊下の両側が塗壁或ひは羽目板等によつて画られ、其の中を板敷が通つてゐるやうに相迫つて流水を挟んで渓谷を形づくりながら連なつている地形に冠して居る」と記述されている。犀星の「割れてゐる巨大な真白な背中」を建築的な喩として昇華すると「背中のユキ、／廊下のユキ、」となる。

犀星の過去と交錯する「白粉の骨」と映像をモチーフ化した物象的な「脂肪」、犀星は独自の換喩的文脈において都市の身体を表出した。

(3) 想像力

『驢馬』のモダニズム的な特徴は堀が、プロレタリア文学的な特徴は中野重治が代表しているが、イデオロギーの相違を越えて両者が都市の文学という性質を共有することは、既に文学史的な認識となっている。それは、昭和五年に春陽堂から刊行された「世界大都会先端ジャズ文学」シリーズ（全15冊）のラインアップにも示されている。第一巻は『モダン TOKIO 円舞曲』（昭5・5）、第五巻は『大東京インターナショナル』（昭5・10）であり、都市風俗も労働者も共に都市の「先端」の表象として捉えられている。

『驢馬』の同人たちと親しく交わり、晩年の回想「『驢馬』の人達――中野重治の周囲」（『文学界』13巻7号 昭34・7）[*34]によれば、発行の資金援助もしていた犀星が、方法論と思想性の両面で影響を受けたことが改めて肯ける。「情熱の射殺」で見たように、犀星はプロレタリア文学に共鳴はしたものの、運動には参加しなかった。その共鳴が表れているのが、『鶴』所収の「人家の岸辺」（初出『詩歌』9巻1号）である。

己は思ふ
冬の山々から走つて出る寒い流れが
海を指して休む間もなく
我々の住む人家の岸べを洗つて過ぎるのを思ふ。
人家の岸べに沿うて瓦やブリキや紙屑が絶えず流れてゆく。
海はかれらを遥か遠くに搬ぶであらう、
波は知らぬ異境に瓦やブリキを打ちあげて行くだらう、

そこにも人は住んで岸べにむらがり
瓦やブリキを拾ひ上げ打眺めるであろう、
我々の現世と生活は解かれ記されるであらう、
その波はまた我々の人家に捲き返し烟れる波を上げ
遥かに戻り来るものの新鮮さで
我々を呼びさますであらう。
我々は答へるであらう。
そして彼等の言葉であるところのものを、
朝日の耀く岸辺に佇み読むだらう。

波が媒体となる国境を超えた人々との対話。「瓦やブリキ」が表象する言語化されない生活のことば。これまでの犀星にはなかった「インターナショナル」な着想である。

この作品は、中野重治の「浪」（初出『裸像』4号　大14・5）[*35]を思い起こさせる。

人も犬も居なくて浪だけがある
浪は白浪でたえまなくくづれて居る
浪は走つてきてだまつてくづれて居る
浪は再び走つてきてだまつてくづれて居る
人も犬も居ない

浪のくづれるところには不断に風がおこる
風は磯の香をふくんでしぶきに霑れて居る
浪は朝からくづれて居る
夕かたになつてもまだくづれて居る
浪はこの磯にくづれて居る
この磯は向ふの磯につゞいて居る
それからづつと北の方につゞいて居る
づつと南の方にもつゞいて居る
北の方にも国がある
南の方にも国がある
そして海岸がある
浪はそこでもくづれて居る
ここからつゞいて居てくづれて居る
そこでも浪は走つて来てだまつてくづれて居る

（第一連）

犀星は、「「驢馬」の人達」の中で、「浪」一篇だけを引用している。直接感想は述べていないが、「彼の七十一篇の詩は今日の彼の文学の仕事のうへに、抜き差しのならない重い大切なかなめになつてゐる」その詩の代表作として挙げているのである。その「浪」は、浪の動きをひたすら目で追い続けている。繰返し繰返し走っていっては海岸で崩れる浪。「北の方」の国と「南の方」の国、すなわち世界中を繋ぐようでいて、「くづれて」しまう浪の姿は、連帯の困難さとも、諦めない継続とも、運動を担う人々の自己犠牲の軌跡とも読める抽象度の高さがある。ここでも反復のリズムが作品を構造化しており、モダニズム的な方法における反復の意義が窺える。

中野の「浪」は連帯の意味を多層的に表象し、反復の重さが心に響いてくる。犀星は喩に満ちた作品の厚みを正しく受け止め、送られたメッセージに対する回答として「人家の岸辺」を描いたのではなかろうか。中野の「浪」が人気のない国の海岸に到るのに対し、犀星の「波」は「人家の岸辺」を洗う。繋がることに対して、犀星の方が遥かに楽天的であり、それは犀星が受容した大正期の白樺派的な人道主義の内面化の表れでもある。しかし、絵空事の白々しさではなくリアリティを感じさせるのは、「瓦やブリキ」の表象性にある。

犀星は、「我は」では、虚脱した心象の表象として「我が頭はブリキを埋積せり。」と用いた。薄っぺら、中身がないという隠喩として、この「ブリキ」は稲垣足穂の『一千一秒物語』（金星堂　大12・1）の「ブリキ」に通じる。

「或る夜倉庫の蔭で聞いた話」

「お月さんが出てるね」
「何！　安物ですよ　あいつはブリキ製ですよ」
「ブリキ製だつて？」
「えゝ何うせニツケルメツキですよ」

（僕が聞いたのはこれだけ）

「僕が聞いたのはこれだけ」という落ちのなさが、表層的なイメージを徹底して扱う作者の姿勢も表している。『一千一秒物語』では「カラ〳〵と滑車の廻る音がして　東の地平線から赤い月がスル〳〵と昇り出した」（「月を上げる人」）り、「或る夜　友達と三人で歩いてゐると　三角形のお月さんが照つてゐた」（「お月さんが三角になつた話」）り、その人工的な幻想性は「ブリキ」にふさわしい。犀星が足穂の記号的映像性にも反応したと思わせるのが、『故郷図絵集』所収の「星からの電話」（初出『新小説』30巻2号）である。「ゆうべもざくろの実が破れたやうだから／そつとその陰へ行つて見てゐたら／なかから一杯あたらしい冴えた美しい星が／みんな一どきに飛び出してしまつた。」「星と星との間を帆前船が行くなんてのも昔の事さ／いまぢや星の中はみんな銅の腐つたやつばかりだとよ。」と犀星には珍しく物質感がないファンタジーを展開している。記号的ファンタジーはこれ一篇の他は見当たらないので、試みたものの資質に合わなかったのであろう。足穂も犀星の知人であり、大正十年のウィンネッケ彗星接近を回想した「彗星一夕話」（『文芸公論』1巻8号　昭2・8）には、「次の廿九日の晩、田端のくらい坂の上から室生さんと灯のついた街の上にもの狂はしくのしかゝつたかずくの星座の方へ、順々に小手をかざしてみたが、ポンス氏はゐなかつた。」というエピソードがある。犀星は、「稲垣足穂氏の耳に」（初出『新潮』25巻4号　昭3・4[*36]）で、「稲垣足穂氏の近代文明に対する解説、及びそれらに根をもつ制作は一時のやうに自分にその「新鮮」さを感じさせなくなつたのは、氏がその特異な材料にのみ毎時も同じい開拓をしてゐる為ではなかつたか。」と自己模倣の傾向を危ぶんでいる。犀星には、あくまでも表層に帰結する記号的ファンタジーが「当然行くべき重厚さへも辿り着かずにゐるのはどうしたものであらう。」と物足りなく思われたのである。

足穂的隠喩の「我は」の「ブリキ」とは異なって、「人家の岸辺」の「ブリキ」は庶民の生活の換喩的表象である。生活的文脈という一点で繋がる光景は、中野の「連帯」の可能性を具体化した形象と言える。犀星の想像力は、エロス的対象と共に、やはり生活実感を表出し得る文脈において発揮され、喩として昇華される。

3　擬人化

(1) 風景

『鶴』の「朝日をよめる歌」は三十九篇の短詩の連作から成る。大部分は大正十五年に発表されている。前年には『月下の一群』が出版され、レスプリ・ヌーボーの作風が詩人たちに方法論的な自覚を迫っていた。北川冬彦は、『亜』の時代を回想して、「私の詩作はフランスのフォオヴの絵と、フランスのエスプリ・ヌウボオの詩とに、刺戟されること多大であつたようである。」「私たちは、イメージの立体的構成ということに気を使っていた。形式的韻律《リズム》なんか念頭になかった。感情流露を事とする既成の詩を軽蔑し、新風樹立に急がしかった。」と述べている。[*37] また、「タイラント、堀口大学！——氏の「短詩形流行と産詩制限」に就いて——」(『犀』7輯 大15・11[*38])では、「近代芸術の特徴は、その新精神(Deformation)と表現手法の単純化とに在り、それは必ずしも仏蘭西芸術のみに於ける現象ではなく、コスモポリテイックなものである。まして、古より永い間、短歌、俳句といふ短詩型の芸術にはぐくまれてきた日本の若き詩人が、その詩型を短詩型にとるのは、何も不思議なことはない。」と短詩型の流行をレスプリ・ヌーボーの翻訳の影響とみなす大学に反論を試みている。ここからは、レスプリ・ヌーボーにおける表現の圧縮が日本の伝統的詩形を介して内面化された経緯が窺える。

『月下の一群』では、二行、三行という極端に短い詩形が訳出されている。

マックス・ジヤコブ「火事」

火事は
展げた孔雀の尾の上に咲いた
一輪の薔薇ですね。

かの女の白い腕が

私の地平線のすべてでした。
マックス・ジヤコブ「地平線」

シヤボン玉の中へは
庭は這入れません
まはりをくるくる廻つてゐます
ジヤン・コクトオ「シヤボン玉」

感興や感情を表すことばの省略によってイメージが突出し、固定した意味に還元されない世界が見える（「火事」「地平線」）。あるいは、擬人化によって、その対象を基点として世界の見え方が新しくなる（「シヤボン玉」）。単一のモチーフを通して世界を捉える形式は、原則として季語の重なりを避ける俳句と似ているし、「物に語らせる」方法も共通性がある。

『鶴』の短詩は、かつての抒情小曲とは異なって詠嘆の定型ではない。「朝日をよめる歌」は「朝日」というモチーフでゆるやかに繋がれ、多数が擬人法の作品であり、犀星がレスプリ・ヌーボーを自分の方法として消化したことが窺える。

「朝日」というモチーフで三十九篇を展開するのは、並大抵の力量ではないが、単調に陥っていない。朝の寝室から始まって、植物、樹木、庭、蚯、書物、子供、時計、小学校、執筆、少女達、老媼、オレンジ、旅上、蜂、山嶽、花、鶴、母、橋の上の日の出、木の芽、朝のスープ、ばらと視点を変えて、朝の光景が構成されている。一つの主題の下で下位のモチーフが相対的に独立している構成は、和歌の類題や俳句の季題・季語に通じる。終生句作を続けた犀星は、季題に倣ったのではないだろうか。犀星が習得していた俳句的体系性がモチーフの換喩的展開として応用されたことは考えられる。

作品は従来になく、象徴性が高い。

朝日はソーダ水のやうに透明な玉を吐いて
絶えず木にそそいでゐる
樹木は身ぶるひしながら
その光の中で一杯にひろがつてゐる

「その五」（初出『文芸春秋』4巻6号　大15・6）

朝日の庭を掃いてゐると
折れた莖が静かに起き上らうとしてゐるのを見た。
弓なりに淑かに起き上らうとしてゐるのだ。

「その七」（初出『不二』3巻6号　大15・7）

朝日がおとづれるときに
何処か遠いところで
眩ゆいばかりの重い書物の一頁が
そよかぜのやうに音もなく開かれて行く。

「その十」（初出『生活者』4号　大15・8）

昔、朝日のひとすぢの光が、
或る時、時計に新しい時間の文字を書きつけた。

「その十三」（初出『生活者』4号）

一枚書いて朝日を浴びに庭へ出る、
そして二枚目を静かに書く。

「その十五」（初出『文芸春秋』4巻6号）

眩ゆい書物の頁は夕方になりかかり
動かなくなつた。

「その二十」（初出未詳）

オレンヂの一つは朝日の当つたところで
たうとうその姿を失うた。

「その二十一」（初出『文芸春秋』4巻6号）

朝日の当る膝の上で旅客は弁当を食べてゐる、
深い渓谷の片面にまだ朝日はとどいてゐない。

「その二十二」（初出『生活者』4号）

朝日の昇るころ
重い書物を抱いて歩いて来る一人の男がゐる。

「その二十四」（初出『生活者』4号）

朝日の流れてゐる庭の面に
いつでも一人の翁が居て箒を持ち
清らかに掃ききよめてゐる。
そのかたはらに鶴が悠然と歩いてゐる。

「その三十」（初出未詳）

木の心は乾き過ぎて雨を想うてゐる。
それゆえ木の心は
いつも高きへ向うて昇るのであらう。

「その三十九」（初出『婦人公論』11巻7号　大15・7）

擬人法とは、感興の主体を対象に移して世界を見る、すなわち主体の感興を対象によって捉え返しつつより広い文脈で対象との関係を繋ぎ直す方法である。「その五」「その三十九」では朝日を浴びる樹木や雨を待つ樹木の肉体性が「心」を介することで表出される。「その七」は具体的な観察に基づいている。起き上がる草というモチーフは、既に『寂しき都会』の「囁けるもの」（初出未詳）に見られる。

私はふしぎな気で
それを静かにながめた
いままで私の座つてゐて薙がれた草が
私が立つといちどに起きあがつた
しかしそれはふしぎではない
唯一本だけ最後にしづしづと
やつとのことで起きあがつたのに気がとられた
なんでもないことだが
むづむづとむしのやうに這ひ上つたのに

そのわづかな時間が私の目をとらへた
青いやつが先きをふるはして
すこしづつ、ほんの少しづつ起きあがつて
じろりと私を見たやうな気がした（以下略）

「囁けるもの」では、一本の草だけが遅れてゆっくり起き上がったことに、動物的な個性を感じ取っている。同じ現象ではあるが、「その七」では「弓なりに淑かに起き上らう」とする全身で朝日に向う姿として描かれる。「朝日」という生命の始まりの象徴が連作のテーマ性となり、一つの世界観が底流していく。擬人法は、主体と対象の二人称的関係性を一つの世界観で結び直し、エロス性を増幅する方法でもある。

「夏」の季語として、「炎帝」「涼し」「薫風」「青葉」「山滴る」「夏深し」等、抽象度と具体性の異なるものが同列にあり、「涼し」から「晩涼」「夜涼」「涼夜」「涼風」「灯涼」等の傍題が派生するように、「朝日」というモチーフは「その二十二」の写生的な場面から「その十三」の寓意的な光景まで次元差を作り出している。「その二十二」は高浜虚子の「遠山に日の当りたる枯野かな」のように、その風景をそのままで受け止める他はない、観念化できない性質として、三十九篇の中でもっとも俳句的である。「その十三」は世界＝時間の始まりの形象化であるが、犀星は、従来、抽象的なテーマをここまで明快に具象化したことはない。対象を絞り込み構図を単純化せざるを得ない短詩形と、直接的な抒情ではないため対象の焦点化を必要とする擬人法の効果である。素材の幅においても、「その二十一」の〝モダン〟な生活を思わせる諧謔味から「その三十」の伝統的な瑞祥を寿ぐ図まで広い。

三十九篇の中には作者の分身とも言うべき「書物」をモチーフにしたものが「その十」「その十五」「その二十」「その二十四」と四篇ある。「涼し」の傍題である「夜涼」と「涼夜」が情景として重なりつつも、焦点化の相違によって異なるように、生命と書くことの交わりが多層的に表出されている。「その十五」は事実のみを記すことによって、「朝日」を挟んだ「一枚」と「二枚目」の間にあるものが想起され、始まりの「一」と継続の「二」の象徴性が生じる。「その二十四」は犀星の象徴的な自画像と読めるが、これも、かつてここまで抽象化したことはない。詩人小説家としての自己像が一つの観念として昇華されている。

「朝日をよめる歌」の連作は、具体と抽象を一つの体系に収める俳句的視点と二者間の関係性を繋ぎ直すレスプリ・ヌーボー的擬人法と、両者に共通する短詩形の省略と圧縮によって、従来の犀星になかった作品の幅を獲得している。個としての主体の表出について、俳句的な零の地点から観念化された自己像の極点まで、濃淡を行き来したことは、世界を捉える方法としての自己を摑んだことになる。

俳句的な風景に潜在する自己とは異なり、都市の速度に従って変容していく表層的な自己が、もう一つの個の零地点である。そのような浮遊する身体を描いた作品が、『鉄集』の「僕の遠近法」に収められた「僕の遠近法」（初出『椎の木』8号　昭7・8）「映写機」（同）「地球の裏側」（同）である。

「地球の裏側」

ブランコは快活で、
木の葉にすれすれになるところまで、
僕を運んで呉れる。
僕は女にふれるやうに、
木の葉に頬を擦り寄せる。
僕は地球を幾廻りかする。
僕は地球の裏側まで見てしまふ。

「我は」（『鶴』）の重苦しい肉体の喩であった「地球」とは異なり、ここでの「地球」は解放感に溢れた身体を容れる世界の喩である。この解放感は、より機知的ではあるが、竹中郁の「胸と蝶」（『詩と詩論』8号　昭5・6）にも通じる。

楽器の絃《いと》の一本を指で弾いて鳴らした
音が地球のあちら側から廻はつてきた
音が地球のあちら側から廻はつてきた
（第一連）

身体の延長線上にあるような大きな容器としての「地球」の感覚。竹中は、大正十三年十一月に神戸で同人詩誌『羅針』（大13・11～大14・5　全6冊）を海港詩人倶楽部から創刊する。第3号（大14・2）から参加した一柳信二は気鋭のセリストであったが、幼少時からの竹中の友人であり、神戸二中、関西学院の同窓生でもあった。パリ留学（大13～昭3）から帰国後、すぐに東京で二度独奏会を開き、昭和三年から七年にかけて四回、ＪＯＢＫ（ＮＨＫ大阪）で演奏をしたという。[*39] 竹中は、一柳の詩集『樹木』（大14・5）『風琴』（大15・11）『軽気球』（昭5・5）を海港詩人倶楽部から刊行している。足立巻一が「竹中は一柳に並々ならぬ親愛感を持っていたらしく」と述べているように、[*40]「胸と蝶」には一柳の面影が揺曳しているように思われる。

ブランコに乗る犀星が見た風景と竹中が弦楽器の振動音から想起した光景。「暗碧の空がまんまるい地球を抱くやうにのしかゝり、星が星座をみだしたが如く自由な位置をとつてかゞやいている夜、ベルベンシエの花のやうなまつさおな空間へ、ホーキ星のやうにとんで行きたい。」(「僕はこんなことが好き――赤い服とムービイを愛するあなたに」『驢馬』2号　大15・5)と語る足穂のように、記号性をファンタジーとして展開するのではない。しかし、犀星もまた表層的な都市空間を受け止め、「地球」という表象を共有していたのである。

(2)〈山〉

『鉄集』について、田中清光は、「犀星の内にあった激しいものの突出した、後半生のきわめてすぐれた詩業」であると高く評価し、第一章「煤だらけの山」諸篇の触媒となった、登山家冠松次郎(明16~昭45)について、「冠という一人物の発見は、自らの一極点というべき詩境を実現してゆくための、詩に肉体を与える有力な一題材であった」と意味づけている。*[41]

犀星が冠の著作からいかに多くのものを受け止めたかについては、森勲夫が語彙や措辞に関して考察している。*[42]森は、『鉄集』収録作以前に発表した「冠松次郎氏におくる詩」(『読売新聞』昭5・8・17)「冠松を讃へる」(『セルパン』4号　昭6・7)について、「剣岳、冠松、ウジ長、熊のアシアト、雪渓、前剣、粉ダイヤと星、凍つた藍の山々、冠松、ヤホー、ヤホー」という第一連の語群、「廊下を下がる蜘蛛と人間」「廊下のヒダ」「絶壁のシワ」と類似する表現が、冠の『黒部渓谷』『立山群峯』(第一書房　昭4・5)『剣岳』(同　昭4・6)に見られることを指摘している。更に、星野晃一は、森の指摘を受けて、冠が「特に感動的な場面において「寂しい」「寂寞」「寂寥」などという語を印象的に用いている」ことに注目し、冠の登山観ひいては人生観に犀星が共鳴し、根底部分で繋がったのではないかと指摘している。*[43]

剣をいただいて立つてゐる山嶽、

山嶽ら剣を護つて列なつてゐる。
剣は永劫に錆びず
剣は物すごい荒鉄《あらがね》を鍛へて
物言はずに載り立つてゐる。
剣はボロボロの山襞のあひまに、
微かな埃さへ加へ、
暗黒色にガツチリと何者かと刃《は》を合してゐる。
その音は鳴りひびいて聞える。

「剣をもつてゐる人」

山と山の廊下。
黒部の黒ビンガの峡谿。
ノツソリと立つ谷間の英雄。
英雄だか何だか分らないが、
至るところにノツソリと立つてゐる。
或は臥てゐる底知れない奴。
歳月千年の巌の廊下。
頭が遠くなるくらゐ人間の思考力を捲ぎとる景色。
そいつらが一纏めになつて咆哮してゐる。

「ノツソリと立つ者」

「剣」とは、風雪に耐え、歳月を超えて聳える岩壁の喩であるが、「暗黒色にガッチリと何者かと刃を合してゐる」闘う姿として擬人化されている。その偉容は「人間の思考力」を超えてしまう。犀星は、黒部の山嶽に、闘いを経て存在することの精髄を見ている。

三浦仁は、「刃」「鉄」という形容について、『鶴』の「文章以前」諸篇に見られる「自己変革の意思」が、「僕は毎日情熱の刃がしらを研ぎすまし／鉄の匂ひを嗅ぎ／僕の情熱に斬りこむ敵手を待つ」と語る「敵手を待つ」（『スバル』2巻1号　昭5・1）等、昭和五年の作品にも持続し、『鉄集』に到ったと指摘している。[*44] 三浦が指摘するように、闘う精神を表象する「鉄」「刃」「剣」は、『鶴』刊行前後の昭和三、四年に現れる。「椎の老幹が城を築いてゐる／寒ぞらに鉄のやうな肌を露はにした大木の群は／静まり返つて戦ぎもしない、」（「巨鱗」初出『婦人之友』22巻5号『鶴』所収）「その老書生の痛手を負ひ、／剣を仗にして立つところの心が解るか、／そのボロボロの剣になほ立たんとする炎を見たことがあるか、」（「詩中の剣」）と歳月を重ねた「老幹」「老書生」の闘いであり、そこには不惑も近づいた犀星自身の姿が投影されている。

「剣をもつてゐる人」も「ノツソリと立つ者」も、間近で仰ぐ、あるいは眼下を見渡す視線である。星野は、犀星の著作から、「ある山の話」（『短歌雑誌』2巻11号　大8・8）で書かれた医王山以外に登山体験はさほどないのではないかと推測し、犀星が冠の著作から得た「冠の目を自分の目とするほどの、冠への共感」を読み取っている。[*45]

星野が指摘するように、犀星にとって〈山〉は遠望する対象であり、故郷の象徴であった。「たちまちに雪光る山なれ／たちまち鳴りてはくもる山なれ／四方《よも》の氷の扉ひらかれ／いつさいは萌えむとす」（「氷の扉」初出『アララギ』7巻6号『抒情小曲集』所収）と〈山〉は美的風土として対象化される。それと共に、「私は以前にもまして犀川の岸辺を／川上のもやの立つたあたりを眺めては／遠い明らかな美しい山なみに対して／自分が故郷にあること／又自分が此処を出て行つては／つらいことばかりある世界だと考へて／思ひ沈んで歩いてゐた」（「犀川の岸辺」初出未詳・『愛の詩集』）「故郷に一年を暮らした／古い人情にもひたつた／そして国境の山ざかひに東京の町の一片を／或るたいくつした日に思ひ描いて見た。」（「故郷を去る」初出『新小説』30巻2号『故郷図絵集』所収）と、愛憎の率直な表象でもある。

犀星は、大正九年七月末に軽井沢の旅館、つるやに滞在して以降、軽井沢での夏の滞在が恒例となる。大正十五年七月には貸別荘を借り、昭和六年七月には別荘を新築している。軽井沢の滞在で、犀星は、風土の象徴とは異なる山の表情を発見している。『鶴』には、タイトルも「大山脈の下」の章がある。そこに収められた「山の中」（初出『大調和』1巻6号　昭2・9）では、「山の中で毎夜のごとく星を見、／山の荒さにひたり、／樹のうそぶくのを聴き、／誰かが暗夜を走つて行くのを見る、／おれの髪は逆立ちはせぬか、／おれ自身飛び立つことができぬか、」と「おれ」に呼応し、響き合う野性が描かれている。「山上の星」（同）では、「山の上の星は荒々しく／黒雲の間から／幾万となく差し覗いてゐる。／（略）／己は掻き登りたい気になる、／己は美の正体に紛れ込みたくなる。」と野性という生命の本質を「美」として捉えている。軽井沢での〈山〉は、野性の美的な体現である。

その中で、自己と向き合う一個の肉体として描かれているのが「赤城山にて」（初出『感情』2巻6号　大6・6『愛の詩集』所収）である。

自分は今きたないものを弾き飛ばす
自分はこの美のなかに呼吸する
自分の頬にはじめて
微笑が乗りうつる
ひとりきりで生きて来た

勝利を感じる
ひとりきりでゐたことに
勇敢を顧る
はじき飛ばす
きたないものを　ふりおとす
自分はあしの強い蝗のやうだ
満山に荒れた冬
満山の新芽
それらは今悠然として燃えつつある
山も地面も
鉄のやうに固い
これらの自然は今自分のままになる
自分はさかんに深い呼吸する
さかんに消化する
むさぼる（以下略）

九月二十七日にはかねてから文通していた浅川とみ子と会って婚約しているので、「ひとりきり」の強調と昂揚感の背景には、婚約に到る決意が反映しているのかもしれない。『愛の詩集』は「正しさ」という理念によって、自己を秩序化し確立しようとした詩集であり、その実践には家庭を持つことが大きな指標だったからである。「鉄のやうに固い」〈山〉と渡り合う姿は、清廉な自己が確立されようとしている心象である。故郷の象徴、自己像、生命美、これらが複合された〈山〉が冠松次郎という触媒に出会い、「剣」「刃」と共に中年期の理想像として昇華されたのである。

星野が引用している『黒部渓谷』の該当箇所からは、犀星の〈山〉の表象力を飛躍させることになった、冠の文章の力が窺える。

夕陽を背にしてゐる立山群峯は、蒼茫として今将に暮れんとしてゐる。燃え立つやうな後立山の光耀に比し、立山は又何と云ふ寂寞たる姿であらう。八月だと云ふのに、その東面の雪は尚夥しく、まるで氷山のやうだと私は思つた。著しく暗黒味を帯びた筍のやうな岩稜の中に、蓮華の花の開いたやうに広がつている大雪窪の冷たい色彩を眺めると、私は身振ひする程なつかしくなつた。先刻は雲霧の間に立山本峯を望んだが、余にその峨々として聳立してゐるのを見て剣ヶ岳とさえ思ひ違へた。しかし剣はその右後に氷柱のごとく折れ重なつて聳えてゐるのであつた。長次郎の大雪渓に胸間を彩り、そしてその兀々たる肩骨は牙をむき出したやうな険峻をもつて、三窓から小窓の方へと続いて行く。（「下廊下の記／黒部別山沢―岩小屋沢岳支脈―大町」）

星野が指摘するように、厳しく屹立する山々の個別相は、犀星によって、「山嶽ら剣を護つて列なつてゐる」とイメージの核を抽象される。犀星がイメージの核を抽象し得たのは、克明で独特な冠の形容に因るところが大きいであろう。比喩と擬人法が多用されているが、「胸間を彩り」「兀々たる肩骨」「牙をむき出したやうに」と一貫して肉体を捉える視線であり、煩わしさや不自然さは感じさせない。

冠にとって、〈山〉は文字通り一つの大きな肉体であった。

この高原から超然として高く延び上つてゐる上ノ岳の円頂の右肩に、美しい偃松の叢団の間を上ノ岳の小屋は、山頂に於ける唯一の人間の誇りのやうに、小ざかしくも天空に小さな存在を主張してゐる。その左奥につづく黒部源流地を繞る山々、蓮華岳、鷲羽岳、黒岳の連嶺は、黒雲の底にくすぶつたイガグリ頭を並べて、黒雲と山上の間だけが樺色の光りを流してゐる。

『立山群峯』（「上廊下の記（其三）／奥廊下へ／薬師沢出合から太郎兵衛平を経て有峯へ」）

黒い菱岩と残雪との面白い隈どりを為した立山本峯の巨体は、淡紅色に匂ふ万朶の桜のそれの如く絢爛として澄み切つた朝空から大きく浮び出てゐる。

あまり気持がよいので尾根上を遊歩してゐると、足許から微妙な音響が渡つてくる。山稜に打ち寄せてくる朝風に、波の如く動いてゐる偃松の幹や葉ずれの音が、爽やかな奏楽となつて私の身辺をとり巻いてゐるのである。

高根の叢松、それを弄んで造花《ママ》は無絃の琴を弾じてゐるのであらう、松風、爽籟その美しい声を聞いてゐると、楽園の中をさまよつてゐるやうな気持がする。

同（「春の後立山／赤沢岳に登る」）

冠は、「くすぶつたイガグリ頭」と少年に対するような眼差しで山を眺める一方で、「淡紅色に匂ふ万朶の桜のそれの如く」と艶かしい優美さも受け止めている。全身を山頂の空間に解放し、恍惚として美と戯れている。肉体的人格としての親和感と美的対象としての視線を共に向けるのが、冠にとっての〈山〉である。これについて、冠は、『剣岳』の「私の登山する気持」で、「東洋流の考へをもつてゐる私は、山を征服するのではなくして、自分の胸襟をくつろげて、大自然と抱擁するのにある。」「自分が自身を超越して、大自然と不可分の境地に立つとき、それを私は第一等のことに思つてゐる。そこに自我の光栄も高挙もあるので、自然美に接してエクスタシーの絶頂に達した時、その時こそ私は生き甲斐のあるものだと信じてゐる。」と述べている。これは、きわめてエロス的な交わりである。冠は、「大自然と抱擁する」ことを「慈父の如き大自然の愛撫」とも形容している。

犀星にとって、冠が微細に描き出す「自然美」と没入感は、軽井沢で感得した山の野性美の更に奥へといざなってくれるものであっただろう。犀星は、冠が描く〈山〉から、山と関わる肉体性とエロス性を確実に受け止めている。

廊下を下がる蜘蛛と人間、
冠松は廊下のヒダで自分のシワを作つた。
冠松の皮膚、皮膚に沁みる絶壁のシワ、
冠松の手、手は巌を引ッ掻く。
冠松は考へてゐる電車の中、
黒部渓谷の廊下の壁、
廊下は冠松の耳モトで言ふのだ、
松よ　冠松よ、
冠松は行く、
黒部の上廊下、下廊下、奥廊下、
鉄でつくつたカンヂキをはいて、
鉄できたへた友情をかつないで、

剣岳、立山、双六谷、黒部、
あんな大きい奴を友だちにしてゐる冠松、
あんな大きい奴がよつてたかつて言ふのだ、
冠松くらゐおれを知つてゐる男はないといふのだ、
あんな巨大な奴の懐中で、
粉ダイヤの星の下で、
冠松は鼾をかいて野営するのだ。

剣岳、立山、双六谷、黒部、
人跡未踏の巣窟、
あんな大きい奴を友達にしてゐる冠松
あんな大きい奴が寄つてたかつて言ふのだ。
冠松くらゐおれ達を知つてゐる男はないと、
冠松がおれらの胸の上に始めて来たと。
あんな巨大な奴の懐中で、
粉ダイヤの星の下で
口一杯に乳ぶさをふくんだ黒部のぬし。
冠松は鼾をかいて野営するのだ。

「冠松次郎氏におくる詩」（第二、三連）

　氷つた藍いろの山肌にとけこむのだ。

「冠松を讃へる」の末尾には「ある詩の抜粋」とある。確かに両者には重なりがあるが、「冠松を讃へる」は、「おれらの胸の上に始めて来た」「口一杯に乳ぶさをふくんだ黒部のぬし。」「氷つた藍色の山肌にとけこむのだ。」と山の母性を感じさせる表現に変っている。それは、冠が「慈父の如き大自然の愛撫」と称したエロス性の根底を掬い上げている。これに対し、「冠松次郎氏におくる詩」では、犀星はまず、山の肉体に取り縋って格闘する冠の肉体を感じ取った。「冠松の皮膚」と「絶壁のシワ」は、両者の接触面の緊張感を見事に捉えている。「鉄でつくつたカンヂキ」「鉄できたへた友情」という「鉄」の抽象度が、「剣をもつている人」の「剣は物すごい荒鉄を鍛へて」という鍛錬の新たな擬人化を可能にしたのであろう。向き合い、格闘する肉体に立脚してこそ〈山〉固有のエロス性が成立する。「冠松次郎氏におくる詩」における皮膚感覚としての登攀の追体験をエロス的に昇華すると「冠松を讃へる」になる。

そこから、更に、主体を冠から犀星に移した作品が、「剣をもつてゐる人」「ノッソリと立つ者」である。ここには、山の「乳ぶさ」に親しみ、山肌と添寝する冠ではなく、「鉄できたえた」印象を中心化した壮絶美がある。「剣はボロボロの山襞のあひまに、／微かな埃さへ加へ、／暗黒色にガッチリと何者かと刃を合してゐる。」という表現は、対象に喰い込んでいく冠の視線を、細部の描写と全体の構図の調和として整理し、昇華した印象を受ける。

犀星にとって、「剣」は、美的対象でもあり、官能的な肉体でさえある。「剣」（初出未詳・『薔薇の嚢』）は、「剣を抜いて見詰めてゐると、／その逞しい美しさに驚く、／（略）／その冷たい研ぎ澄んだやつ、／愛しなければ遂に錆をふくむ清浄極まる奴。」と「氷」に通じる張りつめた美を感じ取っている。「剣」（『北陸タイムス』昭5・1・1）では、「剣を静かに抜いて見る、／微塵の音もなく、／その優しい無類な羞恥に似たもの、女性的である一面。」と滲み出る艶かしさを発見している。「剣」が両面の美という独自性を持つようになったのは、冠描く山の美の清冽と優美に触発されたところがあろう。〈山〉を形容する中心的な語、「剣」のイメージの強化を経て、従来にない喩の自立度が高い作品が成立している。

(3) 女体

犀星が、冠の登攀の「エクスタシー」をモチーフにしたと考えられるのが、「山嶽」(『婦人之友』23巻4号　昭4・4)である。

山嶽は「我」に続けり、
我は我の中にも続ける山嶽を見たり、
かくて山嶽と我とは一つの圧力となり、
洪水のごときものになり、
遂に我は我の「忘我」を発見せり。

これは、まさに山との交合である。「エクスタシーの絶頂」とは「自分が自身を超越」し、「大自然」と一体化することである(「私の登山する気持」)というエロス性の核心が表象されている。交わる山から想起されるのは、光太郎の「山」(初出『文章世界』8巻14号　大2・12『道程』所収)[*46]である。

山の重さが私を攻め囲んだ

私は大地のそそり立つ力をこころに握りしめて
山に向つた
山はみじろぎもしない
山は四方から森厳な静寂をこんこんと噴き出した

たまらない恐怖に
私の魂は満ちた
ととつ、とつ、ととつ、とつ、と
底の方から脈うち始めた私の全意識は
忽ちまつぱだかの山脈に押し返した

「無窮」の力をたたへろ
「無窮」の生命をたたへろ
私は山だ
私は空だ
又あの狂つた種牛だ
又あの流れる水だ
私の心は山脈のあらゆる隅隅をひたして
其処に満ちた

みちはじけた　　　　（第一～三連）

「山」は「「無窮」の生命」すなわち「自然」の象徴であり、「私」は畏れ、組み合い、流動しつつ、「生命」と交わり一体化する。田中清光が、「自然を宇宙的秩序としてみてそのコスモスの内における、一つの小コスモスとしての人間の内なる自然との交感」と評しているように[*47]、宇宙論的なエクスタシーがある。個が世界と直結するという生命観は大正期に特徴的な自我の拡張であるが、肉体が観念として昇華され、観念は肉体的に消化される中で生まれるダイナミックな思想性が、光太郎にはある。

そもそも、冠の「私の登山する気持」に光太郎的な合一観が揺曳しているのではないかという気もするが、定かではない。犀星の「山嶽」は、『道程』から受けた感銘が冠の文章を経て、生命思想としてではなく、対象とより深く交わる交合的視点として甦った感がある。これまでは眺めていた〈山〉が自分の中に入ってきたのである。山の「乳ぶさ」という女体化も、合一の表現を経て可能になったのではないだろうか。

「乳ぶさ」に類する比喩は、『鶴』所収の「塔の中」（初出『近代風景』1巻1号　大15・11）に既に見られる。「己は書物の蔵の中を歩いてゐる。／（略）／己はあちこち拾ひ読みをし、／はだけた白い胸を出す書物の上に臥してゐる。」と「書物」が女体として擬人化されている。犀星にとって〈山〉は故郷の原風景であり、「書物」も文筆家として切り離せないものである。存在に深く関わるものを女体として擬人化することは、それが喩の基盤にあるということである。犀星の文学が〈母〉の欠落に根差していることは、菅谷の指摘を踏まえつつ前提にしてきたが、欠落の充填が喩のレベルで方法化してきたということでもある。これには、やはり、レスプリ・ヌーボーの受容が大きいのではないだろうか。

シモオン、雪はお前の襟足のやうに白い、
シモオン、雪はお前の両膝のやうに白い。

シモオン、お前の手は雪のやうに冷たい。
シモオン、お前の心は雪のやうに冷たい。

ルミ・ド・グウルモン「雪」

かの女の白い腕が
私の地平線のすべてでした。

マツクス・ジヤコブ「地平線」

麦藁でソオダ水をのむやうに
私はお前の恋をのむ私の毛穴から
私の目はお前のからだの風景を愛撫し
円味ある小径を散歩する

ここは六月の麦畑です
ここは陰多い谷間です
なだらかな丘を下つたら
羊歯の葉かげの泉に来てのみませう

堀口大学「幻の散歩」（初出『改造』6巻1号　大13・1『砂の枕』第一書房　大15・2[*48]、所収）

「雪」と「地平線」は、先にも引用したが、「雪」では「シモオン」と「雪」が、「地平線」では「かの女の白い腕」と「地平線」が相互に隠喩になっている。「幻の散歩」では、女体＝風景という換喩的な枠組みの下で性愛が対象化され、意味と官能的なイメージが均衡を保って二重化している。いずれも部分的な比喩に終っていない、作品を構造化するモチーフとして「女体」がある。

犀星がジャコブのように説明を省略し、隠喩の自立度を高めた作品が、『鉄集』の「背中」（初出未詳）である。

白いボートが吊されてゐる。
美しい背中が見えてゐる。

タイトルを「ボート」ではなく「背中」とした辺りに、犀星の隠喩についての方法的な意識が窺える。構造的な隠喩を独自に展開させたのが、後述する晩年の「舌」（初出『婦人公論』39巻5号　昭30・5）である。レスプリ・ヌーボーを方法化する以前にも、犀星は〈山〉を擬人化している。

山はもみぢした渋い色をした
茶人のやうに落着いてゐる。
くりいろの肌に青い絣をところどころに
荒織りのやうに羽毛立ててゐる。

襞や皺のところが沈んだ藍微塵の色で
山はきちんと坐つてゐる。
山はもみぢして休んでゐるのか
渋さ以上の渋さで川上に落着いてゐる。

「結城」（初出『新小説』30巻2号『故郷図絵集』所収）

秋山を衣服に見立てたのは、「山粧ふ」という季語から着想したのかもしれない。犀星の擬人法の土台には、第一章で述べたように、美文ということばを等価に扱う作法があったと考えられるが、「羽毛立てて」「襞や皺」という表現には、見立てに終らない着物の質感がある。しかし、未だ「結城」では秋の山から連想される類型の外には出ていない。これが、独自の〈山〉の肉体になるのは、今まで見てきた経緯を経た後である。随筆「山嶽」（初出『不同調』7巻4号　昭3・10[*49]）では、「山嶽の我々に与へるものは雄大の景色でもなく、又決して重い圧迫でもない。唯、寂寞が永い間巣喰うてゐる其事だけである。」と「寂寞」を投影させつつ、「自分は次第にその滑らかな峯の上に何者かが跪坐を掻いて坐つてゐ、その姿が無類に美しいものに見えた。」と仏像的に擬人化し、「彼は女人だか男性だか曖昧な中性のものに見えたが、何かその温和さは寧ろ女人以上に美しかつた。」と男女の性差を超えたものとして讃美している。随筆「屏風の山水」（初出『あらくれ』2巻4号　昭9・4[*50]）では、「越中の立山連峯を伏木といふ港から見たことがあつたが、その立山連峯がまるで海からすぐに続いてゐるやうな迫つた図太い感じで、大人も大人、これ以上の大人の山がないやうな気がした。険しいところばかりが連なつてゐて、刀身を簾のやうに編んで立てかけたやうであつた。そして少しばかり見える黒みのある谿谷の土のいろのやうなものが現はれてゐて、それがいかにも優しく懐かしい、あれは山の胸か乳ぶさのやうなものであらう。」と「刀身」と「乳ぶさ」を併せ持つ立山が描かれている。「山嶽」が仰ぎ見る身体であったのに対し、こちらは男女両性を併せ持つ肉体である。
少女小説集『乙女抄』（偕成社　昭17・7）所収の「ふるさと」では「故郷《こきやう》にゐて／故郷《ふるさと》といふ意味が分らなかつた。／そしてやつとこのごろ解つた。／ふるさとは乳ぶさも持つてゐるし／ひろい胸も持ち／たくさんの言葉も持ってゐる。」、同じく「山」では、「山のかはりに街がある、／街が山をつくつてゐる／夕にはその山に灯がともれ／けものは一匹もゐない、／山はあかるいお腹一杯に灯れてゐる。」と田舎から上京し、女学校に進学したヒロインの詩として、母体としての〈山〉が「乳ぶさ」「ひろい胸」「お腹一杯」という暖かな肉体として描かれる。
〈山〉の肉体の到達点が次に挙げる二篇である。

山は微かな生きものまで
お腹であたため
けふも添乳のうたをうたふ、
山のむねははだけ
乳ぶさがまる見えである。

「ちぶさ」（初出『心』8巻10号・昭30・10『続女ひと』新潮社　昭31・3、所収）

山の背中に
むしやむしや毛が生えてゐる
山は背中を痒がり
踊みこんで毛をふるふ、

夏は山もやつれて終りかかる、……

（「背中」初出、所収、同）

〈山〉は生きものの母体として擬人化される。それは、野生の動物として形象化された一つの観念である。そこに、女体の根源としての〈山〉を見ることができる。

注

＊1　船登芳雄「詩集『鶴』に反映したもの――文学的自我再構築への希求――」（『室生犀星研究』23輯　平13・10）

＊2　伊藤信吉「思想性をめぐって」（『国文学　解釈と鑑賞』43巻2号　昭53・2「特集　室生犀星　ふるさとは遠きにありて／犀星・その人と文学」）引用は『伊藤信吉著作集』第4巻による。

＊3　小川重明「室生犀星と中野重治の天皇観をめぐって」（『室生犀星研究』19輯　平11・9）

＊4　＊1に同じ。

＊5　＊2に同じ。

＊6　初出「天馬の脚（中）詩歌の道」（『読売新聞』昭3・2・25）

＊7　引用は『高村光太郎全集』第2巻（筑摩書房　平6・11）による。

＊8　＊2に同じ。

＊9　三浦仁『室生犀星――詩業と鑑賞――』の「作品鑑賞『鶴』／「切なき思ひぞ知る」」。

＊10　『天馬の脚』所収。

＊11　星野晃一『室生犀星　何を盗み何をあがはなむ』の「Ⅰ　発生／4「寂寞」の友――冠松次郎と稲坂秀松／(1)邂逅の背景」。

＊12　『芭蕉襍記』（武蔵野書院　昭3・5）所収（「元禄の大作家」）。引用は『室生犀星全集』第3巻（新潮社　昭41・2）に

よる。
＊13　『庭を造る人』に「俳道」と改題して所収。
＊14　初出「美術的映画の将来」（『時事新報』昭4・10・19）
＊15　渡部麻実「科学と天使――堀辰雄とジャン・コクトー――」（『日本近代文学』83集　平22・11）
＊16　引用は『堀辰雄全集』第5巻（筑摩書房　昭53・3）による。
＊17　引用は『堀辰雄全集』第3巻（筑摩書房　昭52・11）による。なお、同書の「解題」（郡司勝義）によれば、当該号には掲載されておらず、初出は確認できていない。
＊18　『硝子の女』（新潮社　昭34・5）所収。
＊19　坂本越郎『日本の詩歌22　三好達治』（中公文庫　昭50・5）の「鑑賞」。
＊20　北川冬彦『北川冬彦詩集』（寶文館　昭26・9）の「著者の解説／「検温器と花」」。それによれば、引用文は『亜』の回想」の一部分である。
＊21　野村喜和夫『現代詩作マニュアル――詩の森に踏み込むために』（思潮社・詩の森文庫　平17・1）の「第三部　詩学キーワード」。
＊22　和田博文『飛行の夢　1783―1945　熱気球から原爆投下まで』（藤原書店　平17・5）の「4　見上げる視線から見下ろす視線へ」。
＊23　引用は『堀口大学全集』第2巻（小澤書店　昭56・10）による。
＊24　引用は『室生犀星句集　魚眠洞全句』（室生朝子編　北国出版社　昭52・11）による。
＊25　乙骨明夫「百田宗治論――『ぬかるみの街道』まで――」
＊26　引用は『コレクション・日本シュールレアリズム⑦　北園克衛・レスプリヌーボーの実験』（内堀弘編　本の友社　平12・6）による。
＊27　小関和弘「北川冬彦論――「遠近法」がゆらぐとき」（『日本のアヴァンギャルド』和田博文編　世界思想社　平17・5）

＊28　海野弘『モダン都市東京――日本の一九二〇年代』（中央公論社　昭58・10）の「5　群司次郎正『ミスター・ニッポン』」。引用は中公文庫（平19・5）による。
＊29　『コレクション・モダン都市文化　第31巻「帝都」のガイドブック』の「解題」（藤本寿彦）。
＊30　引用は『薔薇の羹』による。原題「お白粉の骨」
＊31　引用は『天馬の脚』による。
＊32　引用は『堀口大学全集』第2巻による。
＊33　引用は＊31に同じ。原題「罪に立つ女」の「ネグリ」
＊34　『好色』（筑摩書房　昭37・8）所収。引用は『室生犀星全集』第12巻（新潮社　昭41・8）による。
＊35　引用は『中野重治全集』第1巻（筑摩書房　昭51・9）の「詩初出形」による。
＊36　引用は＊31に同じ。
＊37　『北川冬彦詩集』の「著者の解説」。
＊38　引用は『コレクション・都市モダニズム詩誌　第1巻　短詩運動』（小泉京美編　ゆまに書房　平21・5）による。
＊39　足立巻一『評伝竹中郁　その青春と詩の出発』（理論社　昭61・9）の「第5章　関西学院(1)」及び「第6章　関西学院(2)」。
＊40　＊39と同書の「第6章」。
＊41　田中清光『山と詩人』（文京書房　昭60・12）の「第二章　大正／十　冠松次郎と室生犀星」。
＊42　森勲夫「犀星と冠松次郎」（初出『室生犀星研究』17輯　平10・10）引用は『室生犀星寸描』（大森盛和・葉山修平編　龍書房　平12・9）による。
＊43　星野晃一『室生犀星　何を盗み何をあがなはむ』の「I　発生／4「寂寞」の友――冠松次郎と稲坂秀松　(2)脈絡交錯する心の詩」。
＊44　三浦仁『室生犀星――詩業と鑑賞――』の「作品鑑賞」（『鉄集』／「剣をもつてゐる人」）。

＊45　引用は＊43に同じ。
＊46　引用は『高村光太郎全集』第1巻による。
＊47　＊41と同書の「第一章　明治／八　文体と自然の発見　小島烏水・高村光太郎」。
＊48　引用は『堀口大学全集』第1巻（小澤書店　昭57・1）による。
＊49　引用は＊30に同じ。
＊50　引用は『文芸林泉』（中央公論社　昭9・5）による。原題「山水の屏風」

第六章　文語・定型——『哈爾濱詩集』——

1　吼える犀星

(1)　満洲旅行

犀星は、朝日新聞の委嘱により、昭和十二年四月十八日に東京を出立し、旧満洲、朝鮮を訪ね、五月七日に帰京した。犀星唯一の海外旅行である。この旅行から得た詩作品は、長編小説『大陸の琴』（初出『朝日新聞』昭12・10・10～12・10　全61回　新潮社　昭13・2）と短編集『美しからざれば哀しからざらんに』（実業之日本社　昭15・6）に併載されたが、詩集単行本としては戦後に『哈爾濱詩集』（冬至書房　昭32・7）として刊行された。

満洲旅行の産物としては、他に随筆集『駱駝行』（竹村書房　昭12・9）所収の「駱駝行」（初出『中央公論』52巻7号　昭12・7）「生菜料理《ザクスカ》」（初出『婦人公論』22巻9号　昭12・9）、随筆集『あやめ文章』（作品社　昭14・4）所収の「大陸の春」（初出『婦人画報』410号　昭13・4）「あやめ文章」（初出『報知新聞』昭13・5・11～14）がある。気になるのは、「駱駝行」[*1]でわざわざ「私のこんどの旅行には或る後援から金を貰つたやうに伝へられてゐたが、事実は満鉄からの招待でもなければ或る後援にも拠らずに私の金を持つて行つたに過ぎなかつた。」（二、船の初旅）と断りを入れ、自伝的小説『泥雀の歌』（実業之日本社　昭17・5）[*2]では「昭和十二年の四月、私は何となく満洲に行つた。何となくではなく外の人が洋行するやうな時期を私は哈爾濱の古い都にえらんだといふと、はなはだ気障ではあるが、全く私は何となく哈爾濱の旅にあこがれた。」（二十三、哈爾濱の章）と目的のない自発的な性質であると述べていることである。これについて、伊藤信吉は、「犀星にとっての意味や命題」があったと推測している。[*3]「満洲旅行には特殊な国際的、政治的条件があり、環境的時局色というべき〈色合い〉が付いてまわった」が、犀星の場合も「政治的色彩のあるどこかの団体、あるいは組織の資金援助を受けた、といった風評」があり、それを否定するためであったと伊藤は指摘する。用心深く風評に抗しつつ、自立的な文士像を保ちつつ、犀星は自分のテーマを見定めていくが、それが詩においては「自分の中の「古き露西亜」を遠く再生」させること（伊藤）である。

この風評には、満洲旅行に先立つ随筆「実行する文学」（『改造』19巻2号　昭12・2）[*4]が影響しているのではなかろうか。この文章は、前年の夏に軽井沢で行われた、犀星、歌舞伎役者の市川左団次、画家の南薫造という文化人と、伊藤多喜男、近衛文麿、永井柳太郎、鳩山一郎という政治家のメンバーとの会談に触発されている。犀星は、四人の政治家を「政界の巨頭連」と呼んで、「戦ふことの若さ」と「大きな寝返り」という印象を受けている。彼らの強烈な存在感が、「少くとも文学現象は最高文化であるのであるから、政治の高さとともにもうそろそろ握手して、大臣も我々の友人としなければならないと考へてゐる。」と連携の意思を喚起したのであろう。それが、「文学というものにも、文学としての使命や目的がある程、文学の大きさや深さがあるのではないかと思はれ出した。（略）旗色の瞭らかな、一つの大きな抱負の下に書かれた小説のあることも宜いと思ふのである。」という発言に直結している。

この意気込みの下で犀星は、「私は哈爾濱からチチハル及びそれらの地方を氷雪の融ける季節を待ち受けて出掛けることにしてゐる。」「私のこれらの小説完成は半年の後であらうが既に一大新聞に拠つて続載されることも決つてゐるから、私の仕事そのものよりも、文学が断ち拓いてゆくべき分野が非常に広大であり、且つ甚だ国家的であることを人々は知るであらう」と予告をしている。

犀星に似つかわしくない、妙に肩に力の入った物言いである。これが、『大陸の琴』に該当する小説になる筈であった。しかし、実際には、そのような「国家的」な小説にはならなかった。『大陸の琴』は、哈爾濱育ちの藍子、十年前に捨てた我が子を捜しに満洲に来た兵頭鑑を軸として、兄の料理店を手伝うために大連に渡った苺子《いちこ》、正体不明の紳士大馬専太郎、藍子の従弟の石上譲、女衒の庄屋力造、娼館を営む宝田欣三等が交錯しつつ、藍子は兵頭と共に帰国し、苺子は大馬を追って齊齊哈爾に行くという通俗小説的なストーリーである。伊藤は、主題は兵頭の「孤児院めぐり」と「棄児捜し」であるとし、そこには、生後程なく産みの母から引き離され、赤井ハツの養子となった、犀星自身の問題意識が投影されていると見ている。[*5] 舞台は「王道楽土」と喧伝された新領土であるが、犀星固有のテーマを扱っているのである。伊藤は、「実行する文学」から満洲旅行までの三カ月の間に、小説の孤児院「我善堂」のモデルである奉天の「同善堂」調査の資料（満鉄庶務部・古家誠一『奉天同善堂報告書』昭2）を犀星が入手し、「国策方向からの反転離脱」「あわただしい時間での棄子捜し主題への転換」がされたのではないかと推測している。

離脱と転換には偶然という面もあったということだが、これについて、犀星は、「私は先年満洲に赴いた時、何等かの意味に於て日本を新しく考へ、そして国のためになるやうな小説を書きたい願ひを持つて行つたのであつたが、結果に於てそんな大それた小説などは書けずに相渝らず私らしい小説を書いて了つた。作家のたましひといふものはどういう処にゐても、猫の目のいろのやうに変るものではないのである。」（「文学は文学の戦場に」『新潮』35巻7号　昭13・7）[*6] と弁明している。「実行する文学」の発言は、一時の昂揚と錯覚ということになろう。「私は私の文学だけを益々深くそだてることを忘れないやうにしたい、私が生きて役に立つことはこの文学をいつくしむことだけである。」と謙虚な態度を取りつつ、固有の領分を見定め守っていく決意を打ち出している。一度は国策に添うような発言をし、そこから覚醒した犀星は、なおのこと、風評を否定する必要を感じたのであろう。

それにしても、なぜこの時期に満洲旅行を思い立ったのであろうか。これについて、阿部正路は、一、犀星の詩への告別宣言「詩よ君とお別れする」（『文芸』2巻8号　昭9・8）をめぐる朔太郎との応酬の中で、「日本の風俗気候にすつかり調和し」た「幸福人」という評を踏まえつつ、自己を見つめ直そうとしたこと。二、芥川龍之介の「〈支那に遊ぶ記録〉」である『支那游記』（改造社　大14・10）を超えることで、芥川の死を乗り越えようとしたこと。三、昭和四年三月に満蒙に旅行して優れた作品を残し、同年九月から『白秋全集』全十八巻（アルス社）の刊行を開始し、昭和九年に完結した白秋の軌跡に倣おうとしたこと。の三点を挙げている。[*7] 中でも、白秋の存在は大きかったのではないだろうか。犀星も、初めての全集を昭和十一年九月から翌十二年十月にかけて、非凡閣から全十四巻で刊行した。ここまでの文筆活動の集大成後の展開として、白秋を参考にしつつ、次なる段階へ進もうとしたことは考えられる。十一年夏の軽井沢の会談で、犀星が政治家達に触発された背景には、文筆家として仕切り直しの時期にいたことがあるだろう。新しい方向として触手が動いたものの、資質が合わないことを悟り、孤児院の資料の入手を契機に〈母〉の欠落という本来のテーマに立ち戻る意思を固めたのである。

『哈爾濱詩集』の「自分の中の「古き露西亜」」（伊藤）も、若き日々の文学的核心であり、詩も小説も固有のテーマに基づいて着想されている。戦後に刊行された『哈爾濱詩集』は三段階の経緯を経ている。まず、『大陸の琴』で、『中央公論』52巻13号（昭12・12）に発表された総題「老いたる虎の歌」「奉天館」が、「十七の釦」「そなたの膝に」を削除して「序に代へる数章の詩」として掲載された。次いで、『美しからざらば悲しからんに』で、総題「船路」（『新日本』1巻2号　昭13・2）「大陸詩集」（『婦人公論』23巻6号　昭13・6）「曠野集」（『新潮』35巻10号　昭13・10）「奉天の石獣」（『文学者』1巻1号　昭14・1）「春の濁り江」（『むらさき』7巻5号　昭15・5）と併せて「哈爾賓詩集」として纏められた。『四季』四十号（昭13・9）には「詩集　哈爾濱　昭和十一年哈爾濱羇旅吟草／室生犀星著」という広告が載り、[*8]「純日本紙菊二倍判　新刻活版　値拾円／発行所　赤坂区田町四ノ九　草木屋出版部」と具体的に体裁と価格が記されている。翌四十一号（昭13・10）には「室生犀星著　詩集「哈爾賓」　草木屋出版部発行」を評した津村信夫の「犀星の詩業」が掲載されている。「詩集　哈爾濱」の企画は刊行間際まで進んでいたようであるが、実現されなかったようである。[*9] 結果として、『美しからざれば悲しからんに』の「哈爾賓詩集」から六篇（「帆」「日ぐれ」「花」「白い飯」「食事」「海市」）を削除し、配列の順序も変えて『哈爾濱詩集』が成立した。

『大陸の琴』の「序」として、犀星自身の哈爾濱、奉天での詩を置いていること、「哈爾賓詩集」で船旅↓大連↓旅順↓奉天↓哈爾濱↓朝鮮と旅行の日程にほぼ沿って構成し、『哈爾濱詩集』の原形になっていることから、満洲旅行の感慨がより直截に反映している「序に代へる数章の詩」と「哈爾賓詩集」によって『哈爾濱詩集』を扱う。

(2)「うた」

ひと日　洋館《ほてる》にこもり
わが行末を思ひ見ぬ
虎のごとく書いて死《くた》ばらんか、
陋居に餓ゑて死ばらんか、
死ばらんか、
死ばらんか、
この日　降砂は天を蔽ひ
濁れる雲は乱れたり
我　杖を市街に曳き
降砂のなかに立ち出でぬ。

「奉天の館」（「序に代へる数章の詩」）

「序に代へる数章の詩」は、満洲旅行の感慨の核心的な作品群であろう。犀星は、哈爾濱の街を通して『愛の詩集』時代の自分を見、異国で現在を捉える。「奉天の館」では、日本から遠く離れた一人の空間で、「虎のごとく書いて」「陋居に餓ゑて」と自己劇化しつつ文士としての自分を振り返り、感情を激化させていく。なぜ、犀星は「死ばらんか、」という強烈な言い方をするのであろうか。初めての全集刊行の達成感とそこに紛れ込む心の空隙が、異国の孤独において叫びとして突出したのではないか。全集の予約見本を見ると、表紙には「稀有の鬼才／詩趣豊なる新個性文学!!」という謳い文句があり、扉には、非凡閣社長の加藤雄策が、「先輩の光背無く時流に媚ざる鋳刻独自の世界に自適する室生犀星氏、近時多彩特異のその文学はこぼれたる刃《は》のごとく鋭く多様なる傑作佳品をおさめ得たるは啻に驚嘆に値す。」と犀星の独自性を称賛する「室生犀星全集／刊行に際して」を書いている。広告、宣伝ではあるが、犀星像が集約され、総括されている。それは、否応なくその後の自分を考えさせる。不穏な天気を衝いて外出する「我」の姿は、未来への不安に覚束なくも立向かおうとする心の表象である。

『哈爾濱詩集』では文語が復活している。しかし、「死ばらんか」の繰返しが作品の表情を決定しているように、感情の中心は甚だ口語的である。「序文並びに解説」で「奉天でも、大連でも、哈爾濱の街々でも、すぐ口にのぼる機嫌の好いうたのたぐひは、いたるところで詩のかたちをもつて、微熱のほとぼりのやうなものを私にあたへた。[*10]」と述べているように、犀星にとって、『哈爾濱詩集』の詩は、まず「うた」であった。文語と反復による構造化は、定型的な「うた」の形式を通して感慨を一般化しようとしている。しかし、『抒情小曲集』での詠嘆とは異なり、ここでの犀星は叫んでいる。と言うよりも、「死ばらんか」の荒々しい響きは吼えていると言った方がふさわしい。「うた」は、感動の自立的な表現形式であり、ものに触れて声を上げている主体の現前性を前面に押し出す。『哈爾濱詩集』での文語・定型は、感動を直截に表出するための方法である。犀星は、『鶴』や『鉄集』に見られたモダニズム的、方法論的な姿勢とは異なる意識で、「詩」と関わっている。

奉天の北陵を詠んだ「石獣」は、そのような原型的な感動がある。

荒野なる
王宮《みやゐ》かたぶき石獣《いしけもの》の
吼ゆるに堪えず
人ら群れけり

荒野なる
王宮はひそとしづもりて
甍に黄金《きん》の
苔をいただく

大荒野の
極まるところを知らざれば
王宮の階《はし》に
のぼるくちなは

石獣ら
むらがり立ちて吼えゐたり
走獣の肌に
我は手を触る

此処に来て
石のけものの肌にさわり
巨大なる足を
眺むる我は

何人の
刻みしものか優しもよ
金色獣の
ふぐり光れり

象の吼ゆ
太宗文皇帝の甎道に
皓として神松《まつ》は
鳴りわたるかな

びやうびやうと
象の吼ゑる甎道に
しろたえの肌

かがやきにけれ

甎道の
石のあひまに燦として
満洲の苔の
かがやける見つ

石獣の
ふと腹のあたりうらうらと
はるふかき日ざし
あたりゐるかな

霊廟の石獣も、犀星の心に触れて吼えている。犀星は、石獣の肌にさわり、その肉体を確かめている。石獣たちは、「走獣の肌」「金色獣の／ふぐり」「しろたえの肌」「石獣の／ふと腹のあたり」と確かな肉体性を現す。石獣に向ける視線は、「くちなわ」に向ける視線と生きものとして等しい。犀星は、皇帝の遺跡を訪れても威圧されることなく、自分の方法で交わり、受け止める。

『抒情小曲集』の「樹をのぼる蛇」（初出『創作』4巻1号　大3・1）では、「われは見たり／木をよぢのぼりゆく蛇を見たり／世にさびしき姿を見たり／空にかもいたらんとする蛇なるか」と「蛇」に自らの孤独を投影していた。「石」もまた、犀星が感情を投影しつつ、その肉体性を感じ取る対象である。随筆「庭をつくる人／石について」

（初出『中央公論』41巻6号　大15・6）[*11]で、「水の溜まる石、溜まるほどもない微かな中くぼみのある石、そして打水でぬれた石は野卑でなま〳〵しく、朝の旭のとゞかぬ間の石の面の落着きの深さは譬へやうもなく奥ゆかしい。或いは夜来の雨じめりでぬれたのが、空明りを慕うてゐるさまは恋のやうに仄かなものである。」と石の表情を読み分け、「一朝わが思ひならざるときその眼を落すのも、石床蒼古の上に停るのであつたが、それよりも先きにかれは綿々の情に耐へざるの風姿があつた。わたくしはさういふ思ひでかれと相抱くことを屢々感じた。」と人格的な肉体として扱っている。生涯庭造りに格闘した犀星が好んだものは、石と共に苔である。同じく「石について」の中で、「総じて庭は石と苔との値が深ければよい、」と述べている。娘の朝子は、「庭造りの初期の頃は、庭には苔がどれほどあっても足りなかった。植木屋が買ってくればよい、というものではなかった。」と母とみ子と裏手の万福寺にシャベルを持って苔を取りに行き、それでは足りずに本門寺にも行ったことを回想している。[*12]日頃の美意識が、異国の遺跡を訪れても「苔」に視線を向かわせたのである。「石獣」で取り上げられたモチーフは、犀星の日常の視点で貫かれている。

　阿部が指摘していたように、白秋は、犀星に先立って満蒙旅行から歌を得た。それは、『夢殿』（八雲書林　昭14・9）所収の「満蒙風物唱」である。これは、『改造』15巻4号（昭8・4）『日本評論』（昭14・8）『香蘭』11巻1号（昭8・1）に発表した作品より成る。[*13]「奉天北陵」（『改造』15巻4号[*14]）は、犀星と同じく北陵の遺跡を詠んでいる。

太宗文皇帝の陵《みささぎ》とふ北陵は邃《ふか》し松の陵
牌楼《パイロウ》の影は日向と閑かなり狛犬が見ゆうしろなで肩
狛犬の巻毛の渦のをさなさよ日をあびにけり冬をこぼれ日
奉天北陵の磚道《せんだう》を踏みのぼり来てひえびえとよし春の松風

森ふかし対ひ衝立つ石獣の影多くして音無かりけり
帝王のただに践《ふ》ましし玉《ぎよく》の階《きだ》我ぞ踏みのぼる松風をあはれ
丹の柱黄金甍の端《つま》にして寝陵は見ゆ枯れし円山

白秋にとって、遺跡は鑑賞する風景であり、美という観念の具象化である。犀星が「甍に黄金の／苔をいただく」と実体的な屋根として見ているのに対し、白秋は「丹の柱黄金甍」と構図の一部分として捉えている。紀行文「春の枯野」（『改造』13巻4号　昭6・4）[*15]でも「青や黄の瓦の牌楼や石馬、残雪、これらは御陵の枯れた槐や巨きな土饅頭の枯草の寂びれ以外には、いさゝか荒涼たる枯野の趣とも離れて、寧ろ伝統的な幽邃の境地に入る。」と伝統的東洋的な情趣の枠組みの中に収めようとしている。

犀星も「駱駝行」の中では、石獣を鑑賞している。しかし、犀星は、美という観念に還元しようとはしない。「獅子、貔貅《ひきう》、石馬、駱駝、象などを石で丸抜きにした見事な各獣が、磚道の両側に程宜くならべられてゐて、少しの不調和を感じないまでに寂びかがやいてゐるのが珍しかつた。就中《なかんづく》、唐獅子は首の鈴や敷物に坐してゐる織物の文様までが、石肌に細かく彫られてあつた。貔貅のどんぐりした感じや駱駝や象の巧みな間伸びのした表現にも、心が惹かれた。」（「五、石獣」）と個別の特徴に心が向かう。個別に向き合う姿勢が端的に打ち出され、命なきものを吼えるけものとして甦らせたのが「石獣」歌群である。

「石獣」は、四行に分かち書きされた歌である。これは、親交のあった折口信夫の「四句詩形」に倣ったのであろう。折口は、『海やまのあひだ』（改造社　大14・5）[*16]の「この集のすゑに」で、「私は、地震直後のすさみきつた心で、町々を行きながら、滑らかな拍子に寄せられない感動を表すものとしての――出来るだけ、歌に近い形を持ちながら――歌の行きつくべきものを考へた。さうして四句詩形を以てする発想に考へついた。」と述べている。『海やまのあひだ』では、「葛の花　踏みしだかれて、色あたらし。この山道を行きし人あり」「谷々に、家居ちりぼひ　ひそけさよ。山の木の間に息づく。われは」と一行の書き下しに句読点を交えていたが、『春のことぶれ』（梓書房　昭5・1[*17]）では分かち書きになっている。

　くりやべの夜ふけ
あか〱　火をつけて、
鳥を煮　魚を焼き、
　ひとり　楽しき

はしために、昼はあづくる
くりやべに、
　鍋ことめける
この夜ふけかも

米とげば、手《タナ》ひら荒るれ。
　今はもよ。
この手を撫でゝ、
　誰かなげかむ

「冬立つ厨」の冒頭三首を挙げてみたが、行頭の位置、句切れ、句読点の位置・有無、歌ごとに異なっている。折口は、「この集のすゑに」で、「私は、かうして、いろ〳〵な休止点を表示してゐる中に、自然に、次の詩形の、短歌から生れて来るのを、易く見出す事が出来相に思うてゐる。私は、今も迷うてゐる。これをはじめてから、十年位にはなる。しかも、思想の休止と、調子の休止と、いづれを主にしてよいか、それさへまだ、徹底しきつては居ない。」と述べている。「思想の休止」と「調子の休止」の関係化の模索の軌跡が『春のことぶれ』である。

これに比べて、犀星の「石獣」は、行頭の上げ下げも句読点もなく、安定している。分かち書きにすることで詠む主体の視線の動きが強調され、心の動きが着目されるという点では、瞬間を表出しようとした啄木の三行分ち書きに近い。上から下に向かって流れていかないことによって、風景を情景として自分の視野に収めるのではなく、向き合っている場面として臨場感が伝わってくる。

2 現前性

(1) 重層化

きみははるびんなりしか
古き宝石のごとき艶をもてる
はるびんの都なりしか。
とつくにの姿をたもちて
荒野の果にさまよへる

きみこそ古き都はるびんなりしか。
燐寸のレッテルのごとき
数々の館をならぶる
きみは我が忘れもはてぬはるびんなりしか。
はるびんよ
はるびんよ
我はけふ御身に逢はむとす。

「はるびんの歌」(「序に代へる数章の詩」)

「とつくにの姿をたもちて／荒野の果にさまよへる」に、犀星の哈爾濱観が集約されている。犀星にとって「哈爾濱」は、極東に出現した帝政時代のロシア、ドストエフスキーやトルストイのロシアである。「奉天の都」と同じく、反復によって犀星の感情は増幅していく。「きみははるびんなりしか」「はるびんの都なりしか。」「きみこそ古き都はるびんなりしか。」「きみは我が忘れもはてぬはるびんなりしか。」と呼びかけを繰返す圧力によって、「我が忘れもはてぬ」と積年の思いが言語化される。「はるびん」という平仮名表記、「御身に逢はむとす」という言い方にも、一人の女性への憧憬に等しい思いが露出している。

犀星にとって、「はるびん」は、「古き宝石のごとき艶をもてる」というクラシカルな美と「燐寸のレッテルのごとき」というモダンな美を併せ持つ女性である。図式的に言えば、前者は十九世紀のロシア文学から、後者は満洲関連の画報や写真から得たイメージの形容である。例えば、満洲のガイドブックも兼ねた『満洲異聞』(今枝折夫　月刊満洲社　昭10・11)は、撫順で発行されたが、奥付を見ると、発行の五日後には再版、四十五日後(十二月二十五日)には六版とあり、これを信じれば、非常に短期間で版を重ね、世間に広まったことになる。この本は写真も豊富に挿まれており、「露西亜情緒と哈爾濱」の項目では「露西亜の夜は、キヤバレーに、露西亜情緒の花を咲かす」という見出しと共にネオンと燈火の輝く街角が紹介されている。この本でなくとも、犀星も類似の写真を目にしていたであろう。犀星は、目の前の光景に帝政時代のロシアの面影ときらびやかな現在の哈爾濱の顔を重ねて眺めている。随筆でも哈爾濱の印象を、「私は哈爾濱の中央大街《キタイスカヤ》を歩いて昔の露西亜人の散歩姿を眺めながら、此処まで近づいた昔ながらの露西亜の空気を、伸び上りながらどれだけ嬉しげに呼吸したか分らなかつた。「戦争と平和」の作品も吸うた空気はこの中央大街にも夕は漂ふ永い白ぽい夜とともに、私の肺臓に深くをさめられたかのごとくであつた。」（「戦争と文学」『改造』19巻10号　昭12・10）「私のこの第一印象は極めて外国的な愁のある、且つ甚だ文学的な哀しい都のおもかげであつた。かういふ都に逍ふことを私は子供の時代からあこがれてゐたのである。」（「美文の都」『新潮』35巻1号　昭13・1）と述べている。目の前の哈爾濱に古きロシアを探すこと、あるいは古きロシアの面影を通して目の前の哈爾濱を見ることは、『愛の詩集』時代の自分と現在の自分を重ねることである。

この重層的な眼差しは、「古き露西亜」（「序に代へる数章の詩」）も同様である。

古き露西亜の空気もかかりしか、
古き露西亜の時計の針折れ
とある店にひさがれたり
古き露西亜の思ひはかかりしか、
銅のメタルにザアの顔ゑがかれ
とある店にひさがれたり。
古き露西亜をみむために

われは伸びあがり
遠く遠く空気を吸はんとす。

この作品も、「古き露西亜の空気もかかりしか、」と「とある店にひさがれたり」の差異的な反復という重層的な構成によって、観念（「古き露西亜」）を具体（「とある店にひさがれしか」）を通して実体化していく心の動きが構造化されている。

「はるびんの歌」もそうであったが、重層的な反復は、一つの感情の表出に向かう。

街に支那の男の踞《かが》り
生きたる鼈を手に持ち
悲しく茫々たる声を挙げて
わんぱあ、わんぱあとは叫べり。
我この呼声をきくごとに
悲しき声に和すごとく
わんぱあ、わんぱあと心の中に叫べり。
傅家甸《ふうぢやてん》の昼深く春は浅かれど
ああ　わんぱあ　わんぱあの声絶間なく
わが愁とはなりけり。

「鼈」（「序に代へる数章の詩」）

「わんぱあ、わんぱあ」という声、音の響きを繰返すことで、「悲しき声」は「わが愁」となる。なぞることは同化することであり、本来、意味がわからない外国語でも声の表情を体感する。この繰返しには、「うた」の身体性がよく表れている。『抒情小曲集』の犀星も、「つうつうと啼く」（「夏の朝」）「しとしとと融けゆけり」（「ふるさと」）「すゐすゐたる桜なり」（「前橋公園」）「松のしん葉しんたり」（「天の虫」）等、独特のオノマトペを多用していた。意味の理解ではなく、表情や響きに共鳴し内面化する、感情の核心として構造化するという共通性において、『哈爾濱詩集』は、やはり「うた」の甦りである。ただし、思想的な位相は、若き日々からは隔たっている。

芝居の幕のごとき布垂れ
女は畳一畳の居間にありて
終日淫を鬻げり。
終日あをざめて睡れり。
笑はんとすれど笑ひを失ひ
哀しまんとすれど哀しみを失ひ
終日淫をひさげり。
我　何をか云ひ得べき
亦　何をかあたへんものぞ。
山査子《さんざし》の実に黒砂糖を打ちかけ
くちびる染めて啻に食らへり。

「山査子」（「序に代へる数章の詩」）

「終日淫を鬻げり／終日あをざめて眠れり。」「笑はんとすれど笑ひを失ひ／哀しまんとすれど哀しみを失ひ」「我何をか云ひ得べき／亦　何をかあたへんものぞ。」という対句による描写の進行と文語の完了感は、均衡ある構成を保ち続ける。それは主体が「女」に感じている、決して埋まらない距離感である。『愛の詩集』の犀星は、「この喜びを告ぐ」（初出『感情』２巻２号）「この苦痛の前に額づく」（同）「この道をも私は通る」（初出『感情』２巻１号　大6・1）において、娼婦にドストエフスキー描く虐げられた女性の面影を投影していた。

これはどうしたのだ
この闇のなかにうぢうぢとうごいて
銀貨一枚で裸体にもなる女等
君はこのような混濁の巷で
聖母マリアのやうな
美しい顔をどうするつもりだ
刷りへらした活字のやうな肢体は
釘のやうに歪つたくちびるは
その毒毒しい人を食つたやうな調子は
永久世の中へ出ていかれなくなるまで
稼いでも稼いでも
貧乏してゐる君達
手も足もすりへらして終ふまで

たましひをめちやくちやに傷めるまで
しぶかみのやうに
くしやくしやになつた肉体！（以下略）

「この道をも私は通る」

犀星は、形容を畳み掛けていくことで、娼婦の身体に共鳴し、同情を深めていく。しかし、二十年の歳月を経た犀星に、聖なる娼婦という観念を通した眼差しはない。あるのは、隔たりの現前性である。二十年後の犀星は、対句の反復によって、ただそこにある肉体という実存をうたうのである。

(2) 風土

犀星は、満洲の荒野に詠嘆する。

褪せたる藁のごとき土の色、
土の色は荒野の色、
楊柳は扇のごとく枯れ
行くところ山を見ざるなり、
山を見ざる荒野のありや、
あはれ山を見ざる荒野は此処なり、
きみにも見せたや、
行くところ山を見ず、

百万年寝ころびしままの荒野なり。　　　「山なきところ」（初出「曠野集」）

満洲＝広野というイメージは「赤い夕陽」と共に夙に定着していたと言ってよいだろう。『満洲異聞』でも「赤い夕陽」「土の匂」という項目を立てている（「雑談 満洲《まんしうよもやまばなし》」）し、「満洲産業建設学徒研究団」（文部省が昭和八年五月に結成した）に参加した、岐阜県農業学校校長の橋本甘水なる人物の『満蒙の旅』（堀新聞店書籍部　昭8・10）では、「満洲情調」を「満洲は曠い、沃野千里の大海原の様だ、」「吹けよ秋風／高粱畑の／赤い入陽に／虫が鳴く」と歌っている。犀星自身も「駱駝行」で、「人々は満洲の野のことを荒野とか妖野とか言つて鬼畜の欷り泣くやうに曠漠たる野にしてしまつてゐる」と常套句に異を唱えている（「二、船の初旅」）。しかし、犀星は、「荒野」を目の当たりにして、「行くところ山を見ざるなり、」「山を見ざる荒野のありや」と〈山〉が視界にない驚きを繰返す。第五章で見たように、犀星にとって〈山〉は故郷の象徴である。概念的ではない、原風景を基点とした眼差しが異質の風土を確かめる。「荒野」ではない「山を見ざる荒野」は、概念的ななぞりに終らない、内面化された風土からの隔たりを摑んだ独自の把握である。ここでも、反復によって感慨が増幅し、「あはれ山を見ざる荒野は此処なり、」と隔たりを述べるにとどまらず、嘆声が押し出される。「あはれ」とは風景の外在性を感受した嘆声である。同時に「あはれ」は、ものに触れて心が動く折の伝統的な美的情感でもある。隔たりの意識は先鋭化するのではなく、和歌的な詠嘆として整序される。『哈爾濱詩集』が文語・定型的であることの特徴がここにも見られる。

犀星は、「駱駝行」では、先の引用に続けて常套的ではない風景描写をしている。「私はこれほど自然の骨身を削り立てて奥の奥まで素直になつてゐる風景を見たことがなかつた。此処では岩も石も古い梅干のやうな色の粉土になり、赭茶《あかちゃ》の粉土は乾き上つて、光らないくすんだ一枚の古い赭い皮のやうに何百里もつづいてゐた。」と芥川が称賛した「生姜のやうだね」という妙義山[*18]、「羊羹のやうに流れてゐる」という隅田川の比喩[*19]を彷彿とさせる独特の食物的形容で、異国の風土を手許に引き寄せている。詩では、身体をくぐり抜けた隔たりの実感を定型的に整序し、随筆では独自の感性が打ち出され比喩となる。

「あはれ」は、満洲の風土に対する犀星の感慨を集約した語である。「荒野の王者」（初出「曠野集」）は、「荒野の果に／砂けむり立てつつ／熊のごとき豚のあゆめり／毛は赭く荒々しく／爪は鎌のごとく光れり／あはれ豚とは云ふなかれ／ひもすがら荒野の果に遊びゐて／時刻《とき》をも知らざるの豚なり／終日鳴くことなき豚なり。」と魁偉な風貌の描写にとどまらず「あはれ」と詠嘆する。「春の濁り江」では、「あはれ」を介して風景の彼方に思いを馳せる。

松花江の波にごり
ひねもす春の日のもとに
まだ寒きさざなみを立ててうち寄せり。
うら寒きさざなみなるかな
氷をまぜてかちかち鳴れるに
われはその一片を手にすくひ
はるか茫たる対岸を眺め
日本にある娘らに思ひを馳せたり、
あはれ松花江の水澄むことなく
濁りにごりて行くところを知らず
黄龍叫ぶことなく過ぐるなり、
ゆうべ見しをみならもまた濁れる波か、

濁れる波のゆくえ遂に知らざるなり。

『駱駝行』の見返しには満洲旅行の日程が記されており、[*20]「四月二十五日、哈爾濱着芽未だ吹かず／二十六日、同上、北満ホテル、／二十七日　同／二十八日　同／二十九日　哈爾濱出立、」とある。四月も末であるのに、春の気配が遅いことは、余程印象に残ったのだろう。犀星は、この旅行で次の句を詠んでいる。[*21]

哈爾濱まで　途上

ほそぼそと荒野の石に芽ぐみけり　（布光子宛葉書、昭12・5・26『風流陣』19号　昭12・6）

いつしかに旅順の菫匂ひけり　（同、『俳句研究』5巻4号　昭13・4）

又

満洲の黄砂は玻璃を透しけり　（竹村俊郎宛葉書、昭12・4・24『風流陣』19号）

哈爾濱

哈爾濱に春の日させば嬉しもよ　（『風流陣』19号）

朝鮮

春の山駱駝のごとくならびけり　（同）

四句目の「哈爾濱に春の日させば嬉しもよ」と「春の濁り江」の情緒は共通する。犀星の基盤にある季語的な季節感が異国の季節を感じる土台となる。春を感じさせる「春日」と同じく春の兆しの季語である「雪解川」を風景の視点として、犀星は松花江を一望しようとする。「松花江の波にごり／ひねもす春の日のもとに／まだ寒きさざなみを立ててうち寄せり。／うら寒きさざなみなるかな」と「雪解川」にはない寒々しさが繰返され、「あはれ松花江の水澄むことなく／濁りににごりて行くところを知らず」と季語的な濁りとしては一般化できない「松花江」の「濁り」が捉えられ、満洲の風土を意識するのである。この作品の内実は、季語を介した固有の「濁り」の把握に尽きており、それ以外の意味づけを拒んでいる点でも俳句的である。しかし、「あはれ」という詠嘆によって感慨が美的に整序されている点で、俳句的ではあるが、文語・定型的な「詩」である。その余韻が「茫たる対岸」への視線となり、家族への思いとなる。

　第一節で見たように、白秋もまた、満洲の風土を「美」として詠んでいた。

鞍山《あんざん》はまことよき山よく枯れてよき鞍型の春さきの山
娘々廟《ニヤンニヤンメウ》あたる日あかしこころべは早やなごやけき低き枯山《からやま》
枯野ゆく幌馬車《マアチヤ》のきしみきこえゐて春あさきかなや砂塵あがれり

（「湯崗子《とうこうし》の春」『香蘭』11巻1号　昭8・1）[*22]

寂びつくし楊《やなぎ》も土囲《どゐ》もあらはなりこの冬の日の道をひろふに
冬楡にしらしらとある日の在処《ありど》土囲曲り来て我は仰ぎつ
黒豚の仔豚走り出陽は寒し観音寺山の表を来れば

（「満蒙風物唱」[*23]・「遼東春寒／遼陽」）

　ここには、素朴な地方色あるいは閑寂な情緒が描かれている。白秋は、「春の枯野」で、遼陽の観音寺から見下ろした景色について、「その丘はちやうどよい瞰下《みおろ》し台になつてゐるので、私の眼に展ける城内の風俗絵巻は次々とうれしいものばかりであつた。わびしくも見えながら必ずしも貧しいものでもなかつた。閑かで穏かであつた。

土塀と埒墻と、いかに厳めしく繞らした家々でも、上から観ればその内庭や、明り障子や、裏の井筒が隣り隣りに分明であつた。浅葱服の女や赤い子供もあちこちしてゐるし、ちよろ〳〵と豚小屋から走り出る黒いものも見えた。」と描いている。白秋自身いみじくも「風俗絵巻」と述べているように、白秋にとって、満洲の風土は初めから外側にあり、美的な対象として眺めるものであった。異なりや隔たりを確かめることは、モチーフではない。「美」の観念に対象を取り込み拡張していく白秋と、感情の着地点として「美」という定型を用いる犀星の違いが見える。

ところで、この詩集で印象的な「あはれ」の使用であるが、これは、句作と関連するのだろうか。

夏あはれ生きて啼くもの木々の間 (『雄弁』27巻8号 昭11・8)[*24]
夏あはれおとめ腕をあらはにし (同)
夏あはれ松の埃の深むさへ (同)
夏あはれ雨もなき木々に花を見ず (同)
蟬あはれ尿清めつ立ちにけり (『中央公論』53巻8号 昭13・8)
蟬あはれ生きてなくからに腹の琴 (同)

満洲旅行の前後で、なぜか「あはれ」が感慨の表出として用いられている。即物的な描写という俳句の標準に囚われず、詠嘆を打ち出している。戦後の句になると、「あのあはれもこのあはれも見ゆ若葉かな」(「日記」昭25・4・14)「行く秋やあのあはれもこのあはれも見ゆ」(「日記」昭25・4・15)「あのあはれもこのあはれも見ゆ秋のくれ」(同)と更に自在に擬人化される。ここでも、詩法と句法の交錯を見ることができる。

3　表層性

犀星は、日露戦争の戦跡も詠んでいる。

旅順の道路は眩しく
日のひかりは道ばたにあふれぬ。
海は菫を溶き
帆は蕊のごとくならびたり。
此処こそは旅順なり。
われは二百三高地のうへに立ち
二百三高地のはつ夏に逢ひければ
いたいけなる蒲公英をも愛しけり。
此処こそは旅順なり。

「旅順」（初出「大陸詩集」）

日本人が特別な感慨を共有する場所であるということは、「此処こそは旅順なり。」の繰返しと「二百三高地のうへに立ち」で尽されている。「いつしかに旅順の菫匂ひけり」に通じる即物的描写であり、その感慨を説明しようとはしない。「海は菫を溶き／帆は蕊のごとくならびたり」という比喩、及び「二百三高地のはつ夏に逢ひければ／いたいけなる蒲公英をも愛しけり。」と「二百三高地」の記号性を主体の体験に転化させることによって、個の風景が成立している。

初出時の末尾三行を「哈爾賓詩集」としてまとめた際に独立させた作品が、「荒野の王宮」である。

われは眼をみひらき
ホテルのごとき白き砲塁に
過ぎんとする風の音を聞きすましけり。

「ホテルのごとき白き砲塁」という形容は表層的であり、歴史的文脈から切り離されている。白秋が「満蒙風物唱」（「遼東春寒／東鶏冠山」）で戦闘を想像しつつ詠んでいるのとは対照的である。

寒月は谷を埋むる屍にまた冴えたらし或《ある》はうごくに
命にて一人一人と跳び入りしまた声もなし塹の深きに
息はつめて死角に対ふ敵味方この塁の中に敢て憎みし

犀星は、「駱駝行」（「四、杏花村」）で、「東鶏冠山北堡塁は爆破された戦蹟のままであつたが、白いホテルの部屋々々をつらねたやうな廃坑の美しさを、その窓々や入口や長い坑道の間に見せてゐた。（略）私はペトン掩蔽部を占領してから一尺を争うたといふ、想像もつかない凄惨な白兵戦を思ひ耽つたが、かういふ実感に永い間遠ざかつてゐたことに私の不覚があるやうに思はれた。」と激しい戦闘に思いを馳せているが、詩では直接的にうたっていない。二百三高地についても、「春は二百三高地の山々にとうに来てゐたけれど、小鳥の声は何処にも聞えなかつた。ただ眩ゆいばかりの明るすぎる光線は夏かと思はれるほど烈しかつた。処々に濃い紫色を滴らす菫の花が幾株となく咲いてゐたが、何故かその美しい花を摘み取ることが控へられた。七千五百人の肉と魂とで占領したこの山頂には、花らしいものが咲いていなかつたからである。そして今はただ余りにも明るい光のしたに私は言葉無くして歩いて行くだけであつた。」と述べている。明るすぎる陽光への違和感を通して鎮魂の思いが語られるのである。『あやめ文章』[*25]（「大陸の春」）でも、「私は去春、旅順の山々を訪ねた時、あれ程あかるい日光を見たことがなかつた。あれ程しづかにをさまりかへつた山々を見たことがなかつたのである。鳥も鳴いてゐなければ虫一疋匐つてゐない二百三高地一帯にやつとの思ひで春が辿り着いたやうな日であり、そして満洲で一等暖かいといはれた山々に、春光陽々とあぶらのやうにふり注いでゐたからである。銃声と混乱との戦蹟に何と打つて変つた静かさが眼の前にあつただらう、港湾の色は紺を底にたたへた塊つた光になつて見え、それと同じ色の菫が離々《はなればなれ》に咲いてゐる外は、松の若木のたらたらと日を受けてゐる林ばかりであつた。」と陽光と静寂の二百三高地が描かれている。想像の戦闘場面ではなく、眼前の風景の印象を描くことが、「言葉無くして」しまった犀星の鎮魂の表し方であり、詩人作家としての誠意である。「ホテルのごとき白い砲塁」「白いホテルの部屋々々をつらねたやうな廃坑の美しさ」の表層性は、人の気配というものがない時間の痕の表出であり、意図的な方法の選択ではない。

これに対し、方法論的に一貫して表層を描いた紀行が、春山行夫の『満洲風物誌』（生活社　昭15・11）である。春山は、昭和十四年十月二十六日から十一月二十三日にかけて満洲と中国北部を旅行した。東京から新京・哈爾濱までは日満中央協会主催の日本雑誌記者満洲国調査隊の一員として、その後は「一旅行者」として、大連～奉天～承徳～古北口～北京～大同～天津～奉天～京城というコースを辿った（「あとがき」）。「あとがき」によれば、この旅行記は「開拓地という一つの対象」を「主として文化の生理的、歴史的角度から」観察したものである。それは、「多くの対象を他の対象との関聯に於いて観、そのなかから文化史的なある流れとその法則的な秩序とを発見することに中心を置いた。」ということであり、「自然と文化につながるすべてに対して、それら自身の持つてゐる地質学的な生理やメカニツクな物理の発見に一つ詩（Poésie）を感じることに外ならない。」と述べている。

対象を文化を構成する要素として捉え、情緒を排した視線によって「ポエジイ」を発見することが、春山の旅行記の方法である。冒頭でも「旅行記はいはばデテイルの興味である。それはまた見られた対象の量的な、外在性の面白さであると同時に、見る側の人間の持つてゐる角度の質的な、内在的な面白さをも意味する。」（「東京—奉天／旅行記」）「満洲国の旅行記がすくないといふことは、政治や経済や産業の満洲国だけが報道されて、環境や生活や文化の持つてゐる歴史、伝統、時代感覚、色彩、音響、形態といつたデテイルが案外知られてゐないといふことにもなるであらう。」（同）と述べている。「歴史、伝統」といった知識や概念は、「デテイル」として「色彩、音響、形態」という具体的な知覚と同列化されている。知覚を介することによって文化的、歴史的な知識や概念を再構成し、差異的、自律的な主体の〈目〉の秩序を作り出そうとするのである。そのような〈目〉が発見した美やイメージが「ポエジイ」である。

かくして春山は、徹底して表層的な印象を記していく。「松花江の埠頭の裏側」の市場は「大きな歯茎を赤ペンキで描いた入歯の店、ゴム靴や支那沓を並べた店などが、ジヨイスの『ユリシイズ』の意識の流れの場面のやうに押し合つてゐる。」（「哈爾濱／傳家甸」）と雑然とした店先は存在の現前性となる。「迷路のやうにつづいた蟻の通るやうな路次」には「真中の板塀を隔ててその両側が共同便所のやうに狭く区切られて」いる娼婦窟があり、「もう夕方で、さうした屋並みの正面に聳える埠頭事務所の裏側が、くつきりと空に立体的なシルエットを描いてゐる。その向ふは松花江であるといふ空気の冷たい動きが、ひしひしと身に感じられる。」と春山は街角をデザインのリズムとして捉え、次のように感想を述べる。

かういふ自然といふものは人間的な醜悪さには無関心に、むしろそれを地上的な調和に変へるやうな魔術的な力を持つてゐるものなのであらう。それは人間的にはボオドレエル的な地獄の世界ではあるが、情景それ自身としては超現実的な美しさを持つてゐる。

春山描く傅家甸は、知覚のオブジェとして、歴史的地理的文脈から独立している。一方で、この区画の「国際小説的な秘密」の匂いは、「一方では海からの交通による連絡と、暗黒にとざされたシベリア蒙古方面からの連絡が、所謂ルートをなしてゐるためではないか。」と「満人財閥」の「秘密取引」の経路を想定してもいる。シュールなオブジェと秘密裡のルートがある空間として、哈爾濱の「ポエジイ」は多面化複合化していく。

「莫斯科瓦経済商」といふ店の飾窓は、その中でもシユルレアリストの絵を見るやうな奇妙な組合せである。この店はロシア語では、モスクバ・エコノミカとか何とか読むのであらう。真中が入口で左右に飾窓があり、左手の窓にはミシンの上に古ヴアイオリンがブラ下つてゐて、古タイプライター、一寸した機械工具、小学校ロシア地図、ロシア魚類・鳥類掛図、トランプ etc. が雑然と並べてあり、右手の窓には古切手、紙テープ、光線除けセルロイド帽、ガラスに美人絵を貼つた鏡、ボタン、ルーブル紙幣、熊の人形、荷札、アツコオデイオンとサキソフオン、それに楽譜 etc. が一面に陳列してある。

「哈爾濱／キタイスカヤ街」

春山は、「飾窓」の陳列という「デテイル」に前衛芸術性を読み取る。それは、陳列した側の意図という内部には立ち入らず、外部の目に徹して印象を描くことである。異国の風土も「文化」へ昇華される要素として捉えることである。

春山も、東鶏冠山北堡塁を訪れているが、犀星のように直感的な印象を描いてはいない。「東鶏冠山北堡塁は模範的な築城といはれるが、ここへきてみると旅順といふ土地がいかにも要塞向きに出来あがつてゐることが判る。つまり旅順といふ港の地図の背後に丁度粘土で山をくつつけたやうなかたちに山脈が連なつてゐて、その山脈の向側は斜面となつて平地になつてゐる。唯その平地を隔てた向側がさらに平行線をなした一聯の山脈になつてゐてそれが日本軍の陣地として利用されたことは、かなり有利であつたが、いづれにしても一度平地に降りてさらに急斜面を馳け上らねば各山頂にある砲台に接近できないところに苦戦や激戦の原因があつた。」（「大連・旅順／東鶏冠山北堡塁」）と春山の関心は堡塁の地理的軍略性に終始する。「デテイル」の実体的特徴（「地質学的な生理やメカニックな生理」）を摑むことが、文化的秩序ひいては「ポエジイ」の構築の前提であるという方法が実践されている。抒情＝「うた」に立ち、「うた」を超えてしまった時に表層を語る犀星と、春山の方法論としての表層。満州という異国は、それぞれの詩人が本質で向き合う対象となる。

注

＊1　引用は『室生犀星全集』第7巻（新潮社　昭39・9）による。

＊2　初出『新女苑』5巻5号（昭16・5）～6巻2号（昭17・2）。引用は『室生犀星全集』第8巻（新潮社　昭42・5）による。

＊3　伊藤信吉『室生犀星　戦争の詩人・避戦の作家』（集英社　平15・7）の「第一篇『哈爾浜詩集』――露西亜文学の古きおもかげ」。

＊4　『駱駝行』所収。引用は＊1と同書による。

＊5　＊3と同書の「第二篇『大陸の琴』――棄児捜し・孤児のさすらい」。

＊6　『此君』（人文書院　昭15・9）所収。引用は＊1に同じ。

＊7　阿部正路「室生犀星と中国」（『室生犀星研究』4輯　昭62・4）

＊8　広告の所在は軽井沢高原文庫の大藤敏行氏の御教示による。

＊9　『詩集　哈爾濱』の所在について、大藤敏行氏、室生犀星記念館の嶋田亜砂子両氏から御教示を得た。大藤氏は津村の「今度一巻になつて上梓される大陸の歌」（傍点引用者）という言い方があくまでも予定であることに注目し、嶋田氏は犀星と親しかった津村が原稿段階で読んだ可能性を推察している。

＊10　引用は＊1と同書による。

＊11　『庭を造る人』所収。

＊12　室生朝子『大森　犀星　昭和』（リブロポート　昭63・4）の「本門寺の苔とり」。

＊13　『白秋全集』第10巻（岩波書店　昭61・4）の「後記」（中島国彦）による。

＊14　引用は『白秋全集』第11巻（岩波書店　昭61・6）による。

＊15　『きよろろ鶯』（書物展望社　昭10・7）所収。引用は『白秋全集』第22巻（岩波書店　昭61・7）による。

＊16　引用は『折口信夫全集』第24巻（中央公論社　平9・2）による。

＊17　＊16に同じ。

＊18　「文芸的な、余りに文芸的な／三十三　新感覚派」（『改造』9巻6号　昭2・6）引用は『芥川龍之介全集』第15巻（岩波書店　平9・1）による。

＊19　「都会で　十」（『手帖』1巻3号　昭2・5）引用は『芥川龍之介全集』第14巻（岩波書店　平8・12）による。

＊20　室生朝子の『父犀星と軽井沢』（毎日新聞社　昭62・10）によれば、犀星の自筆である（「詩人・作家達と軽井沢　そのⅡ／満洲旅行」）。

＊21　引用は『室生犀星句集　魚眠洞全句』による。

＊22　引用は＊14に同じ。

＊23　引用は＊13に同じ。
＊24　以下、引用は＊21に同じ。
＊25　引用は＊1に同じ。

第七章　詩人＝生活者——『美以久佐』『日本美論』『余花』——

1　無媒介性

(1) 個人―風土―国家

昭和十五年は皇紀二千六百年である。犀星は「歴史の祭典　皇紀二千六百年奉祝日に」（初出『婦人公論』25巻11号　昭15・11　『美以久佐』所収）という詩を作っている。

（略）

けふも遠い世を、
遠い世のありさまをおもふ
思うても遠い世
心がとどかないほど永遠無類の世、
渺として果すら見えない、
だがすぐ僕の近くにもある、
近くに山が聳えてゐる、
山の深さはそのまま遠い世に続いてゐるのであらう、
遠い世のそよ風が吹いてゐるのであらう、
だから雑草は香気を変へはしない、
僕は雑草に手をさはる、

雑草はかみの毛のやうに柔らかく
僕の手のひらにじやれる
僕は轣轆たる何かを見ただらうか、
僕は何かにさはつて知つただらうか。

僕の五十年前は赤ん坊だつた。
赤ん坊はたうとう死なななかつた。
赤ん坊はおへそをふくらがし
図々しくも永く生きて行つた。
間もなく赤ん坊が赤ん坊を生んで育てたのだ。
そして彼等が五十年生きるとして
僕の五十年を合せて百年になるだらう、
百年経てば歴史が編まれる、
歴史の文字は金色や臙脂色に輝くだらう、
歴史のあひだに日は昇つて行き
月は女の人の顔のやうに匂ふだらう。
僕は聽て僕の歴史のあひだから展望した、

（略）

それは神々の間に為され
神々の勁悍な行ひのなかに続けられた
山も海も神々のものであつた。
遠い世といふことは今とは渝りはない。
みな続いて聳え嘵々として鳴る、
そして人びとはみな生きてゐるのではないか。
祖先のいのちのありかが、
我々のいのちの窓の中から見える、
ありありと見える。

「僕の歴史」が国家の歴史の基点であるが、個の顔を持って屹立してはいない。個の時間の継続が神々の風土の形成として普遍化されているからだ。ここに描かれた「山」「海」「月」「日」は普遍的な国土として抽象化された記号である。これは、同じく皇紀二千六百年を奉祝した、北原白秋「紀元二千六百年頌　朗読詩」（初出『朝日新聞』昭15・11・13）[*1] 佐藤春夫「皇国紀元二千六百年ノ賦」（初出未詳・『日本頌歌』桜井書店　昭17・5）[*2] にも通じる。

（略）あやに畏き高千穂の聖火は今に燃え継いで尽くるを知らぬ。（火だ、まさに民族の祭典の火だ。）思へ、天業恢弘の黎明《しののめ》、鎮みに鎮む底つ岩根の上に宮柱太しき立てた橿原の高御座を、人皇第一代神倭磐余彦《かむやまといわれひこ》の天皇《すめらみこと》を、
ああ、大和は国のまほろば、とりよろふ青垣、鵄《とび》は舞ひ、朗かにおほらかに草も木も言祝ぎ謳つた。

「紀元二千六百年頌」（第七連）

フリサケ見レバハルカナリ
雲に聳ユル高千穂ノ
高嶺オロシノシヅマリテ
国の基ヲ開カレシ
皇祖《スメミオヤ》拝《オロガ》マデヤハ！

（略）

駒を立て
盾《たた》並《な》めて
あじあ大野や
日の丸の
はたかぜに
みいつ満ち
民草なごみ
時じくの
春風ふくと
荒海の波もしづもり
霞立つ野路も山路も
敷島の大和《たいわ》のさくら
いみじさよ今か咲くらん

「皇国紀元二千六百年ノ賦」（第二、六連）

犀星の「山も海も神々のものであつた。」を記紀神話の文脈に即して語ると、白秋の「あやに畏き高千穂の聖火」となり、春夫の「雲ニ聳ユル高千穂」となる。犀星は、白秋や春夫のように、神話的歴史の措辞をそのまま詩に持ち込んでうたう主体を一般化するのではなく、「僕」の視点を打ち出している。しかし、「雑草はかみの毛のやうに柔らかく／僕の手のひらにじやれる」「赤ん坊はおへそをふくらがし／図々しくも永く生きて行つた。」という現前性は、観念としての風土を具体に戻して確かめているが、そこに違和は生じていない。「雑草」も、春夫の詩に「民草なごみ」とあるように、愛国の常套的措辞である「民草」「草莽」から着想したのではないだろうか。犀星の「雑草」を「草莽」や「民草」の転化と見るならば、それは、風土に溶解しているナショナリズムの無名性の表象である。この場合、犀星の肉体的思考は、個の歴史を国家の歴史に溶解させるイデオロギーに対し批判力を持ち得ていない。犀星にとって、「風土」は存在に根差しているものであり、親和的な関係を結ぶものである。上京以来、東京に根を張る努力をし、幼少年期に味わい得なかった家庭を築き、「どうぞこれだけはまもれ」（「家庭」）と守り抜いて来た犀星の眼差しに、「風土」を普遍化しようとするイデオロギーの危うさは映らなかったのではないか。

伊藤信吉は、「歴史の祭典」について、「皇紀二千六百年における自分史百年。自分の呼吸ということを自分史に置き代えてみれば、犀星はしたたかな〈自己を所持する〉愛国詩の詩人ということにもなる。」と述べている。[*3] しかし、「したたかな」というよりも、風土と国家の連続性に対する無頓着さという印象を受ける。昭和十五年は、戦争に対する挙国一致的な体制が顕著になってきた時期である。鶴岡善久『太平洋戦争下の詩と思想』によれば、五月には「文芸銃後運動」が始まり、九月十四日に日本文学者会結成、十月十二日には大政翼賛会が発足する（総裁近衛文麿首相、文化部長岸田国士）。[*4] 副題が記されているように、雑誌の求めに応じて作ったことも考えられる。「奉祝」がテーマという制限はある。しかし、「僕の歴史」と神々の風土との関係性を空白として韜晦した訳ではなく、「我々のいのち」の土台として肯定していることから、この時点での犀星の率直な歴史観と見ることができるだろう。

伊藤が指摘する「自分史百年」の「赤ん坊」も、「天皇の赤子」から着想したのかもしれない。戦前の初等科教育の修身の教科書を見ると、天皇＝国家の元首と国民の関係は父子のメタファで連綿と受け継がれている。[*5]「我が国は皇室を中心として、全国が一つの大きな家族のやうになつて栄えて来ました。」（『尋常小学修身書　巻五』・「第一課　我が国」大11）「天皇陛下は、明治天皇並びに大正天皇の御志をつがせられて臣民を子のやうにおいつくしみになり、ます〳〵我が国を盛んにあそばされます。」（『尋常小学修身書　巻四』・「よい日本人」昭12）「広場に寄せてはかへす赤子の波」（『初等科修身書四』・「十九　戦勝祝賀の日」昭18）という天皇・国民観は国民に浸透していたであろう。これらの言説は、明治三十五年五月で学歴を終了した犀星の後代のものであるが、認識として内面化はせずとも共有はしていたであろう。「歴史の祭典」の一連の語の連環性と奉祝詩という性質から考えて、「赤ん坊」もまた一般的な概念を詩語に転化したことも考えられる。連環する個と風土と歴史の中で「僕の歴史」は自立する契機を持たない。

無名のナショナリズムがよく表れているのが、「十二月八日」（初出未詳・『美以久佐』[*6]）である。

何かを言ひあらはさうとする者
そして言ひあらはせない者
よろこびの大きさに打たれて
そこで凝乎として喜んでゐる者、
よろこび過ぎて言葉を失つた瞬間、
人ははじめて自分の我欲をなくし、

何とかして
偉大な喜びをあらはしたいとあせる、
勝利を自分のものにするのは勿体ない、
それを何かで表はしたい、
何かをつくり上げたい、
絵も彫刻も音楽も
そして文学も勝利にぶら下がる
何かをつくり
何かをゑがき
自分のよろこびを人に示したい、
自分も臣の一人であり
臣のいのちをまもり
それゆえに寿《ことほぎ》をつくり上げたい、
菲才いま至らずなどとは云はない、
この日何かをつくり
何かをのこしたい、
文学の徒の一人としてそれをなし遂げたいのだ。

「絵も彫刻も音楽も／そして文学も勝利にぶら下がる」に、開戦直後の「大勝利」が端的に表出されている。膠着した閉塞状況にただ一点の突破口があいたのである。それは、退路がない展望の実現であるという切迫した実感を、この表現は掬い上げている。「勝利を自分のものにするのは勿体ない、」とは、「国家」と一体化した至福の国民感情である。開戦というこの一点に賭けられた好転の幻想とそれ故の息を吐くような歓喜が伝わってくる。「臣の一人」としての無名のナショナリズムの感情が、イデオロギーや思想で底上げされることなく表出されている。国民であり詩人であることが、この詩のモチーフのすべてである。

開戦後程なく、愛国精神の涵養を掲げる『大東亜戦争　決戦詩集』（玉川学園出版部　昭17・2）が出版される。編者の「日本青年詩人聯盟」は、「わが日本青年詩人聯盟は、創立当初より愛国詩の提唱をなし、皇道精神の振張に挺身してきましたが、大東亜聖戦が勃発し皇軍の大捷相ついで到ることに感激致しましたわれわれは、こゝに於て、歴史的な本詩集の刊行をなし、幾分なりとも職域奉公の万分の一ともなしたい」（「序」）と刊行の趣旨を述べている。ここに収録された高村光太郎の「彼等を撃つ」（初出『文芸』10巻1号　昭17・1）や佐藤春夫「大東亜戦史序曲」（初出『朝日新聞』昭16・12・24）、あるいは新即物主義の旗手であった村野四郎の「挙りたて神の末裔」（初出未詳）と比べると、犀星の自己限定は際立っている。

（略）

力は彼等の自らたのむところにして、
利は彼等の搾取して飽くところなきもの。
理不尽の言ひがかりに
東亜の国に《ママ》ほとんど壊滅され、
宗教と思想との摩訶不思議に、

「彼等を撃つ」
東亜の民概ね骨を抜かる。
わづかにわれら明津御神の御稜威により、
東亜の先端に位して
代々幾千年の練磨を経たり。
わが力いま彼等の力を撃つ。（以下略）
（略）

君見ずや艨艟プリンス・オブ・ウエールズ
巨艦の鉄壁堅からざるにあらじ必殺の忠魂更に堅きのみ
何者ぞ醜虜にならひて
科学の勝利を説かんとかする。
科学を恃む者は科学に破れん。

（略）

壮んなり国生みや国引きや
神々等群れて南方の大洋に浮び給ひ
熱帯の荒野に鉄兜は灼く。かくて
妖雲を拭ひ尽せば只見る、天の一方、
天孫が再臨の聖地のあたり
皇道の明星ありて世紀の朝に輝やき

大東亜に愛の秩序の暁を約するを。

「大東亜戦史序曲」

皇紀二千六百一年
清冽な露霜の暁
一大轟音と共に
遂に神々の怒は爆発した
おお　吾々の父の
吾々の祖父の万斛の怨は
雷鳴とともに天に沖した

悪徳の牙城
ガラ　ガラと崩れ墜ちる
逆巻く太平洋の怒涛のたゞ中に
見よ　今

「挙りたて神の裔」（以下略）

いずれも、西洋の物質文明対東亜＝日本の精神文明という対立の構図に、「神国」の歴史性を重ねている。「大東亜建設」あるいは「大東亜の解放」の盟主としての「神国」日本である。詩歌観の違いを超えて、正義と正統性の物語に絡め取られている。「彼等を撃つ」は、昭和十六年十二月二十四日に開催された文学者愛国大会の席上で光太郎自ら朗読したものであり、春夫の「大東亜戦史序曲」も新聞掲載という発表媒体から察するに、依頼原稿で

第七章　詩人＝生活者

あったことが考えられる。愛国精神の昂揚という求めに応じているにせよ、痛々しいまでの対象化する視点の欠如は、不吉なものを感じさせる。「神国」のイデオロギーの差異的な表現に終始することばは、現実を持ち堪えることを放棄したことばである。犀星の「勝利にぶら下がる」は、異なる審級の存在証明が一点のみに集中する異常さを言い当てている。詩人の直感が、図らずも状況の核心を捉えたのである。

犀星は、小説「神国」[*8]で、開戦時の心情を「日本といふ国をしみじみ見仰げるやうな気持」「けふの静かさは妙に元日にある静かさに似てゐるね。」と述べている。ここから国の命が甦り、新たに始まる起点として受け止めているのである。「十二月八日」では、「それを何かで表はしたい、」「何かをつくり上げたい、」「この日何かをつくり／何かをのこしたい、」と国家＝歴史の転機に創作の契機を重ね、ものを書く人間の自覚を高めていく。犀星も、状況を対象化し、批判的に捉える視座があったのではない。しかし、現実を持ち堪えることを放棄してはいない。「寿をつくり上げたい、」で終らず、「何かをのこしたい、」と微妙に言い替えていくことに、「臣の一人」であることと「文学の徒の一人」であることのずれが、昂揚した口調から察するに、おそらくは意識されないままで表出されている。この微妙なずれが犀星の戦時下の詩の振幅を作っていくのである。

他の詩人たちのように、個を離れた文明論的視座を構えないこと、生活者の視点でよむことの限界も露呈されている。『決戦詩集』には「マニラ陥落」（初出『朝日新聞』昭17・1・4『筑紫日記』／『美以久佐』所収）が収録されているが、戦争の意味を的外れに矮小化している。

思うても見よ
我々の祖母が秋の夜の賃取仕事に

（略）

ほそい悲しいマニラ麻の紵をつなぎ
それら凡てを搾取したあのマニラ、
死んだ多くの祖母よ　母だちよ
あなた方を賃仕事でくるしめた
マニラに日本の旗が翻つた、（以下略）

富岡多恵子が「戦争という、国家の事業（?）が、この詩ではまるで、祖母たちを搾取した悪者への復讐という私的な、ウチワの怨念の出来事にすりかわった印象を与えるのである。」と述べているように[*9]、労働者を搾取する主体がなぜか資本家ではなく「マニラ」に飛躍してしまい、下層庶民と資本家の関係が、日本とマニラの関係に横すべりしながら抽象化されている。

犀星は、「市井鬼もの」で、現状から這い上がろうとする女たちのしたたかな生き方を描いている。「猟人」（初出『行動』2巻6号　昭9・6[*10]）では、「〆て四百円は春見の手から恭平の手にすべり込み、それらの金額をもつて造花問屋の株を買い込み、苛酷な、むしろ残忍に近い仕事を、そんな仕事をも拒めない人々に振分けてゐるのであつた。（略）恭平はこれらの美しい春らしい造花を勧誘員を雇うて、この東京の煤ぐもりした隅から隅のカフエを歩き廻らせ、支払つた賃金の約二十倍くらゐをせしめるのが常であつた。」と暴利を得る雇用の実態を描いており、「マニラ陥落」での短絡が犀星の素朴な認識であるとはとても思えない。同じ時期の評論「詩歌小説」（『新潮』39巻2号　昭17・2[*11]）で、犀星は、「或る新聞にたのまれてマニラ陥落の一詩を賦した。」と依頼原稿であることを明かしている。

この中で、戦争詩、愛国詩の現状を次のように批判している。

既成詩人のただひとりの生きのこりの猛者である高村光太郎氏の事変詩といふやうなものも、主格は千遍一律の文字を馳駆してそこに議論めいた天上語をつらねるばかりであつて、まことの呼吸づかひや主材の正体が詩の行間に消失してゐる。それは高村氏ばかりではなく、かういふ事変的な詩の行きつくところはみな理屈めいた威かしに墜ちてしまふのである。（略）我々の注意すべきことは戦争詩といふ大きな輪郭にたいして徒らな掛声をやめて、内へ深くはいり込んでそれを表現すべき唯一の時代に到達せねばならぬことである。戦争といふもののいのちの別れめや、それがいかに小さいものに影響してゐること、そして国民生活の呼吸づかひなども挙げられるべきであつた。

「理屈」ではなく「主材の正体」を、「掛声」ではなく「国民生活の呼吸づかひ」を、という戦争詩観の実践が「マニラ陥落」であったとすれば、自らの主張に足を掬われて生活の怨嗟を前面化し、その根本的な解決策として戦争に「ぶら下がる」ことになってしまったのではなかろうか。しかし、『決戦詩集』の他の詩人たちが「神々の末裔」として「祖父」や「父」の系譜として、闘う主体になり代っているのに対し、犀星一人が、末端労働の担い手である「祖母」や「母だち」の血脈に立っているのは特筆すべきである。正確に言えば、北川冬彦も、「大陸の雪は霏々として」で、帰還する傷痍兵と見送る看護婦、婦人団体を、別離の普遍的な時間として描いている。

犀星は、「人はその考へを守るより外は無く、また、人はその天与の仕事をいそしむことより外に立派さは存在しなかつた。」（「戦争と文学」）「私は私の文学だけを益々深くそだてることを忘れないやうにしたい、私が生きて役に立つことはこの文学をいつくしむことだけである。」（「文学は文学の戦場に」）と主体であり続けることの大切さを述べている。戦争を挟んでその詩人観は変わらない。おのれを知る詩人犀星の揺るぎなさを見ることができる。

(2) 女性—歴史—国家

白秋や春夫の措辞からも窺えるように、戦時下の抒情は万葉調である。これには、昭和十三年に『新万葉集』(全10冊　改造社)が刊行された影響力も大きいだろう。選者の一人であった斎藤茂吉は、「万葉」という題の踏襲について、「私等のやうに万葉の歌風を宗とし、万葉調を学んで来たものにとつては、少しく危懼を感ずるのであるが、もつと大きな目で見るならば「新万葉集」の名は或は最もふさはしいものなのかも知れない。」(「新万葉集に就て」『改造』19巻5号　昭12・5[*12])と留保を付けながら是認している。それは、「あらゆる流派を絶した、あらゆる階級を網羅した人のこゑを聴くこと」であり、「人間的、民族的の純粋表現」ということである。『万葉集』自体の特徴について、茂吉は、「いかにも人間的、寧ろ肉体的と謂つていい程人間的、また現実的であるやうにおもへる。」(「万葉集精神」『文学』昭14・1[*13])と述べているが、それは、「大戦後に表現主義(Expressionismus)が興つたときにも、その芸術の一つの特色として、『原始へ還れ』といふことが唱へられた。表現主義の文学芸術もその内容が多様で、一いろでなく、また随分と主観的、超現実的なところがあつて、私達の写生の考や、万葉の短歌などとは、同一気持で論じ難いものが大部分であるのにも拘らず、その原始復帰の考の中には、フオヴイズムなどとおなじく、自由で健康な点を希求したのではなかつただらうか。」(「万葉の歌の『健康的』特質に就いて」昭15・4・13　アララギ万葉会に於ける講話[*14])と芸術の普遍性という近代的な視点によって捉えた特徴であり、『万葉集』の固有性という訳ではない。一方で茂吉は、「万葉集の歌は尽く日本人によつて作られたものである。さうして見れば、万葉集の歌は尽く日本精神の蓄積でないといふはずはなく、尽く日本精神の蓄積なのである。」(「日本精神と万葉」『大阪朝日新聞』昭15・9・3、4[*15])と抽象的な次元で「日本精神」に帰一させている。『万葉集』の特徴を閉鎖的に捉えず、『万葉集』を離れた万葉調を危惧しているにも拘らず、抽象的な次元で「民族的」「日本精神」と整合させることによって、イメージとしての『万葉集』が一人歩きしてしまう。万葉調が起源としての国民歌=民族歌として一般化する様相の一端が窺える。

犀星の詩集タイトル『美以久佐』も、擬万葉仮名とも言うべき表記である。『抒情小曲集』時代について、「茂吉の歌さへ見れば読みあさり、ことごとく暗誦して自分のなかに融かしこむことをわすれなかつた。」と回想し、「白秋がわたしの詩の右のまなこをかがやかせてくれたのに次いで、茂吉もまた私の左のまなこをかがやかせてくれたのである。」(「左右の眼」『斎藤茂吉全集』第30巻附録「月報　第二期15」岩波書店　昭30・8)とまで深謝している茂吉の言説が、犀星の背中を押したことは考えられるだろう。集中の「女性大歌」は、そのような『万葉集』のイメージと「当時他の詩人たちがこぞって歌い上げた主題」である「日本の女性の美徳の称揚」(三浦仁[*16])が重なる時局的な作品である。

かぐはしや遠き代のすがた、
おもひめぐらせ日の乙女、
おもひめぐらせ山吹の
花のもとえに書きしるす
歌をいのちにまもりたる
鏡も匂ふ万葉の
大和の母もみそなはせ。

大和の母もみそなはせ、
戦ひ勝ちて南洋《みんなみ》の
もろ国おさめ迴かにも

日のみ旗こそ輝けり。

日のみ旗こそ輝けり
日の本まもるをみなぞわれら
日のもとの乙女ぞわれら
日のもとの母たるわれら
こぞりつくさむ日のもとに。

「神代から続く銃後の守り」という言説に、すっぽりと収まってしまうような作品である。唯一綻びを見せるのは、「山吹の／花のもとえに書きしるす／歌をいのちにまもりたる」という箇所であろう。「日本精神」の美意識を象徴する「梅」でも「桜」でもなく、「山吹」である。戦時下の犀星は、「荻吹く風」を皮切りに、『伊勢物語』『大和物語』『平家物語』等の歌物語や戦記文学に取材した「王朝もの」[*17]に取り組んでいた。「山吹」（初出『中日新聞』昭19・1・20〜3・4）[*18]では、大和の宮司の娘山吹と検非違使ノ尉紀介が、一匹の虫を眺めつつ人の命を語り合う場面がある。山吹は紀介に「わたくし悲しくなりますと死にたうございます。」と言い、紀介は「その言葉にはいつはりはない。そしてそのやうな優しい心をまもりながら、たわいないものを守つてみな来たのです。」と応える。「優しい心をまもりながら、たわいないものを守つて」いる女主人公山吹に結実するイメージの端緒が、「女性大歌」にある。これは、「臣の一人」の意識に最も傾いた作品の一つである。

銃後の守りを顕彰した文学運動には、「日本の母」がある。岩淵宏子によれば、昭和十七年五月に結成された社団法人「日本文学報国会」は、読売新聞社と提携して「無名の母を一道三府四三県および樺太の全国津々浦々に尋ねて、「日本の母」として顕彰する運動を展開した」。軍人援護会の協力を得て四十九名の「日本の母」を決定し、会員の文学者たちの訪問記が『読売新聞』に掲載され（昭17・9・9〜10・31）、『日本の母』（春陽堂　昭18・4）として刊行された。[*19] 詩人の訪問者は、高村光太郎、佐藤春夫、西條八十である。単行本の序文で、報国会会長の徳富蘇峰が、「日本の女性は実に日本国民性格の創造者であり、教育者であり、援護者であります。しかしてその特質を挙げますならば、勇気であります。勤勉であります。堅忍であります。無私であります。慈愛であります。これを一言にして申しますれば、献身的精神の権化であります。」と「皇国女性の伝統的特質」を称揚している。「日本の女性」が「国民」をつくるのが伝統であるという言説は、女性、歴史、国家が見事に連環し、しかも「特質」として閉じている。

蘇峰の言説をなぞっているかのような作品が、タイトルも同じく「日本の母」（初出『婦人朝日』昭18・2・24　『余花』昭南書房　昭19・3、所収[*20]）である。

あふれる慷遜にして
しかも下ることなく
毎時も微笑をたたへたる無縫の母
愛情よりほかに何もいらない
いたはりは無限の泉にして
しかも一切濁ることなき玲瓏透徹
お前らの好きにするがいい
お前らに何の私がいらう

お前らの好きにするがよい
さういつて一切こだはらざる四面真実
(略)
そのこまやかな天衣無縫
為して可ならざるなき愛情曠として
世界を圧して余すなし。

一見、唯一無二の日本女性の優越性という言説に収まっているが、「あふれる慊遜」という抑制的な冒頭を覆すように「愛情よりほかに何もいらない」と欲望を言い切り、「お前らの好きにするがいい」「お前らの好きにするがよい」と、束縛しない開放性が繰返される。それは、「献身的精神の権化」ではなく、愛情のみに価値を置く「天衣無縫」である。おそらく、犀星は、蘇峰言うところの「慈愛」をテーマにしたのであろうが、個の主体的積極的な声を響かせてしまっている。予定調和的な「女性」と「国家」の展開になるべく設定したテーマが、自らそれを裏切ってしまうのである。ここには、犀星の「文学の徒」としての本質が見える。

日本文学報国会詩部会が軍事保護院献納詩として編集した詩集が、二二六名の作品から成る『詩集　大東亜』(河出書房　昭19・10)である。「大君に捧げまつらん」(江間章子)「勇士の家に捧ぐ」(岡より子)「みかんのうた」(岡村須磨子)「梅の花」(菊池美和子)「母のうた」(坂本茂子)「日本の母」(鈴樹昌)「悠久」(竹内てるよ)「日本の母」(縄田林蔵)「この母を見よ」(深尾須磨子)「祈りの力」(町田志津子)と銃後の母をうたった作品の中で、もっとも率直に心情が表出されているのが、菊池美和子の「梅の花」であろう。

たそがれがひとゝき
夕闇と黙想を交す境界に
雨気を含んで
梅の花が白く匂ふ

みじろがぬさまは傷心あるものゝやうに
焦燥と期待を抑へて
仄かな暖気に瞑目してゐた

わたしは傷心あるものゝやうに涙ぐみ
声もない黒い音盤の廻転のごとく想ひを燃した

あゝ　若い兵士たちの血潮よ
祖国のために今、惜し気もなく流されてゐる
永遠の嘆きを湛えて微笑む母たちよ

雨気を含んで
梅の花が白く匂ふ

「梅の花」は、高潔という美徳の象徴を超えて、内閉する悲しみの表象たり得ている。それは、「永遠の嘆きを湛えて微笑む母たち」の肖像に他ならない。一義化される母像の圧力に対し、静かに、しかし敢然と挑む作者がいる。それは、犀星が「詩歌小説」で述べていた「徒らな掛声」ではない「主体」の声である。これに対し、犀星の場合は、主観的には「慈愛」に共鳴しテーマ化しても、自分の文脈でしか表現し得ないのである。イデオロギーよりも深い地点、それは欲望であったり倫理であったりするが、そこに根差した個の視点が、イデオロギーに穴をあけて自己完結を防いでいるのである。

『大東亜』には、犀星の「みがきをかける」（初出未詳・『余花』）も収録されている。

塩も
砂糖も
あなた方が配れば
蒟蒻ですら昔より美味い
金剛石よりありがたい
菜つ葉はかんざしのやうな花を着けるし
電気もかゞやきを増して来た。
人の心の深くなつたこと
その深淵の底で
みんなが手をくんで居れば

何も恐れるものはない
みがきのかゝるのは此方《こっち》だけだ。
みがいたものは剥げることはない
人の心の深くなつたことよ。

配給の食糧を正面から扱った作品は、『大東亜』の中で、他にはない。戦時下とは食の確保に努めることであるという形而下の真実を、犀星は疎かにしない。生活者＝詩人の視点は、形而上的イデオロギーに自己の存在証明を預けることはしない。それは、次に挙げる「梅花の下」（初出『婦人朝日』昭18・2・3『余花』所収）にも表れている。

日の本の梅花の下
野の菜のあつものをささげ
乏しきゆう餉をすすめ
敢へておもてあからめるあなた方
あなた方のゆびは
春の日にこそ
笛のごとく鳴る。

日の本のわれらの姉妹
戦ひのあなたにこもり

身づくろひ山河をまもる
ゆうべの燈びくらく
ゆうべに干魚あぶるとも
日の本に梅花燦としてかがやくあれば
われらの姉妹みな朗として気高し。

（第二、三連）

犀星の中で、王朝的美の体現と「干魚あぶる」という生活感溢れる行為は接合する。肉体的思考とは、形而下の真実を内面化することである。生身の身体は、美的存在であると共に生活する身体でもあるのだ。生活する身体という視点が、イデオロギーとの一元的な同調から詩のことばを救い出している。

2 肉体化

(1) 国土と衣裳

『日本美論』は、タイトルが示すように、「純日本風な日常生活の諸様式が、ときに甚だ精神的に自分の生涯に大きい影響をあたへてゐること」を詩の形式で表したものである（「序文」）。「人は」（『文芸』11巻8号　昭18・8　星川清躬『彦根屏風』言霊書房、序詩）「片翼」（『日本語』3巻8号　昭18・8）「魚」（同）の他は書き下ろしであると考えられる。先の「序文」からもわかるが、テーマとして日本精神ということが意識されており、「詩の表側は勿論、裏にも底にも大東亜戦争の旋風が虹のやうに射してゐる。これらの詩の悉くは私の論文でもあり信條でもある。」と犀星には珍しく力んだ言い方をしている。

内容的には、全十一章は、王朝的美意識に立った国土の擬人化（「花木食」「日本風色」）、モダニズム的な視点からの「純日本風な日常生活の諸様式」を構成するモチーフの着目（「紙の世界」「障子の歌」「家」「畳」「窓」「木について」「庭」）、日本人論（「日本人」）、銃後の生活（「銃後」）に分類される。戦時下の「日本精神」というイデオロギーから自立し得る作品は、前二者に多く見られる。

小さい瞼や
きれのよい一重の瞼のうへにも
花のへりの方にも
山吹いろがぼかされ
あけぼのの裳《もすそ》が引かれる、
刺繍と香ひと
羞かしいあたらしさで
彼女のくちびるが伸される、
日本のゆめがさめる、
ひと晩ゆつくり睡つた日本の腕に
それぞれに擁かれた弟や妹達の
国々の青い胸が呼吸をしはじめ
青い胸はふくれる
胸には珠や喇叭が鳴る。

「日本のあけぼの」（第二連）（「日本風色」）

「母なる国土」「大東亜の夜明け」は、愛国や戦争にまつわる言説の常套句である。三好達治も「汝愚かなる傀儡よ」（初出未詳・『捷報いたる』スタイル社　昭17・7）[*21]で、次のようにうたっている。

（略）
我れ彼らを撃ちて地上に撃ち仆し
我れ彼らを撃ちて海底に撃ち沈めたり
かくて新らしき亜細亜は誕生し
かくて新らしき大東亜は我らの前に夜明けたり
鶏鳴四方《よも》に起り
草木色青み
百花英《はな》発《ひ》らかんとす（以下略）

夜明けに伴って風土が豊かに目覚める光景は大東亜共栄圏の繁栄の喩であり、犀星描く風景もこの構図の上に立っている。その点で、「日本のあけぼの」は、戦時下のイデオロギーを離れて読むことはできない。しかし、国土の擬人化のエロス性は注目すべきであろう。王朝風の衣裳をつけた肉体というよりも、衣裳と肉体が一体化したエロス性である。レスプリ・ヌーボー的な擬人化を自分の手法と化した上で、知的な言い換えを超えて独自の美意識が生れている。

衣裳と肉体の一体化とは、要素ではなく、関係性の集積としてその存在を身体的に捉える眼差しである。王朝小説を収録した最初の単行本『王朝』（実業之日本社　昭16・9）の「序」[*22]で、犀星は次のように述べている。

平安朝時代のいろいろな物語をよんでゐると、どれも、かぼそく幽かで、そして迥かなる美しさを曳いてゐる。まるで春の芽を見るやうでもあり撩乱たる枯草の、乱れ伏したありさまもそこに見えるやうである。ことにこの時代の衣裳が女らのいのちのやうに尊ばれてゐただけに、襲や袿、帯、袴などの金銀縫箔が、折れ重なつた一帯の春草を見るやうに、今朝はことさらに私の眼を惹いてくるのである。殆、色といふものをあつめ尽くしたそれらの衣裳は、やはりその時代にあつても女のからだのどの部分かであつたやうにさへ思はれる。衣裳も古くなると深山幽谷の岩壁に生えた年経た蔓草のやうに、永年色を変へずに自然の白い胸をかがるやうなものであつた。

衣裳は肉体の一部であり、自然の一部でもある。自然は大きな肉体である。衣裳、肉体、自然は相互に姿を変えつつ連環する。それは、擬人化という技法を超えて存在の美を新たに開いていく。この連関性は、「日本の草」（「日本風色」）でも、「どれも繊いこと限りがなく／そのはしの方は天に消えてゐる。／くちびるに当てると／笛のやうに鳴り、／衣の上に置くとそのまま／衣裳の紋様になつてしまふ。」と日本文化の優越性の隠喩として色づけされてはいるが、見られる。

存在の美を開いていく連関性は、そのものの普遍的な命を掴むような晩年の作品を準備していく。『かげろふの日記遺文』[*23]では、兼家の目を通して「町の小路の女」冴野の姿が、「衣裳の山、衣裳のなかにある山、その山は生きて靠れかかり、しかも寸時として嘆きをわすれず、自分の身分の低いことをかくさないでゐた。」と描かれている（「五、山もしづまる歌」）。「衣裳の山」は冴野の存在そのものである。『告ぐるうた』（講談社　昭35・7）[*24]では、山名灰子に澤卓二が「もはや君の肌と空気との切れめ、君の肌がなくなつた断崖、つひにその形といふものが生きてゐる限り崩れないでゐるところを、僕はちらりとでも宜いから見たかつたのだ、（略）空気と肌とがわかれたときに起る重さと軽さの膨れたところが、山々のすがたが美しかつたやうに遥かな思慕となつて、人間を成長させて来たのだ。」と独自の境界の美学を語る（「七、巌のすみれ」）。「帆の世界」（『小説新潮』14巻15号　昭35・12[*25]）では、「私」が「体躯のきれめが空気とのきれめになつてゐるところ、胸とか大腿部とかが形をなくして溶けたところに、美があるやうな気がした。（略）重量の綾みたいなものだ、永遠にとどまることのない物の仮睡のやうなものだ。」と境界の美学を超えた溶解の美学を語る。実体的な区別を超えた、存在を繋ぐ視点、本質へと抽象化し得る視点は、戦時下に端を発している。

日本固有の美という観念に先験化しながらも、その観念ではなく、連関する美の多層性を感じさせるのが、「夕餉」（「日本風色」）である。

たそがれに燈を入れて見ると
燈は歴史の奥から
永い旅をつづけて来ても
明るさを奪れさせてはゐない、
燈を入れたら
たそがれは沁みて
蘇芳の襲になつた。
たそがれがたそがれに重なり

えりもとに
龍がちりばめてあつた。

歴史に培われた風土は「蘇芳の襲」という一つの大きな衣裳になる。「国土」の概念性ではなく「風土」の生活感があるのは、「燈を入れ」るという行為による。犀星が「国土」を意識していたのは、「えりもとに／龍がちりばめてあつた。」という措辞から窺える。戦勝を祝った「ふた、びその日」（初出未詳・『筑紫日記』／『美以久佐』）には「どこまで続くか分らず、／どこまで強剛なるかを知らず、／艦は龍のごとく／怒濤はひらがなの和歌をのせ／やさしいものの怒りをおしひろげた、」と皇国の軍隊の優越性として「龍」が象徴的に用いられている。しかし、ここでは、「龍」の記号性よりも衣裳の肉体性が優っている。生活の奥に歴史があり、歴史の中に巡る時間の連鎖があり、そこに衣裳をまとった一つの肉体が浮かび上がる。

「蘇芳」は、犀星が王朝小説で好んで用いた色である。「春菜野」（初出『文芸春秋』19巻1号　昭16・1）[*26]で真葛が経《つね》透《とう》に薦めた衣裳は、「女にはあつらへ向きに清くもうつる、小袿も栄えある蘇芳色」であり、「築地」（初出未詳・『神国』）[*27]では「蘇芳襲に袿を羽織つた彼女の頬はいたづら者らしい片笑ひをうかべ、その口もとはほころびがちであつた。」と八重の姫の少女らしさを「蘇芳襲」に託している。「狩衣」（初出『八雲』1号　昭17・8）[*28]では、掃部助《かもんのすけ》が再会した「成人しつくした別人のやうな眩しい、かがやくやうな娘」の名が「蘇芳」である。いずれも清らかで優美な女性を表象している。日本という国土は、優美で趣深い女人なのである。

国土を擬人化した作品の中で、もっとも自立度が高いのが、「日本のゆふぐれ」（「日本風色」）である。ここには、国土をめぐる固定観念に引きずられない詩人の視点がある。

花と花とがもつれ合ふ
色がまじる
そよ風は耳にすら音がない、
結婚みたいなものだ、
日本のゆふぐれは柔らかい
卵の内部のやうに点れ
人びとはそのまはりに集ふ。
いみじい物語を抱いて。

ここでは、夕暮れが「卵の内部」という独自の喩で表現されている。犀星の感受性が摑んだ「日本のゆふぐれ」であり、特定の一義的な「日本」に起因も帰着もしない。犀星のモチーフである「卵」には、独特のエロス性がある。『弄獅子』には、養母の目を盗んで卵をすする場面があるが、「乳を吸ふやうに吸ふ」様子が「最初の間は白身のところが沁み出てそれがなくなりかけると突然に濃いカステラ色をした、上等の牛酪《バタ》のやうな味ひをもつ黄身がぽつてりと出てくるのであつた。」と官能的に描かれている（「二、かりそめの母」）。母恋いを投影するかのような「乳を吸ふやうに吸ふ」体験が、「四月」（『令女界』9巻4号　昭5・4）のイメージの基になっている。「四月といふ気候はね、大抵タマゴの黄味のやうにぬくぬくと温まつてゐます。タマゴのなかのいろいろな黄いろな波紋、波紋の重なつた奥の方におへそがあります。あのおへそのなかから先に言つたやうに、菫のやうに小さいひとが生れてくるのです。」と「タマゴ」は温かく、神秘的で可憐な母胎である。晩年の「黄ろい船」（『中央公論』73巻5号　昭33・5）[*29]でも、卵を盗んで吸うシーンは、娼婦のおまんに再現される。それは、「おまんはカラの中にゐて、裸で笑つてよもの景色を穴の中から、展望をつづけた。／海は間近く、胸はどきどきしてカラは黄ろく夕日のいろを、吸ひいれてゐた。ぬれて映つた雲は美事だつた。」「黄と白の円い船室に空あかりがさし、ピンで開けた穴から星屑のきらめきも細かく、おまんの裸の膝からふと股の上に映つてゐた。」と胎内回帰の幻想として深化している。「日本のゆふぐれ」の「卵の内部のやうに点れ」は、犀星のエロスの本質に届く情景の原型である。そこでは、「花と花とがもつれ合ふ／色がまじる」。『王朝』の「序」で、衣裳は肉体であり、自然の一部にもなった。「夕餉」では、「たそがれ」に「燈」が滲み、「たそがれ」は重なり合った。「日本のゆふぐれ」では、縺れ合い、混じり合うという関係性自体が言い止められている。錯綜し、集積する関係性から、「美」も「いのち」も開かれていく。「純日本風」なるものを「論文」のように追究しようとする姿勢は、犀星の母胎の情景を表出させた。

(2) 物象

日がくれかかり
柔かい藍色になる
障子の桟、
その一つあてが白い町になり
白い町の建物も
日も人も白い、
白くないものはない、
砂漠もあれば山もある、

海はいつも凪ぎ、
波は白波、
船も見え
船には人も見える。
もやもやのものは何だらう、
夕雲にも似てゐるが
限りもなく続いてゐる、
その一桟づつを下からかぞへ
はすかひにかぞへ
そして上からかぞへ
毎日かぞへてゐても
あたらしい数が出てくるのは
一体何のためだらう、
どこにも胡魔化しがないのに
数は毎日あたらしく生れてくる、……

「障子」（「障子の歌」）

余白の空間からファンタジーの町が夢想され、桟を数えるナンセンスも生れる面白い作品である。無機的な空間からファンタジーへという展開は、『鉄集』所収の「ピアノの町」（初出『作品』1巻7号　昭5・11）にも見られる。「ピアノのなかにある小さい町には、／娘さんたちがたくさん住んでゐる。／僕は虹で建築した／ピアノの町を毎朝散歩する。」とキラキラした構築性がイメージ化されている。「障子」は、「ピアノの町」よりも換喩的な自由度が高く、「白」を媒体に「建物」から「砂漠」「山」へ、「山」から「海」へ、「海」から「船」へ、「船」から「人」へ、次々と見立てが展開している。この換喩的なミニチュアの世界は、西條八十の童謡を思わせる。

黒いズボンに靴穿いて
日にち毎日旅をゆく
時計の針は寂しかろ。

一時の山にや樹が一本
二時の林にや樹が二本
三時の谷にや樹が三本

四本五本とをりをりに
日蔭はあれどその間《ひま》は
白い花咲く原ばかり。

誰に逢をとの約束か
日にち倦かずに旅をゆく
時計の針は寂しかろ。

童謡集『鸚鵡と時計』（赤い鳥社　大10・1）所収の「寂しき旅人」である。八十はこの本の「序」で「童謡詩人としての現在の私の使命は、静かな情緒の謡《うた》によつて、高貴なる幻想、即ち叡智想像《インテレクチュアル、イマヂ子イション》を世の児童等の胸に植ゑつけることである。（略）延《ひ》いてはこの耳目に感知し得る世界を絶しての宏《おほい》なる真の世界に彼等を導く機縁を作ることに外ならぬ。」と述べている。時計の針を擬人化し、文字盤を野山に見立て、時間の旅人としての人間の孤独に想像力を開いていくこの作品は、八十の童謡観の誠実な実践である。

「障子」の他にも、「平原」（「紙の世界」）「紙」（同）「和歌」（同）「住むもの」（同）「明日になつて見ないと」（「障子の歌」）「人の匂ひ」（「畳」）「畳」（同）「たびびと」（同）「大きい窓」（「窓」）と『日本美論』には八十的な想像力の作品が目立つ。これには、犀星が、昭和十六年三月（34巻3号）から十七年三月（35巻3号）にかけて『少女の友』（明41・2～昭30・6　全48巻）の投稿詩の選者をしていたことが関わるのではないだろうか。内山基が主筆に就いた（昭6）後の『少女の友』に寄稿した詩人は、堀口大学、深尾須磨子、佐藤春夫、北原白秋、西條八十、高村光太郎、三好達治、丸山薫等、錚々たる顔ぶれであり、中でも八十の人気は高く、物語詩集「女学生譜」、「西條八十詩集」の附録がついたこともあるという（遠藤寛子[*30]）。

犀星選の入選作品にも、八十張りの詩が見られる。

心の一隅に大人になつても
こはれない美しい部屋を作りたい
真珠のやうな光の溢れた
二度とかへらない少女の日の

美しいものがとりぐ〵のリボンのやうに住んでゐる
疲れた時休みたいのです

「美しい部屋」札幌　楡　影（34巻7号　昭16・7）

耳の中には
小さなお部屋が一杯ある
お部屋の中の小人達は
お話好きである
耳の中のお部屋には
小さなドアがついてゐる
耳の中がヂクヂク痛むのは
小人達がドアをノックするからだ
今日も誰かが話してる
ほら又ドアを叩いてる
苦い顔して私は中の話を聞いてゐる

賞「耳」下関　杜　晶子（34巻12号　昭16・12）

心には
神聖な山があり
美しい谷がある
小川もあれば

悪魔の湖もある
（略）
又美林をすぎてゆくと
そこには
五色の美しい扉がある
私は扉を開いて
中に入つてゐる懐しい
過去の人々に逢ひ
楽しい一時をおくる（以下略）

「空想」福岡　柳　静帆（同）

手をみてる
手をにぎる
中央盆地は安らかだ
分水嶺は指示のもと
肥沃な土地だ
すばらしいみのり

「たなぞこ」金沢　遙江ちさき（35巻2号　昭17・2）

「詩といふものはうまい詩からそのことばのつかみかたを盗まなければならない」（『我が愛する詩人の伝記』／「北原白秋」）という犀星にとって、〈盗む〉対象は、少女の投稿詩もあり得たであろう。少女の投稿詩を介して八十詩の魅力を摑んだということも考えられる。「杜　晶子」の「耳」が「賞」として一段高く評価されているのは、耳痛の実感に基づいた見立ての確かさがあるからであろう。犀星は、『乙女抄』『瞼のひと』（偕成社　昭17・12）という二冊の少女小説集も出しており、少女詩の選者の経験がここにも反映しているのではなかろうか。換喩的な想像力によってうたう対象の外に出、世界の脈絡を作ってみること。『日本美論』の見立ての作品には、日本美のイデオロギーに支配されない柔軟さがある。

障子の桟を数える無為の行為は、遠く「冬さめ」（『星より来れる者』）の「どれもこれも愉しいことなどはない／考へあぐんで／火をさかんに起してゐるだけである／わたしの瞳に火のかげがしてゐる／それは誰も気がつかない／それきりで消えてしまふのである」という何でもないことの着目に通じる。しかし、「障子」は、ナンセンスの楽しさ、面白さとしてその行為を自立させている。

これにも、八十の受容があるのだろうか。

鉛筆の心《しん》
ほそくなれ、
削つて〳〵
細くなれ。

三日月さまより
なほ細く、
蘆の穂よりも

なほ細く、
燕の脚より
なほ細く、
ズボンの縞より
なほ細く。

朝の雨より
まだ細く、
豌豆《えんど》の蔓より
まだ細く、
螽蟖《ぎっちょ》の髭より
まだ細く、
香炉の煙と
消えるまで。

「鉛筆の心」（第一～三連）（『鸚鵡と時計』）

これは、「鉛筆の心」がどんどん意外なものに喩えられていく隠喩という手法の面白さである。それと同時に、関係の遠いものが繋がっていき、世界が広がっていく換喩的な面白さでもある。鉛筆を削るという行為が、本来の目的を超えて喩える遊びに転化している。目的性ではなくナンセンスが開いていく世界の表情という点で、「障子」は共通する。この変形が「精神的な」（「紙の世界」）であろう。

紙を切る
こまかに切る
切るほど切りたくなる
髪の毛ほどに切る
切つて了ふと棄てる
つまらなくなる
したことがいやになる
また紙を切る
またこまかに切る
切るほど悲しくなる
つまらなくなる
誰かのこゑが聞える。

引用部分は第一連である。こちらは、「切るほど切りたくなる」という行為の自己目的化とそれに伴う感情である。ナンセンスな行為だから感情が浮かび上がるという点で、「精神的な」というタイトルの皮肉が効いている。ところで、世界の脈絡を作ってみる場合には、その主体のヴィジョンが反映される。

（略）

人は紙をはなれ
紙にかかなくなると
老ひさらばふ、
人は骨だらけになる。
人は骨だらけになつても
まだ書きつづけることが
この世界に展げられてゐるのだらうか、
生きてゐるかぎり
書くことはいつも
隅から隅まで草のやうに生えてゐる。
人の心に
思ひが絶えることがなければ
骨ばかりになつても書き続けるだらう。

「人は」（「紙の世界」）

命を繋ぐ「紙」とは、「文学の徒」としての犀星の決意である。書くことが「隅から隅まで草のやうに生えてゐる」茫々たる紙の世界は、昭和十七年五月十一日に萩原朔太郎を、その四日後の十五日に佐藤惣之助を相次いで喪った犀星の心境を反映しているだろう。二人の死を悼んだ小説『我友』（博文館　昭18・7）巻末に「むなしき歌・萩原詩集」（21篇）「天明の歌・佐藤詩集」（同）がある。「果」（初出未詳・「むなしき歌・萩原詩集」）には、「どちら向いても／吹くものは茫々たる風ばかりだ。／どちら向いても／樹も草も／一本すら生えてゐない、／呼んでも答へる声はなく／話をするにも相手がない。」とある。この茫々たる風景は、「平原」ではより直截に描かれている。

起きると紙にむかふ
紙は真白な平原になり
平原はけふもどこまでも続く
いくら歩いても
行手が見えて来ない
どんな旅行でも
これ以上永い旅はなからう
駱駝も
馬も
人さへ死にはてた平原に
吹きすさぶものは風ばかりだ。
みんなばらばらに歩く
歩いてゐるとばたばた遣られる
遣られるものを振り返らない
見向きもしない
うつちやつて行く（以下略）

横溢する「死」に対して、「振り返らない」「見向きもしない」「うつちやつて行く」と畳み掛ける厳しさは、朔太郎と惣之助の死に引き摺られずに文学の道を進もうとする犀星の抗いである。ものみな死に絶えた荒野の後に、書くことが「隅から隅まで草のやうに生えてゐる」いのちの証の世界として「紙」は復活するのだ。友人の死をくぐり抜けた詩人としての自己が、換喩的世界の底にある。

（略）

窓は奥の方に
よく見える眼を守つてゐる、
窓は窓を過ぎるものを忘れない、
人はどんな生ひ立ちのなかでも
大切に心にしまつてゐる
一つの窓くらゐは持つてゐる筈だ、
それは滅多に人に話をしない
おとつときの額ぶち入りの窓だ、
それを開いて物語をかき
そして窶れはてて蝗のやうになつて
死ぬ奴がゐる、
一体そいつは誰だらう、
骨と皮になつてゐた奴は誰だらう。

「耳」（「窓」）

この僕さ。

心の奥の窓という隠喩の一般性は、「蝗のやうになつて死ぬ」文学に賭けた自画像へと急転回する。自己を突き放す眼差しから、口調までぞんざいになる。

「おとつときの額ぶち入りの窓」という形容は、堀辰雄が訳した「窓」（リルケ）から得たのであろう。

お前はわれわれの幾何学ではないのか？
窓よ、われわれの大きな人生を
雑作もなく区限《くぎ》つてゐる
いとも簡単な図形。

お前の額縁のなかに、われわれの恋人が
姿を現はすのを見るときくらゐ、
かの女の美しく思はれることはない。おお窓よ、
お前はかの女の姿を殆ど永遠のものにする。

此処にはどんな偶然も入り込めない。
恋人は自分の恋の真只中にゐる。
自分のものになり切つた

ささやかな空間に取り囲まれながら。

「窓／Ⅲ」（初出『文芸』2巻12号　昭9・12[*31]）

人生を区切り、演出し、内部空間をつくり上げる媒体の喩としての「窓」を、犀星は受容し、固有性のしるしとして「額ぶち」を変容させている。〈盗む〉詩法には、喩の手法とメッセージを自分の文脈につくり変える基点としての自己が見えていなければならない。
換喩的な想像力を発揮すると同時に、(1)で見た、縺れ合い、混じり合う関係性を捉える視点は、対象からエロティシズムを引き出している。

畳は膝をえがく天才だ、
畳は人をうかび上らせる、
人は畳からはなれると
死が遣つて来る、
畳は花より鳥より人が好きだ。
あんな汚ない畳に
人はどれだけ生涯をえがいて行つたことだらう、
えがき尽せないで消えたことだらう。
花なんか美しいといふことも
ほんの挨拶でしかない、
やはり人は一等美しい。

「礼儀」（第二連）（「畳」）

　ここでは、畳と膝が接する接触面のエロティシズムが発見されている。「やはり人は一等美しい」とは、随筆集『女ひと』（新潮社　昭30・10）を始めとする晩年の女性美の追求の予告のようである。戦時下の「王朝もの」と『日本美論』の着眼は、晩年に結実する自在なエロティシズムの表現を準備していく。それは、(1)で見たように、境界性、溶解性であり、反転し合う関係性である。

川があり
谿は迫り
橋がかかり
橋のたもとに一軒の家があつた。
人は此処で憩ひ
また山を踰えてゆく、
谿間に夕がおとづれ
夜が人の呼吸のそばに来る、
ただそれだけの風景にすぎない、
何事もそこで事件は起らない、
人は寝る、
寝る人は何も考へない、
谿間もそのまま暗くなるだけだ。

小ぽけな家の軒に
ぶら下がるやうにして
山嶽も
森も
谿流も寝るのだ。

「谿谷」（「家」）

「夜」は、「人の呼吸」に近づき、「山嶽も／森も／谿流も」家の軒下に来て眠る。家を取り囲むと見えた「自然」は軒下に守られて共に眠るのである。人が自然の中に住み、自然が人の中に棲んでいる姿が、夜の闇の中に現われること。それは、いのちの始原的な感覚を呼び覚ます光景である。「夜」も「自然」も擬人化することによって、人と等しく関わり合い、いのちが棲むという地点が表出される。

第二章第二節の(1)で述べたように、犀星にとって〈時計〉は、驚異の念さえ抱かせる神秘的な愛好の対象である。出発点である『抒情小曲集』でも〈時計〉をモチーフにして作品を書いている。

銀の時計をうしなへる
こころかなしや
ちよろちよろ川の橋の上
橋にもたれて泣いてをり

「小景異情／その三」（初出『朱欒』3巻5号　大2・5）

わがこのごろのうれひは

ふるさとの公園のくれがたを歩む
芝草はあつきびろうど
いろふかぶかと空もまがへり
われこの芝草に坐すときは
ひとの上のことをおもはず
まれに時計をこぬれにうちかけて
すいすい伸ぶる芝草に
ひとりごとしつつ秋をまつなり

「秋思」（初出『スバル』5巻9号　大2・9）

『抒情小曲集』には、詩人の矜持を描いた自画像的な「銀製の乞食」（初出『地上巡礼』1巻1号　大3・9）もあり、同じく「十月のノオト」（初出『遍路』1巻1号　大4・1）では、「時計は銀にあらざれば光らず、帆は布をもて金色を胎ましめざるべからず」とある。人魚詩社時代の犀星、暮鳥、朔太郎は、白秋の『白金之独楽』（アルス社　大3・12）に触発されつつ、白金、金、白銀、銀という〈金属〉や〈祈禱〉をキーワードにしていたが、犀星は、殊に「銀」を自己の表象としている。「銀時計」は、夏目漱石の『虞美人草』（春陽堂　明41・1）でも「小野さん」が「宗近くん」に見せているように、東京帝国大学の卒業式で天皇臨席のもと、学業優秀者に下賜される恩賜時計であった（明治三十二年から大正七年まで）[*32]。犀星は、「青き魚を釣る人の記　序に代えて――」で「本当のことをいへば私は中学校も出なかつたのである。「中学校」といふものは、田舎に居ては大へん活発な、どこか偉さうな気をおこさせたのである。僧院にゐた私はさうした友人のりんとした姿を街上で見ると、すぐに道をかえるか、でなければわざと反感的に肩を怒らして正面から喧嘩をいどむやうにしたものであつた。」と回想している。アカデミズムへの憧れが、可視化された詩人の生の時間に転化している。「時計をこぬれにうちかけて」という行為は、季節の巡りに同調する生の時間の象徴である。これらを経て、「時計」(「木について」)がある。

木は時計を見たことがない、
木の生きてゐる細部にふれて
時計をはかつて見たら
どういふものが現はれるだらう。
僕は木に時計が下つてゐないことを
寧ろふしぎさうに見上げてゐる。
緑の中
緑の溶けた枝のあひだに
僕は何時かそれを見出す日があるだらう。

時間を刻む時計と、年輪として時間が刻み込まれる木。無機物と有機物、計測するものとされるものという、モノとしての区別を超えて、時間の下にある存在のヴィジョンが描き出されている。

3 実行

「行ひの絶頂」(「銃後」)は、「山本元帥賦」と付記があるように、海軍大将山本五十六の戦死(昭18・4・18、公表は

5・21）を悼んだ作品である。

いのちをささげようとする、
さういふ行ひが人間にある、
それはあらゆる行ひといふものの
絶頂にかざされてゐるものであり、
人はその行ひに敢然と打つかる、
（略）
打つかつたときから人は
神のこころをとり入れることが出来
人びとはその人を神の座に直す、
さういふ瞬間は滅多にやつて来ない、
五十年待つてゐても
来ない人には来ない、
百日の間に来る人には来る、（以下略）

山本元帥の死を絶対的なものの啓示として観念化し、「五十年待つてゐても／来ない人には来ない、／百日の間に来る人には来る、」と個人の受容能力に帰しているのが注意される。国民全体の受け止め方として一般化するのではなく、個人に訪れる絶対的な瞬間として捉えている。これは、国民の声を代表しようとする他の詩人とは異質である。

賤奴《やいこ》らが手を負ひて
命すぎぬるか、
われ等が旗頭。その仇を
将兵《つはもの》はいふもさらなり
国人すべていかでか忘れん
撃ち撃たん
み心を継がでやはある。

佐藤春夫「み霊かけりけむ――山本元帥戦死の報を聞きて――」（第二連）（『毎日新聞』昭18・5・22[*33]）

噫、何人か思はん
戦酣《たたかひたけなは》なるに我等が提督の凱旋を
半旗を垂れて迎へんとは。

さもあらばあれ
我等男の子、豈いたづらに
悲歌《かなしみうた》を長うせんや。

暇はあらず
涙を拭はんより　疾く
醜の仇追ひて撃ち撃たむ。

ただ薫風にわななきつつ
小百合なす清らのをとめら
国人一億に代りて君を哭け。

五月闇に来なきとよもすほととぎすよ
天つみ霊に伝ふべし、国つ嘆きを
み志必ず継がんこの誓ひを。

佐藤春夫「挽歌――山本元帥の英霊を迎へし日に詠める――」（初出未詳・『奉公詩集』）

わたのはら万里の外に
日の本のいくさ艦《ぶね》すべ
青雲のゆきかふ空に
益良男をひきゐたまひて
あたゑびす撃たせたまひし
海のをさ山本元帥

あなさやけもののふの名を
たまちはふ神のおん名と
かずまへんけふのこの日ゆ
あかねさすきみがみ霊を
一億の民のことごと
額たれておくるこの日ゆ

三好達治「草莽私唱　又」（初出未詳・『寒柝』大阪創元社　昭18・12[*34]）

春夫の「み霊かけりけむ」は新聞の求めに応じたものであろうから、戦意発揚という意図に制限されてはいただろう。「賤奴」と露骨に敵を貶め、好戦的な姿勢が強調されている。しかし、「国人すべて」になり代わる姿勢は、「国人一億」「国つ嘆き」と言う「挽歌」も同じである。「男の子」には「撃ち撃たむ」と、「をとめら」には慟哭をという戦時下の役割に沿った呼びかけ、「五月闇」に「ほととぎす」という典型的な和歌の措辞に乗せた述志。幻想の共同体への同化は規範性の外に出られないことであり、「国民」の個別性を一色の「国家」に還元することである。達治も、万葉調に拠り「一億の民」の一人として元帥を悼んでいる。

櫻本富雄の資料によれば[*35]、昭和十八年度の日本文学報国会詩部会の会長は高村光太郎、理事は川路柳虹と佐藤春夫、幹事長は西條八十、常任幹事は、尾崎喜八・長田恒雄・勝承夫・前田鉄之助・三好達治・村野四郎である。犀星は三五二名の会員の一人である。犀星とは異なり、詩部会の幹部役員であった春夫と達治は「報国」の実践を牽引する立場にあり、国家のイデオロギーに同化していったことも考えられる。櫻本が引用している『二千六百三年版文芸年鑑』（日本文学報国会編）の「詩部会の性格と動向」（西條八十執筆）によれば、第一節の(2)で挙げた「日本の母」顕彰運動について、「高村光太郎、佐藤春夫、尾崎喜八諸氏及西条八十が参加して、それぞれ山梨、茨城、島根、奈良諸県へ赴き、読売新聞紙にその訪問記事を執筆。」とある。

戦時下の詩を巡る状況を、犀星は「神国」で述べている。「人びとは文弱の徒といへば口ぐせに草花詩人とか、へボ詩人とかのかげ口を叩かれ、いつも詩人は何か末席に坐らなければならない、遠慮深い否応なしの控へ目を会合のときなどに強制されてゐた。」が、「あらゆる文学のなかで下積にされた詩といふものは、雑誌や新聞のカット代りか埋草にしか用ゐられなかつたものが、いまは新聞雑誌はそれを大きい活字に組み立て、ラジオや劇場やパンフレットによつて直接国民の胸を打つた。」という状況に一変する。これについて、犀星は、「詩人達自身の幸福な思ひは単にお役に立つたばかりでなく、彼等の詩の出版のうへに嘗てない数字を示すほどの、当然の版行によつて彼等の永い隠忍のしごとが酬いられはじめた。」と漸く脚光を浴びるようになった喜びを率直に述べている。この達成感は、詩人たちが共有したものではないだろうか。「詩」の認知度を保持するための努力が任務の熱心な遂行に解消されてしまうという事態が、春夫や達治の上に起ったことが考えられるのである。

彼等に比べると、犀星が役員ではなかったことが、「報国」と自己の「詩」の距離を保ち得た要因の一つではあるだろう。任務の遂行と自己証明を混同してしまう危うさを比較的免れやすい環境ではあったのである。しかし、それは、犀星が詩人としての自己を対象化し、抑制的な目を持っていたればこそ、である。第一節の(1)で見たように、犀星は、自分の資質に即して自己の領域を自覚していた。

剣も
銃も
取ることを知らないかはり
運命は一本のペンをあたへ

銃と剣のかはりにせよと命じた。
運命はそれで生きることを会得させ
復讐と虚偽を叩きこはすことを教へた。
しかもそのペンさへも間だるつこく
頼りないと思ふことはやめよう、
このペンをまもることは
己をまもりつゞけることに外ならない、
これをすてて生きられない、
これより外に武器は見当らない、（以下略）

「ペンと剣」（『日本美論』／「日本人」）

「あにいもうと」に始まる、したたかに生きる市井の人間を描く「市井鬼もの」と前後して、犀星は自分の創作観を「復讐の文学」（『改造』17巻6号　昭10・6）[*36]で述べている。「私は文学といふ武器を何の為に与へられたかといふことを考へる。その武器は正義に従ふことは勿論であるが、そのために私は絶へずまはりから復讐せよと命じられるのである。」「軍人には立派な鍛錬された武器があり、それぞれの学者には学説といふ楯や弓矢があるやうに、我々のあさる人生にも休まずに精悍な武器をとり、仮借なく最つとあばくものをあばき最後の一人をも残さずに、それの人生を裁かねばならないのである。」という発言に、「ペンと剣」は連なっている。文筆を以てしか、自分の、そして作中の人生と渉り合うことはできないという宣言である。「私は多くの過去では骨ぬきの好いお料理のやうな小説を書いてゐたのは、過ちでなくて何であつたらう。」と述べているように、書くことは生の欲望の底に降り立つことでなければならない。生の生臭さに立脚した文筆の決意が、「詩」を介した「国家」への同化という観念性を阻んだのではなかろうか。

犀星にとって、書くことは、何よりまず具体的な行為であった。「用意」（初出『新潮』39巻12号　昭17・12　『余花』所収）では、「僕らはいつでも用意の命を投げ出すことを／毎日毎夜のことごとに確められた。／用意はすでになつた／そして僕らはその他の意味で仕事は仕事で／片づけて置かねばならないことを知つた。／足手纏いの妻子の餓ゑない金を用意し／それを持たせることに遅れをとらないやう／僕の考へもそこに置かねばならないのだ。／その用意もすでに為し終へた／只、仕事だけが中途半端だ／じたばた騒いでも傑作なぞは書けない／だからつまらない一行を千古に磨くだけだ。」とある。奇襲攻撃による初戦の勝利、広大な南方占領の後、昭和十七年六月にはミッドウェー海戦、八月以降はガダルカナル島の激戦と、先が見えない非常時の中で、犀星は、できる限りの暮しの続行を心がける。書くことは、「餓ゑない金を用意」するための「仕事」であり、同時に「つまらない一行を千古に磨く」果てのない鍛錬でもある。文筆という「武器」の鍛錬によって、犀星は自己と渉り合い、そのような自己を通して世と渉り合うのである。

詩人たちにおいても、情報が極めて限定されていた状況について、富岡多恵子は、「イクサによって出現した「敵国」なるものについては、オカミと軍部からの情報によるだけの知識、理解なのである。」と述べている。[*37] 堺市役所に勤務していた安西冬衛は、戦時下の生活の克明な日記を残しているが、[*38] 記述がそれを証している。昭和十七年八月九日には、「ソロモン海戦の捷報発表さる。米英聯合艦隊を猛撃、艦船廿八隻撃沈、空戦にて四十一機を屠る。」と記されている。十八年五月のアッツ島玉砕の報道の後も、十一月九日には、「十一時大本営報道部長談を発表。目下ブーゲンビル島沖に於て激戦展開中にして帝国海軍は大なる戦果を挙げつつありとの発表。未曽有の予告なり。ラチオ《ママ》かけ放して待機す。午后四時過果然軍艦マーチ。余の椅子の四周に人人蝟集。粛として傾聴。井上の仙さん記録をとる。実に真珠湾以来の大戦果也。」とある。戦局が好転したような印象を与える情報である。「決戦生活の影響未だ及ばず。」（昭18・3・2）が、十八年十二月五日に「食糧事情頓に悪化。」という記述が現れる。生活が欠乏しない間は、事態の深刻さはなおさら摑めないであろう。それが、昭和十九年に入ると、堺市の空にも敵機が現れ（7・25）、「軍需会社の重役の悪業を聞く。日本は亡ぶといふ。情報局依然真相を多く語らず。内南洋の侵攻作戦活発一方的なり。林博士の説なるものを又聞きすれば日本の乙巡殆んど沈没して艦隊作戦不可能だといふ。」（7・28）と情報の怪しさ、不透明さを察するに到るのである。

書くことの自己規定は、文学に過剰な幻想を背負わせないことでもある。「戦場に」は、大政翼賛会文化部が編集したアンソロジー『軍神につづけ』（大政翼賛会宣伝部　昭18・2）に掲載した作品である（初出『東京日日新聞』昭17・11・29）。「軍神につづけ」とは、高橋健二（大政翼賛会文化部長）の「はしがき」によれば、「日本文学報国会が二度目の十二月八日を迎えるにあたつて、大政翼賛会の依頼に応じ、国民士気昂揚のための標語として」選んだことばである。同じく、高橋によれば、このアンソロジーは、「「軍神につづけ」といふ総括的題目の下に短歌と俳句と詩を一流作家に作つて頂き、これを各新聞に連載することを企てた」ものであり、『東京日日新聞』に詩、『朝日新聞』に和歌、『報知新聞』に俳句を、昭和十七年十一月二十七日から約二週間にわたって掲載されたものを一冊にまとめて刊行したものである。犀星は、『軍神につづけ』掲載の後半部分を削って、『余花』に収録した。

我々の感謝や
嘆賞や
渇仰や
褒め言葉なぞは
何の役に立つものではない

我々の詩も
結局詩であるほかの何物でもない
鯱張つてみただけの
がちがちした言葉のあつまりだ。

我々はこころの底にある
あらはしがたいもので只いつも
どうも有難うといふ外には言葉がない
戦場にある人にはいふ感謝すらない
何をいつても
戦場にある人は肯づいてくれるだけだ
小うるさく喋るのはよさう（以下略）

（第二、三連）

「詩」は実際的には何の役にも立たないが、感謝の念はことばにする他はない。「小うるさく喋るのはよさう」とは、「詩」にプロパガンダ的実用性を期待することへの批判のように思われる。「結局詩であるほかの何物でもない」という冷静な認識が犀星を支えている。犀星が削った後半部分は、「あなた方におまかせしたものは／倍以上に銃後の我々に還つた。／我々はそれをにぎりしめてゐる。／忍耐も／我慢も／去年にくらべて倍以上にやる考へを持つだけ、／それだけをあなた方におくる、」云々と、まさに「小うるさく」銃後の心情を説明してしまった部分である。

『軍神につづけ』は、七十一ページの小冊子で、和歌三十三首、俳句五十七句、詩十九篇である。初戦勝利直後の『決戦詩集』の昂揚感はもはやなく、東条英機内閣の「木造船建造緊急方策要綱」決定（昭18・1）に呼応した、文学報国会の建艦献金運動の一環であった『辻詩集』[*39]（八紘社杉山書店　昭18・10）の切迫感に到る以前の時期ということも関係があるのだろうか、「軍神につづけ」をストレートにタイトルに冠した安西冬衛、伊藤静雄、尾崎喜八、「十二月八日の頌」（前田鉄之助）「十二月八日の賦」（与田準一）、いちはやく「艦船の建造」協力を呼びかけた「爆撃機を我が家とせん」（西條八十）といった作品の中に異色のものも混じっている。それが、「前線の勇士へ」と副題を付けた「坂の上」（竹中郁）であり、「物質の原にも」（小野十三郎）である。

主人の帰りを待つ烟り
息子の帰りを待つ烟り
烟り　烟り　かまどのけむり
田舎も町もどこもかしこも
たのしげに　そろそろ膳の上へは
茶碗や箸が並び出しさうな

このひと時を眺めるのが
私は大好き
大きな戦《いくさ》はしてゐても
このしづかな烟りが日本の空にあがるのを

このゆたかな烟りが富士山と並んで
日本の塔のやうに立つのを

「坂の上」（第三、四連）

あゝわれらの物は
物にしてすでに物に非ず
また単なる魂のごときものでもないのだ。
鉄ら冷え　石凍り
十二月八日再びきたる。
長期戦　長期戦
日頃見慣れたわが重工業地帯の風景には
何の変りもないが
今は「精神」よりも強烈に　しづかに
われらが物こゝに
生きるを感ず。

「物質の原にも」（後半部）

「坂の上」は、万葉的な国見の変形であり、副題にあるように、戦場の兵士に向けた銃後の守りのメッセージと取ることもできるだろう。最終連では、「まいにち私はただ一人／この坂の上に出て眺める／眺めては国の力をおもふ」ともある。しかし、声高に士気昂揚を叫ぶのではなく、一家揃った平穏な生活の象徴として「かまどのけむり」を讃える静けさは貴重である。「物質の原にも」は、物質という概念を超えて、「「精神」よりも強烈に　しづかに」存在する物そのものの実在感を描き出している。それは、例えば、八十の「かくて、ああ、ここちよきかな、我等、今、／雲上を我家とする心もて／爆撃機の捧献にいそしみ、／波の中に生くる決意もて／艦船の建造に戮力せん！」という「精神」を慣れた手つきでテーマ化する作品を相対化する視線である。

「詩」にプロパガンダの役割を負わせないこと、個の視点に立つことにおいて、犀星の詩は竹中や小野と共通する。その犀星も、「神国童謡」（『余花』）のように、「けふも猿共の艦くつがへり／猿共のあまたたび叫ぶを聞きたり／この猿共の石鹸づらの／一つを余さず叩きのめさん／千代よろづ世まで撃たなん／足のゆび手のゆびもへシ折らん」と「童謡」と銘打っているとは言え、時に野蛮で通俗的なナショナリズムに同化した作品をつくってしまう。安西冬衛の日記（昭18・2・28[*40]）には、「室生犀星の「神国童謡」毎日に載る。ガラクタ詩人也」という件がある。「ガラクタ詩人」とは、あるいは、「ガラクタ詩人ゆゑに詩壇に与ふ」（『読売新聞』昭8・5・17）という犀星自身の随筆のタイトルを切り返して一蹴したのかもしれない。この随筆で、犀星は、「我々がガラクタ詩人はガラクタゆゑに詩をいたはつてやらねばならぬ、大衆的詩人ではないが身はガラクタでありながら他人《ひと》様などにわかる詩がかけるもんかね。」と粗製濫造的な状況に対し、皮肉を込めて批判している。「神国童謡」は『室生犀星全詩集』第3巻の「解題」には「初出・未詳」とあり、『室生犀星文学年譜』の「室生犀星作品年表」にも掲載されていないが、冬衛の記述に従えば、『毎日新聞』即ち『東京日日新聞』の求めに応じてつくられたのであろう。「マニラ陥落」もそうであったが、犀星が新聞に寄稿した詩は、光太郎や春夫のように「議論めいた天上語」（「詩歌小説」）を連ねない代りに怨念や憎悪を短絡化する傾向にある。発表媒体によって「国民生活の呼吸づかひ」（「詩歌小説」）を、「国民生活」という概念の代弁者としてうたってしまう錯誤を犯しながらも、「このペンをまもること」を貫こうとした姿が見える。

注

＊1　引用は『白秋全集』第5巻（岩波書店　昭61・9）による。
＊2　引用は『定本佐藤春夫全集』第1巻による。
＊3　伊藤信吉『室生犀星　戦争の詩人・避戦の作家』の「第三篇　戦争の詩人」。
＊4　鶴岡善久『太平洋戦争下の詩と思想』（昭森社　昭46・4）の「戦争詩・年表　昭和九年（一九三四）〜昭和二〇年（一九四五）」。
＊5　以下、修身書の引用は『日本教科書大系　近代篇　第3巻　修身㈢』（海後宗臣編　講談社　昭37・1）による。
＊6　『美以久佐』の前に、短篇集『筑紫日記』（小学館　昭17・6）に総題「臣らの歌」九篇のうち一篇として収録されている。
＊7　『高村光太郎全集』第3巻（筑摩書房　平6・12）の「解題」（北川太一）が引用している『記録』（龍星閣　昭19・3）の「前書き」による。
＊8　初出未詳。小説集『神国』（全国書房　昭18・12）所収。
＊9　富岡多恵子『近代日本詩人選11　室生犀星』（筑摩書房　昭57・12）の「五　戦時下の詩」。
＊10　『神々のへど』（山本書店　昭10・1）所収。引用は『室生犀星全集』第6巻（新潮社　昭41・12）による。
＊11　引用は『室生犀星全集』第8巻による。
＊12　引用は『斎藤茂吉全集』第19巻（岩波書店　昭29・4）による。
＊13　引用は『斎藤茂吉全集』第21巻（岩波書店　昭28・2）による。
＊14　『万葉の歌境』（青磁社　昭22・4）収録。引用は＊12に同じ。
＊15　引用は＊12に同じ。
＊16　三浦仁『室生犀星――詩業と鑑賞――』の「室生犀星の詩業／第七章　戦中期⑷　時局の詩」。
＊17　『室生犀星事典』の「キーワード／王朝もの」（志村有弘）による。

＊18　『山吹』（全国書房　昭20・10）引用は＊11に同じ。
＊19　『「帝国」戦争と文学25　日本の母　他一篇』（岩淵宏子・長谷川啓監修　ゆまに書房　平17・6）の「日本文学報国会編『日本の母』／山口愛川著『日本の母』解説」。
＊20　『余花』は短篇集であるが、「詩集　千代よろづ世」（32篇）「無名の詩集」（34篇）が収録されている。引用した詩は「千代よろづ世」所収である。
＊21　引用は『三好達治全集』第2巻（筑摩書房　昭40・2）による。
＊22　引用は『室生犀星全王朝物語』下巻（室生朝子編　作品社　昭57・6）による。
＊23　引用は『室生犀星全集』第11巻（新潮社　昭40・1）による。
＊24　引用は『室生犀星全集』第12巻による。
＊25　引用は＊24に同じ。
＊26　『王朝』所収。引用は『室生犀星全王朝物語』上巻（室生朝子編　作品社　昭57・5）による。
＊27　引用は＊26に同じ。
＊28　『荻の帖』（全国書房　昭18・3）所収。引用は＊26に同じ。
＊29　引用は＊23に同じ。
＊30　『「少女の友」創刊100周年記念号』（遠藤寛子・内田静枝監修　実業之日本社　平21・3）の「セレクション3　詩」の「解説」。
＊31　『晩夏』（甲鳥書林　昭16・9）所収。引用は『堀辰雄全集』第3巻（筑摩書房　昭52・11）による。
＊32　『漱石全集』第4巻（岩波書店　平6・3）の「注解」P474（平岡敏夫）。
＊33　『奉公詩集』（千歳書房　昭19・3）所収。引用は『定本佐藤春夫全集』第1巻による。
＊34　引用は『三好達治全集』第2巻による。
＊35　櫻本富雄『空白と責任　戦時下の詩人たち』（未来社　昭58・7）の「宴のはじまり」の章で、「『日本文学報国会昭

和十八年度（昭18・6・20現在）会員名簿』（昭18・7、非売品、三三〇頁）」の「詩部会の項」が転載されている。
＊36 『文学』（三笠書房　昭10・9）所収。引用は『室生犀星全集』第6巻による。
＊37 ＊9に同じ。
＊38 引用は『安西冬衛全集』第7巻（寶文館出版　昭54・12）による。
＊39 『「帝国」戦争と文学29　辻詩集』（岩淵宏子・長谷川啓監修　ゆまに書房　平17・6）の「『辻詩集』解説」（岡野幸江）。
＊40 引用は＊38に同じ。

第八章　疎開と戦後

――『木洩日』『山ざと集』『旅びと』『逢ひぬれば』――

1　消えゆくもの

(1) 夕映え

犀星は、昭和十九年八月中旬から二十二年一月中旬まで軽井沢の別荘で疎開生活を送った。戦後の苛酷な旅客状況を鑑みて、体の不自由な妻とみ子は、娘朝子、息子朝巳と共に、犀星の上京後も軽井沢に滞在した。とみ子が昭和二十四年九月二十二日に上京するまで軽井沢との往復生活を行ったことを併せれば、五年間に亘ることになる。

軽井沢での疎開生活に取材した詩文集が『山ざと集』（生活社　昭21・2）、詩集が『旅びと』（臼井書房　昭22・2）『逢ひぬれば』（富岳本社　昭22・10）である。これに先立ち、疎開生活に入る前ではあるが、夏の軽井沢滞在を描いた詩文集『木洩日』（六芸社　昭18・1）[*1]がある。「あとがき」で犀星は、「僅かな微かなものはやはり詩によつた方が遥かに効果があつた。ある意味で詩といふものはかういふ微妙な境地をゑがくためにも、存在してゐるやうに思はれる。」と述べている。「僅かな微かなもの」への着目は、「詩歌小説」でも「戦争といふもののいのちの別れめや、それがいかに小さいものに影響してゐること、そして国民生活の呼吸づかひなども挙げられるべきであつた。」、戦後の「作家の手記」でも「僅かな情景とか心理とかをたよつて書くうちに、しだひに自分らしいつやを見付けて、それを磨き上げるやうな私の仕事」と一貫している。敗戦という事態に切断されることなく、戦中から戦後を通して犀星が摑んだテーマ・方法が「僅かな微かなもの」である。それは、軽井沢での生活に縁るところが大きいだろう。

信濃のくにの雲は
いつも小鳥のやうに迅く

こまかく　ちぎれて飛んだ。
ちぎれたものは
鶺鴒の黄ろい翼をいろどり
樫鳥の夕焼色の腹にも似
また小雀《がら》のやうに立つて消えた。
誰がそれを記憶しよう、
消えた翼のいろの
あるかないかの梢のあたりに
誰がその思ひをつづることだらう。

「雲」（初出未詳・『木洩日』／「信濃夕栄」）

「雲」は「小鳥」であり、「小鳥」は「雲」である。「小鳥のやうに」は概念的な比喩ではない。「鶺鴒」「樫鳥」「小雀」という個別の肉体が見えている。犀星は、「彼はいつも原稿に書かれたさかなとか虫とか動物とかは、夕栄えの雲なんぞに妙に関係をつけて考へることが好きであり、さういふ贔屓目に生きものを描く自分を重んじるくせがあつた。自分の描いたものを、そんなふうな厳粛さに持ち上げることで、夕栄えはいつも一層美しいのである。」（一章　去りがてに）と述べている。生命が通い合う目に見えない世界の網の目を感じとる感受性が窺える。実在が融解しつつ透明になっていく時間が、章題にもある「夕栄」である。犀星が、空間よりも時間を意識していることは、「誰がそれを記憶しよう、」「誰がその思ひをつづることだらう。」という繰返しからも窺える。反語的な問いかけは、「記憶」「思ひをつづる」という見る主体があってこそ、その現象が消えてしまっても、と言うより消え去った後で固有の風景が成立することを示している。共に時間的存在であるからこそ、主体は去りゆく対象を「記憶」

にとどめようとするのである。ここに描かれているのは風景が成立する現場であり、その鍵である「消失」と「記憶」である。
象徴的な時間としての「夕映え」は、立原道造を回想した「木の椅子」（同）も同じである。

人は夕ばえのなかに去り
君は神のみ脛を踏んだ、
そのために肺を悪くして逝つた。
君は何度も
庭の木の椅子の上にねむつた。
子供だと思つて人は君を対手にしない、
対手にしないから君はねむつた、
その君の姿はわが庭にある、
誰もそれをさまたげはしない、
立原よ
今夜も泊つて行つてくれ。

ものの輪郭が透明になり消えていく「夕ばえ」は、人が向こう側に去っていく越境の時間帯である。越境してしまったからこそ、「誰もそれをさまたげはしない」固有の像が成立し、意味を見出すことができる。呼びかけて現前化することができる。

これが人間に特有の営みであることを、犀星は「はかなさ」(同)で語っている。「どの林も/はだかになる前に/草雲雀はみんなゐなくなつた、/そのなきがらは/塵となり埃となつて/風に乗つて何処へか立つてしまつた。/あとに何ものこらず、/極めて薩張りしたものだ、/はかないといふことばは/人間にだけ使はれるらしい。」と「極めて薩張りした」草雲雀が飛び去ってしまった後の印象に比して、人間だけが「はかない」という感情を生起させることに気づく。犀星は、時間に根差した認識が感情の起源であると語るのである。

この認識は、今ここに存在していることの意味へと深まっていく。

雨の上つらに
入日がかすめ
その入日が深い層にしみこみ
そこだけがともしび色に変つてみえる
眼に近い方向から
入日が実にさびしく消え失せる
消え失せるありさまが見える
けふといふ日が終るのだ
けふなし遂げた仕事はのこるだらう
しかしけふの命は見えなくなるだらう
けふの命はどうだつたらう
仕事の中につぎ込まれてゐるだらうか

（略）

冬は光とか
明りとかいふものが美しい
そして実にさびしく消え失せる
何人もその明りや光は追へない
消える命を捉へることが出来ないのだ。

「雪づら」（初出『東京新聞』昭21・3・18『旅びと』所収）

犀星は冬の入日の寂しさを繰返す。「けふといふ日」の終りは「消える命」である。時間的存在の果てにある〈死〉が入日の地平の向こう側にある。「捉えることが出来ないのだ。」とは〈死〉の地平が視界に入ってきたからこその痛切な発言である。犀星は、『旅びと』の「序」で、「これらの詩は「信濃山中」「山鳥集」の二巻の小説集のあひだに、はさまれながらいみじくも一冊をなすに至つたものである。これらの三部作は私の作集のなかでも、珍らしく扇の裏表をなすごとく孰れも打ち合せて読むべきものであらう。」と述べているが、その『山鳥集』（桜井書店　昭22・3）に、犀星自身である「父親」が「北原白秋、萩原朔太郎、佐藤惣之助、小畠貞一、竹村俊郎、それに秋声先生をかぞへると、まるでおれ一人が生き残つてゐるやうなものだ。」と言う件がある（「第三章　粥」）。更に、古くからの友人であつた田辺孝次も昭和二十年四月十六日に金沢で亡くなっている。犀星は、昭和十六年三月十五日の「文学者と郷土」という講演会のために金沢を訪れたが、これが最後の帰郷になった。田辺は、母校の東京美術学校で教鞭を執った後、昭和十四年に石川県立工業学校校長に着任する。[*2] 田辺宛の葉書（昭18・10・13附）[*3]には「その内、どこかで会はう。時々会はないと月日はたちまちに過ぎる。」と書かれているが、それが果たせないうちに田辺は逝ってしまった。「雪づら」には一人生き残り、一人生かされている命を「けふの命」として実感している犀星がいる。

友人たちの死は、「三年山中」（初出『至上律』1輯　昭22・7　『逢ひぬれば』所収）にうたわれている。

（略）

見たまへ
僕の友は戦争中にみんな亡くなつた
たゞひとりの友までも
あえなくなつて終つた
僕だけが生きのこり
うしろから送る夕栄えをけふも見る
つゐに山中では僕の命は終らなかつた
みやこにある僕の庭に
まなんだ自然をえがかうとはしないが
あらはれて行けば僕はえがくだらう
亡き友らの
かよふ小径くらゐは作れるだらう
絶えなんとしてつゞく小径が
僕の机のあるところまで
僕の頭のつづくまで伸べられるだらう。

ここでも夕映えは越境していく命の象徴である。「何人もその明りや光は追へない」(「雪づら」)が、亡き友人たちを想起することで「亡き友らの／かよふ小径くらゐ」は作れる。「僕の机のあるところまで／僕の頭のつづくまで」とは、描くことによってのみ繋がるという新たな自覚である。『日本美論』では、「紙」「障子」「畳」から平原や街や海原が広がっていったが、換喩的な世界の展開が、ここでは向こう側とこちら側を繋ぐ方法として深められている。次元を超えた世界を出現させるのが喩という方法である。犀星は、視界に入ってきた〈死〉を詩法の豊かさへと変えてゆく。

(2) 見る

「雲」「雪づら」で、犀星は、対象が消えゆくまでの経過を見逃すまいと、息を詰めるように眺めていた。〈見る〉ことは認識することであり、見る＝認識のリズムが詩を作っている。

近い山のうしろに
ともしびのやうな色が昇り
それがしだいに
円光のやうにひろがる
宗教的なさういふ色なのだ

夕やけか

夕やけではない
いや夕やけの色であらう
その色はしだいに希薄になり
もはやともしびの如きではない。
ともしびの色のうすくなつたのを
うしろにして
小ぽけな山々もつひに見えなくなる
あれはやはり夕やけであつた
すでに三時ころに
夕やけがはじまつてゐるのだ。

「円光」（初出未詳・『旅びと』）

夕映えと共に「ともしび」も、命の終焉の象徴である。夕映えが時間的表象であるならば、「ともしび」は命の核心である。「ともしびのやうな」「円光のやうに」「宗教的なさういふ色」という一見無造作な口調は、見ることと直結した認識のリズムである。若き日の『愛の詩集』の口語詩は、トポスの秩序を描き、あるいは出生をめぐる根源的な欠落に共振する光景を発見した。しかし、「円光」の口語のリズムは、観念の構築よりも、対象と直に向き合い、時間の推移と認識が相伴った「現在」に力点が置かれている。それが、直喩であり、「宗教的な色」ではない「宗教的なさういふ色」という曖昧さの表出になる。あるいは、「夕やけか／夕やけではない／いや夕やけの色であらう」という確認の自問自答が差異的な反復のリズムとなる。犀星は、「ともしびの色」と「小ぽけな山々」の輪郭が消え失せるまで眺め続け、「あれはやはり夕やけであつた」と得心する。対象を名づける＝意味づけることは、主体の意識の往還であり、そこに〈詩〉のリズムが生れる。「円光」は、ことばを用いて世界を認識する行為の中に〈詩〉が潜んでいることを垣間見せるのであり、整序されていない表現の中に〈詩〉の根源的な地点を拓いている。

2 〈氷〉

犀星が軽井沢の疎開生活で発見したものは、「氷」の肉体である。信濃三部作の第一作『信濃山中』（全国書房　昭21・1）の「序文」の前ページには「昭和十九年十一月―二十年九月にいたる」とあり、戦中戦後にかけての記録であることがわかるが、「序文」で犀星は、「私は氷の層から少しづつ剥いでゆく私の文字を、叮嚀にそれをつぎ足して書きつづらうとしてゐる。」と述べている。軽井沢の疎開生活は「氷」で表象される。『旅びと』にも「氷の歌」という章がある。

一しづくの水でも
水のあるところは氷つてしまふ。
古い氷と
あたらしい氷とがかさなり
そして一つの個体となる。
それは地球のやうに円い、
山もあり川もながれて見える、
曇天のやうな半透明の此のけだものは

厚く内部から緊めつけられ
盛りこぼれるやうに匐行し
厨の板の間から
床下から
湯殿から
みしみし夜中にかすかな軋り声をあげ
家へあがつて来る、
どんな隙間からでもあがつて来る、
家を閾もろともおし上げる
家のすみずみが軋つて来ると
いかなる方法も尽き
手のつくしやうがない
人は氷のすき間でねむつてゐるのだ。

「氷の上」（初出『人間』1巻1号　昭21・1）

犀星は、かつて「切なき思ひぞ知る」（『鶴』）で「張り詰めたる氷」を印象的にうたった。それは、「虹のごとく輝ける」「花にあらざる花」であり、局限としての美的象徴であった。しかし、「氷の上」の「氷」は観念ではなく、獰猛な肉体を持つ実在である。富岡多恵子は、「これらは、いわば散文的な凝視であつて、詩的な飛躍は抑えこまれている。ウタウという高揚した心情よりも、視ること、描くこと、述べることによって、対象と対決し、それで冷静を保っている。」と述べ、「信濃山中でこれまでの詩的幻想を棄てることによって詩をロマンティシズムからも小説からも自立させ、その自立した詩に遭遇しえた」と指摘している。[*4]「視ること、描くこと、述べること」は、先の「円光」にも共通する特徴である。犀星は、「古い氷と／あたらしい氷とがかさなり」と行分けによって氷に内在する時間の層を浮かび上がらせ、「厨の板の間から／床下から／湯殿から」とやはり行分けによって、あちらこちらでの発見の「現在」時を描き出す。見る＝認識のリズムが、「氷」の発見を開いていく現在進行形的な印象を作り出している。「一つの個体」としての認識は、「それは地球のやうに円い、／山もあり川もながれて見える、」とやはり『日本美論』の「紙の世界」や「障子の歌」と同じく、自立した世界がイメージされている。「氷」の肉体を実感することは別次元の自立性を想像することでもある。富岡が言う「詩的ロマンティシズム」からの自立とは、修辞によって囲い込むのではなく、比喩や擬人化も組み込んで認識の次元を成立させることである。それは、「曠茫」（初出『人間』1巻1号）でも見られる。「子供の手ぶくろも／手巾も／落して一夜をすぎると／みな氷に呑みこまれてしまふ、／針も呑まれて折られる、／そして誰にでもぶら下がる／どこにでもぶら下がる／ぶら下がつたら挫いても／帯だけになつてもぶら下がる／剣を逆さまにしたやうに／下へ下へと伸び／例の曠茫一帯を呼びかけるのだ、／地上にとどくまで伸びてゆくのだ、／信濃平原をくひ荒らさうとするのだ、」と「ぶら下がる」擬人化された行為の反復が、「氷」の人格を自立させ、「曠茫一帯を呼びかけ」「信濃平原をくひ荒らさうとする」征服者像が展開する。認識のリズムは、実と虚の次元に跨る世界を開いていく。

「氷」は獰猛なだけではなく、官能的な相貌も持つ。『信濃山中』で冬の矢ヶ崎川の上流は、「或る巨石と奇巌とをぐるつと取り巻いた氷は、妙に柔かい腰つきで巨石のすそに媚びるがやうに捲きあふと、そのまま、やや広い、ゆるやかな瀬すぢの氷の群に溶けあつてゐた。」と描かれている（「三章　山家」）。この擬人化は、冠松次郎の山岳や渓谷の描写を思わせる。例えば、「その右方に高く八つ峯第一峯の山骨が雪の肌を破つて、腰から上まで遮る物なく直聳してゐる姿を見ると寧ろ壮烈な感じをそそられた。」（『立山群峯』）「その尖頂は簇々と碧渓から浮び出で、黒部谷に最も近いその第三峯の右下には釣鐘のやうな大岩峯が、渓水から直ちに毛脛を擡げてゐる。」（同）という自然の肉体性を捉える感受性が受容され、より官能的な眼差しに変容している。主人公は氷塊を眺めながら、『山吹』の主人公を思い起こし、山吹の死を描くとしたら「この氷河にある荒い冬景色をかくであらうし、巨大な氷塊とおなじやうな白皙の人としての彼女をかくにちがひない。」と想像する。「氷」は白皙の女体にもなる。ここで、「風景のすぐれたものはつねに肉体的のものだが、彼の目をとらへてゐるのも、やはり、そんな肉体的のものであつた。」と述べているように、命を奪う脅威として、美として、極限の肉体が「氷」に発見されている。

「氷」の脅威は、『信濃山中』では魔的な女体として描かれている。家に張った氷は「まはりにあるもので自分に触れたものは何時の間にか抱きすくめ、呑みこんで終つて」しまい、「鉄類、陶器、杓子類、バケツ」から「玉葱とか馬鈴薯とか人参とか」に至るまで「当るものをことごとく氷らせ、自分でも次第にふとつてゆく」。魔的なエロス性は、「寝息が白布のうへに明方から何時の間にか氷柱になつてさがつてゐるのを知ると、その荒茫たる実際のことがらよりも、息が氷るといふことに何やらいたましい優しいものを感じた。それは自分もまた荒あらしいこれら自然の暴力にいたみつけられてゐるといふことに、敢てしほらしさを感じたからだつた。」という自身の受身の肉体性を意識させる。犀星は、自分の肉体性で対象の肉体性と渉り合う。認識の方法としての肉体が成立している。

同じ現象が、『山鳥集』では実際的に描かれている。「二度目の冬だつた。去年の冬に懲りたことは逐一注意深く用心して、氷雪に苛まれないやうにした。凡て容器で水をあつかふものは、伏せて置く事、水道は出し放しにして細心に扱ふ事、春になつてからの食物は凡て食べ越さない事、使い残りの野菜は厨房に置かない事、」等々と注意事項を列挙し、「食物は充分に摂らないと寒さと格闘することが出来なかつた。からだに充分な温かみを保つためには、食物を節してゐてはならない。」（「第十章　命」）と「氷雪」は克服すべき生活の障害である。「食物」に支えられて命があり、「氷」は命を阻む〈もの〉である。生活人として現実的に対処する視点で「氷」も捉えられている。

この即物性は、苛酷な疎開生活に因っている。「親戚や友人の一軒もゐないこの土地では、是が非でも、冬の用意はしてかからねば、どうにも、生身をそがれるやうな厳冬が越せなかつた。食物がないからといつてどういふ親しい人にも、馬鈴薯一粒も借りられなかつた。町の人は何十年も生産地でない土地の冬越しの辛苦を嘗めてゐる。隣同志にゐても菜つ葉一本のかり貸しは、おごそかに祖先から禁められてゐると云つた方がいい。」（「第二章　雁宿」）という厳しい認識を持たざるを得ないのが、軽井沢での疎開生活であった。佐藤春夫、正宗白鳥との戦後の鼎談（「作家の世界」『群像』2巻2号　昭22・2）で、犀星は「終戦前はやはり一般の疎開人と同じやうに精神的に苛められたらうな。」と語っている。北佐久郡の平根村に疎開した春夫が、「僕の方はそれは大へんよかつた。あとから聞いたのだけれども、顔実験のつもりで、呼んで昔の円本の写真と照し合せてみて、それからいろ〳〵と援護してくれた。それだけ純真な素朴なところもある。」と述べているのとは対照的である。詩人的感性が軽井沢の自然を再発見した『信濃山中』とリアリスティックな小説家の眼が疎開生活を捉えた『山鳥集』に挟まれて、まさに「扇の裏表」の中に詩集『旅びと』は位置している。

極限的な肉体としての〈氷〉の発見は、「山」の見え方にも波及している。犀星は〈山〉の異貌を見出している。

狼のやうに瘠せた山が
首を擡げて遠吼えをしてゐる
背中はがつがつして
肉は剥げ落ち
骨は尖り
まなこは惨たらしくかがやき

しばらくも鳴きやむことを知らない
吼えずにゐられない
その声は夜になれば山々に
山々の猪のやうな奴
熊やあざらしのやうな奴
蟒のやうな屋根つゞきの奴らに
呼びかけ吼えかけ
友だちのからだを揺すぶるのだ
猪や熊やうはばみらも
それぞれにみな吼えたけつて
天に対つていまは悲鳴のある限りを続ける（以下略）

「悲鳴」（初出『人間』1巻1号　『旅びと』所収）

かつて『鉄集』でうたわれた「山」は、「暗黒色にガツチリと何者かと刃を合してゐる」（「剣をもつてゐる人」）闘う主体であり、「頭が遠くなるくらゐ人間の思考力を捲ぎとる景色。／そいつらが一纏めになつて咆哮してゐる。」（「ノツソリと立つ者」）という時間が堆積した圧倒的な実在であった。しかし、「悲鳴」の「山」は、犀星の飢えを映し出す肉体の共鳴体となる。それらは、「猪や熊やうはばみ」に喩えられた獣である。犀星は、命を維持していく本能の叫びを「山」に映し出し、自分の姿を見ている。即物的な肉体の底に降りた後で、「ちぶさ」や「背中」における母体としての〈山〉が描かれる。

3　排泄する身体

(1) 下腹部

どろどろの下水道のあなたには
八つの区の下水が落ちあひ
八つの大坑道が相迫り
ひねもすごぼごぼ鳴つて落ちてゐる
音かとおもへば音ではない
ひびきでもない
沸々下腹部からもり上つてゐるのだ
誰もこの溶闇のはてを見たものがない
誰もそこに何物が浮流してゐるかを
見て来たものがゐない
蛍のやうにひかるものや
硝子のかけらのやうなものや
人らしい死体や
それら一さいはごぼごぼの中で

押し追うて海の方へ移行してゐる
上層部では都会がくるしみ喘えいで
汗やあぶらをしぼり
汗やあぶらは例のごぼごぼの
上の皮をはりつめてゐる。

「下水道」（初出『至上律』1輯『逢ひぬれば』所収）である。都会は大きな一つの身体であり、その要は「下水道」という「下腹部」である。排泄するという行為によって、都市の営みは支えられている。都市の汚物に引き寄せられる感受性は、夙に『薔薇の羹』の「暦／七月　溝」（初出未詳）に見られる。それは、「東京にある川、溝、堀割の凡ては暗いドロドロの液体から成り立つた、動かない羊羹色に沈んでゐる。それでゐて少しづつ流れて空の雲を映してゐる。建物、電柱、駄馬、電車、自動車、美しい歪んだ女の顔、花色をしたパラソル、金粉をちりばめた装飾電燈、さういふものが夕方から美術的な投影を敢て試みる。ドロドロした烏賊の墨汁のやうな水が時々白い泡を吹く。犯罪的で生活の疲労をぢかに感じさせる。「救ひを求める人々」の作者が狙つた疲労された失業苦の溜息のやうなものである。」という下層生活の象徴である。犀星は、「この水に最も親しげに影をうつすものは労働者です。」と述べる。一方で、夜になると「そこにある鼠色の一切の潤色はもはや汚い河水のかはりに、美しい都会の河を感じさせるのである。清潔なお堀ばたの夜よりも、最つと僕らに接近した近代都会の肺腑を感じるのである。」と猥雑な美に変容する。ここでも「近代都会の肺腑」という身体的比喩が用いられている。老廃物が沈殿し腐敗する身体性が都市の本質として捉えられている。

「七月　溝」に比べて「下水道」は動的である。排泄物というよりも、排泄を運ぶ「下水道」に焦点を当て、都市の強力な循環器として描いている。「七月　溝」の沈殿と腐敗が〈美〉に帰着するのに対し、「下水道」の排泄は生きている身体である。
排泄が支える身体は、金子光晴の「大腐爛頌」[*5]を思わせる。

おゝ。日夜の大腐爛よ。

私が目をふさぐと、腐爛の宇宙は、
大揚子江が西から東にみなぎるやうに
私達と一緒に腐爛の群の方へ、
轟音をつくつてたぎり立ち、
目をひらけば、光洽《あまね》く、目もくらみ、
生命の大氾濫となつて、
戦ひの旌旗のやうに、天にはためくのだ！

引用は、最終部分である。詩の冒頭で「すべて、腐爛《くさ》らないものはない！」と断言するように、光晴は存在の本質を「腐爛」として捉え、それを生命の源に反転させる。認識の基底を形而上的なヴィジョンに昇華している。それは、光晴の生を動かしていく「腐爛」の奔流である。
光晴にとって、生身の肉体は救い難いものである。

はてからはてへ汚物を流す
清冽なながれが
僕の頭に奔騰する。
神聖な水洗便所だ。

そのとき、僕にしがみついて
僕になりすましてゐた亡霊は
みるみる押し流されて
あわてふためき遠ざかる。

そして、僕は清潔になる。
うらも表も洗はれて
へそとちんちんのついた
まっ白なタイルのやうに。

「真空にあくがれる旅」（第四〜六／最終連）（『人間の悲劇』創元社　昭27・12／「No.3——亡霊について」）[*6]

人間の肉体は「腐爛」の果ての生命の源になるか、さもなくば、洗浄されるべき存在である。犀星のように循環器としての「下水道」を思い描くのではなく、「生命の大氾濫」にせよ「奔騰する」「神聖な水洗便所」にせよ、押し流し一掃し、現状を転覆させる不可逆的な力がイメージされている。両者は表裏一体であり、「生命の大氾濫」

は、観念的な転覆によってのみ救い上げられる肉体の哲学である。

光晴の形而上的な腐爛の哲学に比べ、犀星の排泄する身体は形而下の存在であり、宇宙的ヴィジョンは持たない。光晴にとって「人間がうまれたといふことは、いはば、世界を背負ひこんだことだ。／血と、臓腑とひふと、あらゆるその苦しみを共有することだ。」（『人間の悲劇』／「No.10——えなの唄」）と、肉体を持つことが宿命的な悲劇であり、「うす皮でつつんだ僕の三升の血はたぷたぷと揺れて、こぼれさうになつて、やつとはこばれる。」（同）と流れ出そうな内実を皮膚一枚で押しとどめている不安定で危ういイメージである。しかし、犀星の肉体は向日的に生きる仕組みが内蔵されている。見えない内部は、老廃物を体外へ押し出していく「下腹部」に象徴される。

犀星にとって、「下腹部」は、即物的にも比喩的にも人間の要である。。「野も山もわすれた」（初出『至上律』1輯『逢ひぬれば』所収）は戦後の世情を批判した作品である。

パンツ一枚きり
泥靴もはいてゐない
臍は悲しげに空を見てゐる
人のまごころなぞは
何処をさがしても見つからない
そして巷の中にかれらは立つのだ、
虹も見えず
やさしい人の行くのも見えず
生みの母をわすれ

山を見ないかれらが立つのだ
何とかして儲けよう
何とかして人の眼を胡魔化さうといふのだ（以下略）

闇の商人たちは、「臍」を曝している姿で描かれている。途方に暮れている「臍」とは、母体や風土との繋がり、まさに立ち返るべき世界との臍の緒が切られてしまった状態である。「パンツ一枚きり」とは辛うじて大事な部分を保護しているとも、腹の内を隠しているとも取れるが、繋がりの要である「臍」は、無防備な表情を見せている。「臍」は口ほどにものを言い、「顔」以上に心を語るのである。「臍」を介した犀星の視線は、倫理を蔑ろにする世情への義憤に留まらず、存在の痛ましさに届いている。

(2) 継続

向日的な人生観は、文学者としての歩みを振り返る「文学の門」（初出未詳・『山ざと集』）にも表れている。

（略）
ここでは励むものは励んだだけが与へられ
天分が盛り上り
実力だけがものをいふ
実力のないものは僵れる
ここにはいるには

乞食でも
浮浪人でも
学者でも
怠けない奴なら何時でもはいれる
光つた勲章なぞは出ない
顔立ちは書くごとに立派になり
自分で知らないのに
人びとは自分を知るやうになる

（略）

かれは屑でさへも
拾つた人のなかにかぞへてゐる
屑のなかからたうとう出て行つたひとよ
無理にも冠をつけてくれたかれよ
ひとの生涯をつくり
生涯の生き死をえらんだかれよ（以下略）

〈文学〉の本質が概念的に定義されるのでも、観念的に把握されるのでもない。「励むものは励んだだけが与へられ」るものとは、「顔立ちは書くごとに立派になり」「無理にも冠をつけてくれたかれよ」という身体的実感として描かれている。〈文学〉とは、書き続けるという営為によって人間の内実を形成してくれるものなのである。何よりも、今日を明日に繋げていく継続性の大切さが強調されており、それによって確かなものを体得させてくれる実践に他ならない。これは、肉体的思考による文学の定義である。

犀星のこの実感は、戦時下も「徒なかけ声」には乗らず、自分の詩を守り続けたという自負心に拠っているだろう[*7]。田辺徹うし、田辺孝次の息子の徹が語る「まれにみるタフな職業人、本職の文士」としての犀星像も参考になる。は、昭和二十四年三月から十月まで犀星宅の離れに居候し、身近に暮らしていた。往年の犀星の随筆を軽井沢に送った際に犀星から来た返信（昭23・11・12消印）を紹介しているが、「さて、すぐ売る前に買手がついた、しがない雑文渡世、哄笑一番」という件について、「「雑文渡世、哄笑一番」も二十三歳の私の頭によくよく叩き込まれた言葉」であったと回想している。田辺はまた、「私は五六年の間こういふさびしい日（引用者注：「自分の作品集成のはなばを見ないで過すこと」を指す）を送り、知己からおくられる立派な作品集に返すための自著もなかつた。」（「夕映えの男」初出『婦人公論』42巻1号　昭32・1）[*8]と犀星自ら述べている、戦後、随筆『女ひと』で復活するまでの、いわゆる沈滞期の犀星について、「編集者仲間で犀星は締切を守ることで定評があったので、穴埋めをさせられているのではないかと疑いたくなるような短い締切でも、犀星は感情を殺して引き受け、注文どおりの期日に仕上げた。」というエピソードを記している[*9]。犀星の日記にも、「仕事、こんな下らない仕事はしたくないが、それも生計のためなら止むをえない、みつちりと書いて本にするときを目標にするより外はない。書くことだけは確かり書くより外にかきやうがないのだ。」という記述がある（昭24・1・6）[*10]。文筆業は生業であるという認識と、生業の名のもとに自己逃避しないという自負心が犀星を支えていたのである。これは、随筆『泥孔雀』（沙羅書房　昭24・8）でも「人の命をあづかつてゐる家庭の主人としては、何としても貧窮はふみつぶして了はずにゐられない、生きてゐる業と運命の指図は矢張り終日終夜書きつづめ、喘ぎながら人の命をいたはり自分をもたすけてゐなければならないのである。」と述べられている。

「喘ぎながら人の命をいたはり自分をもたすけてゐなければならない」とは、何よりも命を全うするという人生観が根底にある。これは、東京裁判についての感想にも関わっている。昭和二十三年十一月十三日の日記には、「みな知らない人ばかりであるが、弔意を表したい、かくのごときは運命といふよりも、すべてが斯うあることを彼等自身が彼等の軍事的知識からも、予期してゐたことであらう。」と冷静に受け止めた上で、「天皇はどういふ気持ちか、天皇こそもつとも苦しみをもつて彼らの処刑と、受刑にたいして襟を正して何らかの自決的な表現をなすべきであらう、天皇の思ひ切つた表現が国民を動かし受刑者に最後の微笑をうかばしめるであらうが、何のあらはれもなくて済ますとすれば人間としての、生きた天皇として見上げることが出来ない。」と記されている。[*11]「苦しみをもつて」「人間としての、生きた天皇」という言い方に、最終的な責任の所在という政治的視点を超えた、「喘ぎながら人の命をいたはり」と通底する根元的に命を尊重する視点からの批判がある。二十六日の日記は、「日本全体の処刑を選ばれた七氏が引受けてゐるといつてもよい、敗戦の責を負ふものはひとり東條氏らではない、皆が受けるものも含まれてゐるのだ、よき往生をいのらざるをえない。終身刑はまた何らかの機会で生きられる日はあるが、死刑では何の機会も何の偶然の出来事の途も絶えてゐるのである。死ぬことは詰らない、これは真理とかいふ変梃なもののうちでも、ほん物の真理であらう、」と記している。「皆が受けるものも含まれてゐるのだ、」という的確な認識は、個々人の責任の追究ではなく、「死刑では何の機会も何の偶然の出来事の途も絶えてゐるのである。」という生が奪われることの意味に向かう。ここにも、犀星の本能的思考が端的に表れている。「死ぬことは詰らない」という断言は、死ではなく生に向かう本能から発している。「真理とかいふ変梃なもののうちでも、ほん物の真理」という言い方からは、敢えて観念化するならばというニュアンスがあり、生きることは大前提であることが窺える。

次に挙げる詩には、敗戦に対する犀星の処し方が表れている。

どうせまけたはうんのつき
下駄を引きずりぼろを下げ
野みちを行けば
はなをは切れてゆきとなる

「木枯」（第二連）（初出未詳・『逢ひぬれば』）

わしでもない
おれでもない
それぢや何かい
戦争といふ奴はひとりで
戦争ごつこをしてゐたのかい
さうかい
それならそれでよからう。

「あのころ犬もゐなかつた」（『日記』昭24・4・27）

「木枯」の寒々しい光景は、「うんのつき」と余りにも整合する歌謡調である。この七五調は、集合的とも言うべき心の底にある感情を掬い上げている。それぞれの「戦争の責」を追及しない場合は、誰に帰す訳にもいかない。それは人智を超えた「運」なのである。「あのころ犬もゐなかつた」は、戦争の責任を巡る心理をより明瞭に表している。「わし」でも「おれ」でもないのならば、「戦争」は擬人化されて一人歩きすることになる。「戦争ごつこ」とは、「戦争」が人間を支配するようになる本質を衝いている。昭和二十四年三月十五日の日記[*12]には、「「負けたんだから仕方がない」かういふ日本人が若し勝つてゐたら、戦争に勝つたんだからといつて、多少の不徳を平然と遣る、多少どころではない、徹底した惨虐振りを眼をつぶつて面白さうに遣つて退けるのである。日本人は何をしても他人事のやうにケロリとする狡さがある。」と書かれている。当事者意識の欠落への批判は、「あのころ犬もゐなかつた」の背景を窺わせる責任不在の認識である。大勢に便乗する心性は戦争に負けても変わらないことを、犀星は見抜いている。しかし、犀星は、「それならそれでよからう」と受け止める。これは諦念であり、追及は打ち切って明日へと仕切り直す姿勢でもある。犀星の批判の非徹底性を指摘することは容易であるが、生活人であり詩人であるあるという犀星の生き方を考えれば的外れである。「わしでもない」「おれでもない」と責任を逃れ合う人々も、今日の生活を明日へ繋げていかねばならないのだ。犀星は、光晴のように、生を宿命的な悲劇だと考える地点から存在論的な批判を行う詩人ではない。

昭和二十三年五月三十日の日記[*13]には、「外を歩いてゐると女の子が遊びながらかう言つてゐる。／「まるちゃんは殺されたのよ、その間にひろちやんを掻つ払つてゆくのよ、いい。」／これは驚くべき遊びごつこである。パンパン遊びといふものもあるさうだ。」と書きとめた上で、これに着想した詩「遊戯」がある。

まるちやんは殺されたのよ
だから
死んだ真似をしてゐるのよ
まだ息があるかも知れないのよ
その間に悪い強盗が
ひろちやんを掻払つて行くのよ。

犀星は、「野も山も忘れた」では闇屋の横行を憤り、「まもれ」（初出『至上律』1輯『逢ひぬれば』所収）では、「汽車は動いたり停つたり／人は人の顔のうへに靴のまま上る／肩の上に腰を下す／赤ん坊はまだ死なない／赤ん坊をまもれ／母親よ」と買出しの殺伐たる車内に非難の声を上げた。ここには、生きる本能に根差したヒューマニストの犀星がいる。一方で、「日記」に記されているように、アナーキーな世相が子供の遊びと化していることに関心を持つのである。「遊戯」は、子供の会話を攪乱される性として捉えている。「悪い強盗が／ひろちやんを掻払つて行く」イメージは、後に小説「舌を嚙み切つた女（またはすて姫）」（『新潮』53巻1号　昭31・1）にも生かされているのではなかろうか。この小説では、すてを襲った貝ノ馬介は舌を嚙み切られてこと切れてしまい、赤ん坊を産み落としたすては、養い親であり夫でもある袴野の制止も振り切って都へ出ていく。これは、犯された者が犯した者を転覆させる生の発露であり、「掻払つて」いった後の「ひろちやん」として想像することができる。道義と秩序の混乱を〈生〉の根源的な力が凌いでいくのである。ここには、世相から〈生〉の可能性を自律させていく向日的な文学者の眼がある。この攪乱への関心は、光晴が「ぱんぱん」に寄せた共感とは異なる。

ぱんぱんが大きな欠伸をする。
赤のo
oのなかはくらやみ、
血の透いてゐる肉紅の闇。
彼女の雀斑の黄肌と
すりむけたひざ、

人がふりかへり
目ひき、袖ひきするなかで、

ぱんぱんはそばの誰彼を
食ってしまひさうな欠伸をする。
この欠伸ほどふかい穴を
日本では、みたことがない。

くだくだしい論議や、
戦争犯罪やリベラリズムまで、
この欠伸のなかへぶちこんでも
がさがさだ。まだがさがさだ。

『人間の悲劇』／「No.6 ——ぱんぱんの歌」

「ぱんぱん」は、血や臓物を「うす皮」で包んだ人間の本質に根差して、世間の白い眼に対して昂然と生きている。その大きく開けた口の闇は、敗戦後の偽善をすべて呑み込むようだ。光晴は、「うすい皮膚がはち切れるほどたくさんな血と、おもたい臓腑がつまってゐて、人間の不安などよりもはるかに前からあったらしいその雑物どもの平衡をとるために、消化し、排泄し、よろよろしながら僕は生きてきたのだ。」（「No.10 ——えなの歌」）と述べる。辛うじて皮膚一枚で支えられた個の肉体。光晴にとって、人間という不安定な存在は皮膚によって表象される。光晴にとって、「うす皮」的存在を曝して生きる「ぱんぱん」は、「僕が待ちうけてゐた驚異であり、歓喜であり、ただ一つだけ喝采を送るに値したこの時代の花形なのだ。」（「No.6」）。犀星が注目する肉体は、偽善や空論を呑み込む臓腑ではなく、命が暴力を凌駕する肉体である。二人の詩人の人間観の相違がよく表れている。

注

＊1　引用は『室生犀星全集』第8巻による。

＊2　田辺孝次の履歴は田辺徹『回想の室生犀星——文学の背景——』の「大森・馬込」による。

＊3　引用は『室生犀星全集　別巻2』（新潮社　昭43・1）による。

＊4　富岡多恵子『近代日本詩人選11　室生犀星』の「六　詩の晩年／「詩」を脱ぐ」。

＊5　「大腐爛頌」が収録された『大腐爛頌』は、『金子光晴全集』第1巻（中央公論社　昭51・4）の「後記」（秋山清）によれば、「第一次ヨーロッパ旅行でベルギーに滞在したときの作品集で、『こがね虫』と同じ頃に書かれたものであったが、日本に帰ってから、その作品ノートを電車の中で失い、手をつくしたが返らず、記憶を辿って再度制作したもの」である。『大腐爛頌』の初版は、未刊詩集『金子光晴全集第1巻』（昭森社　昭49・6）である。

＊6　引用は『金子光晴全集』第3巻（中央公論社　昭51・2）による。

＊7　田辺徹『回想の室生犀星——文学の背景——』の「国内亡命者」。

＊8　引用は『室生犀星全集』第10巻による。

＊9　＊7と同書の「野にある人」。

＊10　引用は『室生犀星全集　別巻1』（新潮社　昭41・5）による。

＊11　引用は＊10に同じ。

＊12　引用は＊3に同じ。

第九章　時間とエロス――『昨日いらつしつて下さい』「晩年」――

1

解放

随筆集『女ひと』の好評を皮切りに、犀星晩年の旺盛な作家活動が開始され、『杏つ子』（新潮社　昭32・10）『我が愛する詩人の伝記』『蜜のあはれ』『かげろふの日記遺文』と意欲的な小説や評伝が次々と刊行されていく。初期の『抒情小曲集』、中期の「市井鬼もの」に次いで三たび訪れた、エネルギーが横溢した時代である。

詩においても、『続女ひと』所収の「女《おみな》ごのための最後の詩集」、これを増補し独立した詩集として刊行した『昨日いらつしつて下さい』『室生犀星全詩集』所収の「晩年」と、小説と並行して創作が続けられた。安宅夏夫は、犀星晩年の詩について、「口語体を軽々とあやつり、一見、もろく壊れそうに見える、実にあやういところに、これ以上はない確固とした詩的空間を開示している。[*1]」、伊藤信吉は、「犀星は晩年の時間に、美と情熱とを充填した。生との戯れ。時間との戯れ。[*2]」と述べている。安宅や伊藤が指摘するように、この時期の犀星の詩は軽やかで、かつてない遊戯感と解放感に溢れている。この解放感はどこから来るのか。それを象徴する作品が、「舌」（「女ごのための最後の詩集」所収）である。

みづうみなぞ眼にはいらない、
景色は耳の上に
つぶれゆがんでゐる、
舌といふものは
おさかなみたいね、

好きなやうに泳ぐわね

ここには、抱擁の際の歪み撓んだ身体感覚が余すところなく表出されている。西脇順三郎は、「詩的なイマージュは何のことを表現しようとしているのか「絶対」に通じている。この詩はそうした意味で純粋にマラルメ的である。」と象徴性の自立度を高く評価している。[*3] これに対し、富岡多恵子は、「眼だけでなく、耳も閉じ、「つぶれゆがんでゐる」景色の下敷のなかで、好色の景色の奥底へ滑りおりる。」と「舌」が表出し得た「好色」さに注目し、「イマジストの詩でない」とする。[*4]

「おさかな」は「舌」のメタファを超えて、性の「みづうみ」を泳ぎまわっている。欲望する身体の換喩でもあり、「老人の舌が、おサカナのように女の中を泳ぐ風景」（富岡）というエロス的身体を味わい尽くそうとする情動の隠喩でもある。犀星がモダニズムから学んだ換喩と隠喩の詩法が、かつてない緊密さで結合している。これは、富岡も相違を指摘している「あぢのない黄金《キン》」（初出『婦人公論』39巻5号「女ごのための最後の詩集」所収）や、「野も山も」（同）と比べると明らかである。

「あぢのない黄金」

キスには
黄金《キン》を舐めたやうなあぢがある、
あぢのないあぢの黄金に
舌のさきがすべつて
舌のお友達が笑つてゐる、
美味しいものね。

大きな頬ね、
まるで野のやうに熱い、
泉も
河もあるみたいぢやないの、
ずつと　向うに
山も雲も野に人も動いてゐる、
男の頬つて大きいのね、
ここから見えないものはない、
ここから人類のどよめきも聞えてくる。

「野も山も」

「あぢのない黄金」では、「舌」は舌という肉体の部分にとどまっており、「キス」という行為の中で完結している。富岡が、「「舌」という詩が、「あぢのない黄金」と遠くかけ離れているのは、「舌」があきらかに「みだら」だからである。」と指摘するように、「あぢのないあぢの黄金」は「舌のお友達」という機知的な見立てに横滑りし、「美味しいものね」という呟きが生きてこない。「野も山も」の詩法は、『日本美論』の諸作品に見られた換喩的文脈にとどまっている。性愛の世界の深さを出そうとしたことによって、「大きな頬ね、」「男の頬つて大きいのね、」という直截性が弱められてしまっている。これに対し、「舌」は、犀星のエロス的原像である「おさかな」をモチーフにしたことによって、ぬめり、くねる触感も彷彿とさせつつ、「舌」を入口とする性の世界を表現し得ている。
富岡は、「随筆でやりとげられぬ「みだらなこと」を、老いたる「詩」の好色と老いたる「詩人」の好色とによって、同時にやりとげられた珍しい例である。」と述べている。犀星の「詩」に即して言えば、〈魚〉というモチーフが隠喩と換喩の結合を介して、従来の犀星詩になかった性的身体、と言うよりも内部に入り込んでいく性的時間の表現を拓いたのである。西脇が指摘した「純粋にマラルメ的」である「絶対」とは、虚の光景を支えている時間感覚を指す。それは、隠喩にも換喩にも還元できず、両者の結合によって成立している高次の詩空間である。「イマージュ」の世界と「好色」の現実感は齟齬するものではない。

「舌」の性的時間の表出を可能にした要素には、もう一つ、女性の口を借りた語りを外すことはできない。『女ひと』には、女性の美が肌理細やかに語られており、「女ごのための最後の詩集」の「序」でも、「われわれはいい年をして女の人といふものを考へなほすべきであつて、そのために、いい年になつたことをしあはせに思ふものである。」とオマージュを捧げている。『女ひと』の記述について、富岡は、「キモノに包まれていた女の足や手や腕や肩や胸が、時代とともにムキダシになってあらわれ、それは特別なことではなくなっていく。」「新しい「時代」の景色に遭遇したことは、明治二十二年生れの男性には、一種のカルチュア・ショックであり、女性観に変化をもたらすのも故なきことではない。『随筆　女ひと』の新鮮さ、おもしろさは、明治男のおく面もない驚嘆の、新鮮さでもあった。」と述べている。[*5]「足なんか決つた形体のものである筈だが、それは女の人の顔の判断からつながるところの、顔の美醜につづく抒情詩をたもつものであり、終りの一行のあでやかさであつた。そしてそれらの足のことごとくは、彼女らはこれを隠すといふやうなことをしない、いきなりすらりとお出しなさるのである、その足は人間の主要部と胴体につづき幽遠と幻想のちまたをはうふつさせるものであり、胴体は胸部につづくといふ曠漠たる一つの白堊の原野であつた。」（「手と足について」）と露呈され解放された「足」は、肉体の深部へとエロス的幻想を誘導していく。『星より来れる者』や『高麗の花』を特徴付けていた「幽遠」という語が用いられていることも、犀星が感じ取った果てのない奥処を窺わせる。エロティシズムを開放した女性に成り代わることで、「舌」が〈魚〉に変《へん》化《げ》する肉感と連動した内的光景が現れたのである。「みづうみ」は、性的領域の新たなヴィジョンである。

2　声とエロス

(1) 差異

菅谷規矩雄は、「犀星の詩の究極は、むしろ聴覚に象徴されるのである。そこに犀星は、技法としては、いわばメタファ以上のメタファを実現しようとした。」と述べ、次のように説明している。

> さらにいえば、ことばを発する声（のイメジ）こそは、もともと男（犀星）によってみられている対象としてある女性の美が（美の）主体としての女性として、（むろん作中でのことではあるが）ひとりあるきしはじめるモメントであるのだ。
>
> このモメントをつかんだとき、犀星は、じぶんのじぶんへの執着、さきにもいった、情景の核心に固着した韻律をトータルに外化し、対象の内部に転移せしめ、ひいては自己を相対化しうる表現の方法を詩にも小説にも随筆にもきりひらいたのだといえよう。[*6]

菅谷が引用している『女ひと』の「季節の声」には、「女人の声も百万人ゐても、百万人とも異なつた音色があつて、遠く音楽もおよばざる複雑な弦楽の一種である。」という件がある。ここには、声の微妙な差異を聞き分けている犀星がいる。観察の対象としての女性が主体に転じることは、その「声」をエロス的領域において内面化することが必要なのである。その上で女性の声として表出した場合、それは、犀星の「性」に入り込み、交わり、「生」

の根源的な感触に気づかせてくれる仮構となる。それは、菅谷の言う「情景の核心に固着した韻律」、すなわち〈母〉の欠落から来る存在の先験的意味の不在を充填するものである。

菅谷は、犀星の〈声〉を象徴する作品として、「受話器のそばで」（初出『新潮』52巻3号　昭30・3　「女ごのための最後の詩集」所収）と「けど」（初出『文学界』11巻4号　昭32・4　『昨日いらつしつて下さい』所収）を挙げている。

「受話器のそばで」

ええ　五時がいいわ、
五時ね、
五時つてもうくらいわね、
五時つていいお時間ね、
まゐりますいつものところね。

「けど」

けど、
だめなの。
けど、どうでも、
もう、いいわよ、……

菅谷は、「《受話器のそばで》を、ひとつの往路とみなせば、《けど》は、小説から詩への復路、最後の帰着点である。」と位置づけ、「もはやここでは、ヒロインの登場にひつような〈場面＝情景〉のイメジの確定といった手続きさえも、二次的なものになっている。人物やシチュエイションについて、多重多様なイメジが可能だが、それ以上に混然とした〈情態〉そのものが、ひとつのひびきとして現前して、ことさらな解釈を不要のものとしてしまう。」とその理由を説明している。「解釈」という行為を相対化してしまう、意味を「ひびき」の深みへと立体化する〈声〉の実在感が、「けど」のすべてである。

犀星は、「季節の声」で、「女人は好き嫌ひの感情はつねにただの一言葉で表現してゐて、美事に突き放さなければならないことは突き放してしまふ、たとへばいやよとか、きらひとかいふこの二様の言葉がそれである。あんたなんかきらひ、といふ短かいなかには到底追付くことのできない突き放しがあつた。（略）反対に「好き」といふたつた二文字で表現される言葉には、大変な効果のあるものである。好きね、好きになつたわ、好きよ、好きなんだもの、といふ数々の好きのあらはれは、全く何物もおよばない直情感があつた。」と述べている。交わりを断ち切る「嫌ひ」の簡潔な残酷さと、交わろうとする「好き」が生み出す差異的な表情。それは、「数々の好きのあらはれ」であるが、それぞれが固有の表情、「直情感」を持つ。「受話器のそばで」は交わろうとする「好き」の変形であり、「けど」は「好き」の諦念の変形と見ることもできる。

菅谷は、「「ええ……五時ね」の、いわば〈一語の詩〉をひびかせている《受話器のそばで》の場面・情景は、このまま犀星の全小説世界（ロマネスク）へとひろがってゆくはずのものである。」と述べている。「五時」という設定については、葉山修平が『蜜のあはれ』との共通点を指摘しており、「作者のなかには「五時」という特別な思いがあり、それを「いい時間ね」「もうくらいわね」という感覚でとらえる、生活の堆積があったと考えられる。」と犀星の生活史からその理由を推察している。[*7] 葉山が挙げているように、『蜜のあはれ』では、「金魚」の化身である赤井赤子が、「時間は五時、もしおてすきでございましたらお会ひくださいましと書いてあるわ」と「いうれい」（田村ゆり子）の表情から「をぢさま」へのメッセージを読み取っている（「三、日はみじかく」）[*8]。ゆり子は赤子に「五時といふ時間にはふたすぢの道があるのよ、一つは昼間のあかりの残つてゐる道のすぢ、も一つは、お夕方のはじまる道のすぢ。それがずつと向うの方まで続いてゐるのね。」と応じる（「四、いくつもある橋」）。「五時」は昼と夜が分岐する時間であり、終りと始まりが踵を接する境界である。『蜜のあはれ』は、「受話器のそばで」の「ロマネスク」性の裏付けになる。

しかし、それ以上に、「受話器のそばで」には、「五時」を巡る〈声〉の変奏を感じる。「五時がいいわ、」「五時ね、」「五時つてもうくらいわね、」「五時つていいお時間ね、」という展開は、声を重ねることによって、「もうくらい」「五時」から始まるエロティックな予感と予兆を深めていく。「けど」とは異なり、「五時」という具体的な場面の指標があるのは確かであるが、「受話器のそばで」は「ええ」という受ける言葉から始まり、「けど」もまた「けど、」という会話を引き取る（それは自問自答かも知れないが）言葉から始まる。二つの作品には、ジャンル間の往還という対照性よりも、一つの関係性の始まりと終りを表現する〈声〉の多層化という共通性の方が強いように思われる。

意味に還元されない差異的な響きの現前を〈声〉の極限的表現と見るならば、「時計は停まつてゐる」（『婦人公論』39巻5号）がそれに該当するのではなかろうか。

ええ、
だつて
そお、
ふふ、
ぢあ。

この詩も「ええ、」という会話を受ける言葉から始まるが、「受話器のそばで」「けど」とは異なり文脈が成立しない。合いの手か相槌か、ずらすような、かわすような、文脈の間隙を縫っていく言葉の断片が提示され、唐突に「ぢあ。」と終る。関係が進展する気配はない。言葉の響きと戯れる快楽があるのみである。その先へと流れていく時間ではなく、たゆたいを感じさせる点で、まさに「時計は停まつてゐる」のだ。この作品は詩集未収録であるが、場面でも情景でもヴィジョンでもなく、声の官能のみが成立している大胆さに犀星はためらいを覚えたのであろうか。

(2) 相違

女性の声は言葉と差異的に戯れる一方、対象を一撃する直截な言葉を持つ。「夜までは」(初出『心』10巻6号 昭32・6『昨日いらつしつて下さい』所収)「去る」(同)は、女の口を借りて男性というものを相対化する。

男といふものは
みなさん　ぶらんこ・ぶらんこお下げになり、
知らん顔して歩いてゐらつしやる。
えらいひとも、
えらくないひとも、
やはりお下げになつてゐらつしやる。
恥かしくも何ともないらしい、
お天気は好いしあたたかい日に、

「夜までは」

ぶらんこさんは包まれて、
包まれたうへにまた叮嚀に包まれて、
平気で何食わぬ顔で歩いてゐらつしやる。
お尋ねしますがあなた様は今日は
何処で誰方にお逢ひになりました。
街にはるかぜ　ぶらんこさんは
上機嫌でうたつてゐらつしやる。

「去る」

すこしばかり話をしただけで、
わづかな時間のあひだに、
あなたといふ男を見尽くしてしまつた、
あとには何ものこらない。
男は去る。
わたくしは見送る。
ぶらんぶらんしたものをお下げになり、
乞食のような男は去る。

男性は、女性にはない性器を持つ。当然視されるこの特徴は、こちらにはないが向うにはあるという決定的な身体的相違である。それが、揶揄も込めた「お下げになる」という尊敬表現に表れている。「夜までは」は「ぶらんこさん」と戯画的に擬人化し、「去る」は「ぶらんぶらんしたもの」と即物的なオノマトペであるが、両者とも男性の指標を端的に言い切り、肉体のごく一部分が性的表象として記号化してしまう不思議さ、滑稽さまでも感じさせる。「えらいひとも、／えらくないひとも、」みな平等に持っていること、人には見せない秘部であることが「包まれたうへにまた叮嚀に包まれて、」と言われると、肉体の偏在的な意味づけに改めて気づかせられ、苦笑する気持ちになる。

犀星は、性器の意味について、小説の主人公に語らせている。『蜜のあはれ』では「をぢさま」が、「心臓も性器もおなじくらゐ大事なんだ。（略）そりや、をぢさんだつて性器といふものは、こいつが失くなつてしまへば、どんなに爽やかになるかも知れないと、ひそかに考へたこともあつたけれどね、やはりあつた方がいいし、あることは、どこかで何事かが行へる望みがあるといふもんだ。」と赤子に語り（「二、をばさま達」）、「黴のながれ」（『中央公論』74巻10号　昭34・7）[*9]では、小説家の権九郎が「恥かしいものをぶら下げ、それは生きてゐるかぎりぶら下げてゐなければならないことに、男性は時々これを回顧して此奴さへなかつたらもつと綺麗に生きることが出来るのにといふ、面白い反省を持たなければならないものだ。実はかういふものを下げてはゐるが、それは下げてゐないと同様にすべすべした股間の思ひ、ズボンの上からも平明な不潔感をともなはない気はいを見せるといふことが必要なのだ。」と述べている。それは、「不快感」は伴えど、「よわよわしい常にいたはつてやるより外に、仕やうのない雛様のやうなもの」である。「夜までは」は、「下げてゐないと同様にすべすべした股間の思ひ」という男の苦心を、「すべすべした股間」の持ち主である女があっさりと粉砕してしまい、「去る」では、一瞥の後に肉体的指標だけが残る。女語りは、性器をめぐる男の幻想を超えて、その即物性を浮かび上がらせるのである。

一撃する女の声は、同じ性である女性にも向けられる。

あんなひとも
うんこをするの。
あんなきれいなひと、
どんなうんこをするの。

「問題」（初出『文学界』11巻4号『昨日いらつしつて下さい』所収）

この問いかけも、『蜜のあはれ』と内容的に重なる。「「美人といふものは、大概、ひけつするものらしいんだよ、固くてね。」／「あら、ぢや、美人でなかつたら、ひけつしないこと。」／「しないね、美人はうんこまで美人だからね。」／「では、どんな、うんこするの。」／「固いかんかんのそれは球みたいで、決してくづれてゐない奴だ。」／「くづれてゐては美しくないわね、何だかわかつて来たわよ。」」（「二、をばさま達」）と「をぢさま」と赤子の「うんこ」問答が続くのである。しかし、『蜜のあはれ』が、「美人はうんこまで美人だからね。」という幻想に乗って会話が進んでいくのに対し、「問題」は、そのような幻想を相対化する、排泄と官能の相関性を根本的に問いかけている。性の相違に関わらず、「幻想」に対して女の声は「美事に突き放さなければならないことは突き放してしまふ」核心を摑む言葉を放つのである。現前する時間と戯れる「遠く音楽も及ばざる複雑な弦楽の一種」である声と幻想を相対化する「突き放し」の声。犀星は、女性に成り代わることによって、差異と相違が交錯する〈性〉の領域を描き出していく。

性器が表象する老年の生は、金子光晴もうたっている。

しみたれた
男根をつつんだ

よごれた
さるまたをはいて
ぢぢいは、うらまちを
のそのそとあるいてゐる。
（略）
ぢぢいは、自分の小便を
コップに入れて、
こぼさないやうに運ぶ。
階段をあがつて、
階段をおりて。

「無題」（第三、七連）（『屁のやうな歌』思潮社　昭37・7）[*10]

かなしむのは、はやい。僕は、まだ、ひとりぶんのなま身を
くたびれてはゐるが、肉体をもつてゐる。

ときをり、いはれもしらずにうかれはしやぐこともあるこのからだには
あいきやうにも、ちよつぴりへのこまでついてゐる。

びつくりするにはおよばない。そのうへ、僕には
どうつかつたらいいものか。つかひのこしの、僕の『時間』がある。

時限爆弾にしかけた時計の分、秒を数へて待つほどの、あぢきない『時間』ではあるが。
その時間は、あたりが灰と、空無になつたあとまでも
怖れ気もなくそのなかを、いとすこやかにあゆびつづける。
「IL」（第三〜六連）（『IL』勁草書房　昭40・5）[*11]

「無題」では、排泄器官と化した生殖器をうたい、「IL」では、男性の徴が残っている「ちよつぴりへのこまでついてゐる」肉体と固有の肉体を超える「時間」をうたう。方法は異なるが、光晴も犀星も、老年の生に根差した「性」と「時間」を肉体という基盤に立って捉えようとしている。

3　目と時間

(1)　時間と時計

還暦を迎える頃から、犀星の詩には〈時間〉がテーマとして前面化する。

終日
音楽をきく
黙然として一日きく
またつぎの日もきく
ひとよ　きたるなかれ

一日はもはや
かへり来たることなし
かくのごときもの
かくのごとく顫えゐるもの
ふたたび現はることなく
終日
黙然として音楽をきく（以下略）　「ここに弾かれざるものなく」（初出『至上律』5輯　昭23・8　『泥孔雀』所収）

妻とみ子が、結婚前は小学校で音楽を教えていたことも影響しているのだろう、犀星も音楽を愛好した。初期の『第二愛の詩集』でも「音楽会の後」（初出『短歌雑誌』2巻4号　大7・4）で、「人人は音楽が語る言葉の微妙さについて囁いてゐた」と語り、「冬」（初出『文章世界』13巻6号　大7・6）でも「露西亜を亡命して来た／若いスカルスキイといふピアニスト」の演奏会を扱っており、その後も折々音楽をモチーフにしている。この詩では、さらに歩を進めて、「かくのごときもの／かくのごとく顫えゐるもの／ふたたび現はることなく」と、若き日に感じ取った「音楽が語る言葉の微妙さ」の奥にある〈時間〉の存在にこそ心動かされている。これについて、田辺徹は、「犀星が音楽を「流れゆく時間・ふたたび帰らぬ時間」の象徴としてとらえていた」と指摘し、「過ぎ行く時に関して、まるでマルセル・プルーストのような観念を持っている。」とも述べている。[*12] 犀星は、〈時間〉を通して人間の実存性を掴んでいたのである。

時間的存在という認識は晩年意識と相関する。「天うつごとく」（初出・所収同）では、「あと三年か／あと五年か／ぎりぎりに先の方が詰り／たしかに岸辺は遠くなつた／浪の向側はもう見へない／そのうしろも見へない／何や彼とごたついた果に／終りだけは見へて来た／死だけが見へて来た／かがやいて女らが見へて来た／よく見て置かう／見てもあらはすことの出来ない／終りのあとさきを見て置かう」と晩年の最も重要なテーマである「女」を予告している。「一生のかたをつけるため／やつとここまで来たのだ／一人のかたをつけるためには／ざつと六十年はかかる／六十年のあひだに／その骨までしやぶつて了つたのだ。」（「かたをつける」初出未詳・『泥孔雀』）と還暦は人生の総決算期として意識されており、犀星は、ここから晩年に向けて新たに踏み出して行くのである。犀星の時間意識は、「けふといふ日」（初出『東京新聞』昭30・3・21「女ごのための最後の詩集」所収）「先きの日」（初出『東京新聞』夕刊昭34・10・1[*13]「晩年」所収）で、「死」のヴィジョンとして現れる。

時計でも
十二時を打つときに
おしまひの鐘をよくきくと、
とても　大きく打つ、
けふのおわかれにね、
けふがもう帰つて来ないために、
けふが地球の上にもうなくなり、
ほかの無くなつた日にまぎれ込んで
なんでもない日になつて行くからだ、
茫々何千年の歳月に連れこまれるのだ、
けふといふ日、

そんな日があつたか知らと、
どんなにけふが華かな日であつても、
人びとはさう言つてわすれて行く、
けふの去るのを停めることが出来ない、
けふ一日だけでも好く生きなければならない。

わかれてゆく毎日
毎日にあつた思ひ
誰も知ることのない思ひの渦が
背後に音を立ててながれてゐる
思ひはもはや悲鳴をあげない
ただ　ながれて往くだけだ
何もないところに
深い溝や　淵のやうなところに

あなたがたも　私も
うしろを見たことがない
うしろに音となつて
つぶれた毎日のあることを

「けふといふ日」

毎日が死体となつて墜ちてゆくのを
見ようとも知らうともしないのだ

けれども先きの日がきらめいて
何が起り何が私共を右左《みぎひだり》するか判らない
また先きの日のおばしまに
誰かが思案に暮れ　待ちわびてゐるかも判らぬ
先きの日を訪ねて見よう
何処かにあるはずの先きの日

「先きの日」

「けふといふ日」の行先は「茫々何千年の歳月」であり、「わかれてゆく毎日」は「深い溝や　淵のやうなところ」に流れ去る。いずれも、背後に控えている膨大な時間の堆積がイメージされている。人間は、日々、手許から生きた痕跡を奪われていく。固有の時間は実体的には存在せず、「なんでもない日になつて行く」「死体となつて墜ちてゆく」のである。これは、「死」の想像的体験である。光晴が、「あたりが灰と、空無になつたあとまでも／怖れ気もなくそのなかを、いとすこやかにあゆびつづける。」（「Ⅱ」）と一人の生死を超えた時間を描いているのに対し、犀星は、同じ観念を、固有の時間を失う死にゆく一人の側から捉えている。実存的存在である人間の限界という自覚は、より晩年の「先きの日」に明らかであるが、向日的な姿勢は二作品に共通しており、これも「先きの日」の方が強まっている。生の痕跡を時間にとどめることができないから明日を迎えることができる、と語っているようである。過去は非在であるという思いが、今ここを生きている身体を犀星に痛切に感じさせている。

その一方で、犀星は、計量化された時計の時間と伸び縮みする意識の時間との交わり、あるいはずれを軽妙にうたっている。「うとうとすれば」（初出『心』10巻6号『昨日いらつしつて下さい』所収）「おぼえてゐる」（初出未詳・所収同）「チラチラするもの」（初出『風報』37号　昭32・7　所収同）がそうである。

「うとうとすれば」

時計は今夜も打ちつづける、
十一時打つてうとうとすれば、
もうすぐ十二時が打つ。
その間にうとうととし、
つゐに十一時と十二時とが続いて鳴り、
かぞへると二十三も時計が鳴つてゐるのだ。

けふの時間と、
きのふの時間。
あすのいまごろの時間、
十年前におぼえのある時間の永さ。
二十年前の或る日の時計の針と、
その日の永い何十分間。
同じところを往来してみる時計は、
どれもきのふと同じことなのだ。

「おぼえてゐる」

あすもあさつても同じことなんだ。
チラと見ただけでいつもお終ひになる。
チラと見たものはいままでに
見たことのないものである。
時計はいつ見てもおなじところだ。
けさから見つづけてゐるが、
もう夕方である。

「チラチラするもの」

第二章第二節の(1)でも引用したように、田辺徹は、犀星と時計について、「小さく精密な機械、とくにそれが目に見えない奥処で、正確な時間を美しく刻んでいる腕時計に、犀星は一目置いていた。家中の時計をぴったり合わせておくのも好きで、精密な作業をする時計に対する犀星の感情にはまるで宗教的とでもいおうか、ほとんど時計崇拝アニミズムのようなものがあった。」と述べている（『回想の室生犀星——文学の背景——』）。生の容積を客観的に測量する究極の尺度が「時間」であり、その機具が「時計」である。その尺度が、人間の身体を通せば伸び縮みしてしまう面白さを描いた詩が、「うとうとすれば」である。人間は一日を単位として、現在・過去・未来を区別するが、時計の文字盤では永劫回帰する時間が可視化される。人間は記憶を持つが、時計は持たない。内面化された尺度と客観化された尺度とのずれから見えてくる人間の生を描いた詩が、「おぼえてゐる」である。

三篇の中でも、「チラチラするもの」は、エロティシズムと時間の関連性を見せてくれる。「チラと見ただけでいつもお終ひになる。」ために、いつも欲望を掻き立てられる。「チラと見たものはいままでに／見たことのないものである。」から「時計はいつ見てもおなじところだ。」の間には、脈絡の飛躍がある。犀星の意識の中で、欲望に連動する人間の時間感覚に対して、どんな対象とも連動しない文字盤上の時間が浮上したのである。この飛躍は、犀星の連想のリズムである。富岡多恵子は、犀星の晩年の詩について、「「小説家」の「詩」への愛撫は、詩というものの衣裳へではなしに骨とかスジとかへの、無造作なぐりこみとなってもいくのである。」と述べている。[*14] 時計についての三篇は、第二節(2)の「問題」同様、テーマの核心を摑んでいる認識のリズムである。中でも「チラチラするもの」は、意味として整合化せず表出することが、意識の深みに届くことを教えてくれる。省略された部分が対照性を際立たせ、作品空間を立体化している。

(2) **認識**

時間は人に属さない。人の出会いもすれ違いも時間の偶然に左右される。犀星は、〈時間〉という視点から男女の関係も捉える。

あなたは何時までそこにゐるのだ、
人は群れ　人は去り
円柱にもたれてあなたは誰を待つのだ、
夕刻の時はすでに去り、
あなたの眼は悄気てしまひ、
泣き出しさうである。
颪さへさむく捲いてくる。

あなたの待つひとはもう来ないだらう、
僕もまた人にはぐれて此処に立つ、
この僕とあなたの間際を取持つ人はない、
その間際はたうに逸れてゐる、
あなたは此処で笑顔を失ふ、
僕も　またあなたといふ瞬間を失ふのだ。

「失ふこと」（初出『心』10巻6号『昨日いらつしつて下さい』所収）

すれ違いが決定的な別れになるという認識は、「知らずにわかれた人びと」（初出『新潮』52巻3号「女ごのための最後の詩集」所収）のモチーフでもある。しかし、こちらは、「つかまへられないままに／何処かに去つてしまつたものは／ふたたび戻つてくることはない、／ほんのわづかな隔たりがあつたために／男と女はあかの他人になつてしまひ、／歳月もまた無為のものになる、」と一般論的に語られている。しかし、「失ふこと」は、男の目が捉えた光景である。目の前の光景を注視することによって、自説の開陳ではなく、語り手もその場面と関係性を結んでしまうという点において、「知らずにわかれた人びと」よりも表現の密度が高い。「待つひと」に会えない「あなた」と、その「あなた」を見つめている、やはり「人にはぐれて」しまった「僕」。同じ状況でありながら、それが二人を繋ぐことはない。「あなた」が「笑顔を失ふ」ことによって、「僕」も「あなたといふ瞬間を失ふ」のであり、声をかける機会は永遠に失われてしまう。それぞれの行き違いに交差する当事者同士のすれ違い。ここでも「夕刻」は運命が分岐する時間であり、街角は、無数のすれ違いと交わりの可能性がひしめいているこの世界の象徴である。瞬間を拾い上げた者にしか出会いは訪れない。

この認識に、男女の相違はない。表題作「昨日いらつしつて下さい」（初出『心』10巻6号）も、この認識が根底にある。

きのふ　いつ《ママ》らしつてください。
きのふの今ごろいらつしつてください。
そして昨日の顔にお逢ひください、
わたくしは何時も昨日の中にゐますから。
きのふのいまごろなら、
あなたは何でもお出来になつた筈です。
けれども行停りになつたけふも
あすもあさつても
あなたにはもう何も用意してはございません。
どうぞ　きのふに逆戻りしてください。
きのふいらつしつてください。
昨日へのみちはご存じの筈です、
昨日の中でどうどう廻りなさいませ。
その突き当りに立つてゐらつしやい。
突き当りが開くまで立つてゐてください。
威張れるものなら威張つて立つてください。

「昨日へのみちはご存じの筈」である訳がない。それを承知で女は、「昨日の中でどうどう廻りなさいませ。」「突き当りが開くまで立つてゐてください。」「威張れるものなら威張つて立つてください。」とからかいの言葉を畳みかける。物言いは叮嚀で軽やかである。三浦仁は、「「一昨日《おととい》来い」（二度と来るな）という俗語を連想させながら、それほどに強い拒絶ではなく言葉は丁寧にやんわりと男を拒んでいる」「小意気に幾分の遊び心を伴って歌われている」と指摘している。[*15] この「遊び心」は、「わたくしは何時も昨日の中にゐますから。」＝男が女に出会う機会は永遠に失われているという確信の上に成り立っている。「失ふこと」の直截な認識を、差異と戯れる女の言葉に洗練させると「昨日いらつしつて下さい」になる。

拾い上げた瞬間に対する覚醒の度合いには、男と女の相違がある。

いくらたくさん逢つても
気まづくわかれる日があつたら、
つまんないぢやないの、
お逢ひするのはいちどきりでいいのよ、
何十度お逢ひしても
人間のすることはみな同じだもの、
いちどきりでいいのよ。

「めぐりあひ」（初出『婦人公論』39巻5号「女ごのための最後の詩集」所収）

同じ科白は、小説「はるあはれ」（『新潮』58巻8号　昭36・7）[*16] にも現れる。歌詠みの男と関係を持った「文房具屋の夫人」は、「一度だつて十度だつて同じことぢやないの。そのたつた一度といふことは物の深さのはじまりなのよ。」と応じる。関係を持った瞬間を繰返すことは出来ない。似て非なるものであるから、「気まづくわかれる日」も訪れる。繰返しは「人間のすることはみな同じ」という即物的な行為に変じてしまう。女に関係の継続を決意させるのは、「死」という事実である。

昨夜行つてね
けさ帰つて来てね
また夕方から行くのよ、
では　一たい　あなたはそのやうにして
誰に逢ひにゆくの、
いつも　苦しさうに
うなつてゐるひとなのよ、
いいところぢやないわ、
けれどもその人はもう死ぬのよ、

「或るひとの時間」（初出『文芸』34巻1号　昭31・1「女ごのための最後の詩集」所収）

「いいところぢやないわ、／けれどもその人はもう死ぬのよ、」という二行は、何も付け加えられない断言として、この詩の錘となる。差し迫った「死」のみが女の時間を男の時間に繋ぎ止める。タイトルの「或るひとの時間」とは、これからも生きていく女の時間でもあり、死にゆく男の時間でもある。去っていくという意識のもとでこそ、時間は共有される。犀星は、〈時間〉についても男と女の差異から相違を、相違から一致を引き出し、生と性の交わりを描き出していく。

(3) 終焉

犀星は、「天うつごとく」で、「見てもあらはすことの出来ない／終りのあとさきを見て置かう」とうたった。〈終りのあとさき〉は、立原道造の死を悼んだ「木の椅子」や、軽井沢の日没を通して消えゆく命を思う「雪づら」と同じように、夕映えを背景としてイメージされる。「地球の良日」（『新潮』51巻12号　昭29・12）と、昭和三十四年十月十八日に亡くなったとみ子夫人を偲ぶ「その後のふり返り」（初出『東京新聞』夕刊　昭34・12・1「晩年」所収）である。

（略）

街が三角になり六角になり八角になつた処で、
かんごくの塀の外の氷つた道路で、
鉄橋の胴の見える愛すべき洲の上で、
屋根が帆となるゆきの日にも
舌と舌とで、
足と足とで、
あの女も　どのひとも、
みんなが不倖で文なしでだから元気で
ゆふ映えは何て美しいものなんでせうね、
あの女も　この女も　女のなかの女も、

街が楕円形になり真ん円くなり、地球儀になり、
四角八角ゆがみゆがんで崩れてしまひ、
みんな数寄屋橋の夕映えにまぎれ込んでしまふ、……
どの女も　あのひとも　このひとも。

「地球の良日」

しやはせもあつたが
ふしやはせもあつた

かくてきみは
ものを言はなくなり
すがたはとうになくなつた
何処へか往つてしまつたのだ
これほどの温和《おとな》しさは何処にもない
これがきみの贈り物であつたのか

きみの好きな百円の銀貨
それを俵に詰めて見せても
きみは貯金の筐《はこ》を動かさうとしない
けふ　夕映えのなかで　僕は

その俵の上に腰をおろして
西の方の空を眺めてゐる
永い間

「その後のふり返り」

「地球の良日」の女達は、虚実とり交ぜて犀星の人生に現れた女達である。随筆「消えうせぬ女たち――わが小説」（初出『朝日新聞』昭37・1・20）[*17]で、犀星は、「私の小説に出て来るやうな女の人は、実に永いあひだ私の賑やかな雰囲気を作つてゐてくれ、それが何処かでぢつとこもつてゐて、折にふれて突然現はれては消散した。」と述べている。これは、亡くなる二カ月前の文章であるが、同様の感慨は、六十代も半ばになった詩人の胸を去来したのであろう。作中の女性たちは、「舌と舌とで／足と足とで」と生々しい肉体性を伴って甦る。また、監獄前の設定は、「鞄（ボストン・バッグ）」（『新潮』51巻1号 昭29・1）の出所した打木田が汽車で出会った女、まさ子を連想させるし、鉄橋が見える川や雪の日の屋根は、田端や金沢を思わせる。女達の、ひいては作者犀星のトポスも連動して浮かび上がるのだ。歪むことは、『鉄集』の硝子戸を扱った諸篇で見られたように、美の倍増である。「街が楕円形になり真ん円くなり、地球儀になり、」という変容する速度は、『星より来れる者』の「ある雑景」を、「街が三角になり六角になり八角になつた処で」という立体派的角度は、初期の詩、「新東京異聞――北原白秋に呈す」（『詩歌』6巻1号 大5・1）の「街と街とは十字街に集中《あつま》り二列三列八列十六列にあやなくしつつ美くしき灯《ともしび》を点じたり。」という一節を思わせる。過去の犀星の詩法も総ざらい的に登場し、「夕映え」という終焉の祝祭の中に溶けていく。

一方で、「その後のふり返り」の「夕映え」は極楽浄土の西方である。「きみの好きな百円の銀貨」については、室生朝子が、「毎夏、父の軽井沢から母へのみやげは、小さい木綿の袋につめた百円玉であった。父自身の買物で煙草や郵便局などのおつりのなかの百円玉を、ひと夏中、集めておいたものである。それは四万円近くあった。母は何よりのみやげを喜び、可愛いがっている猫の好物の煮干しを買い、時たま、小遣いとして私にまで廻って来た。」と回想している。[*18]「母の亡くなった次の年の夏も、父は喜んでくれる母もいないのに、桐の小箱にぎっしりつまった百円玉を持って帰って来た。そして、その桐の箱は、赤い細い紐が十文字にかかったまま、次の年の夏まで、父の寝室の母の写真の前に飾られてあった。」とある。詩の中の「俵」は、実際の「木綿の袋」や「桐の小箱」が供物を納める入れ物として昇華されている。「俵の上に腰をおろして／西の方の空を眺めてゐる」とは、二人が過した時間が消え、「記憶」という位置に移る途上の〈終りのあとさき〉の光景である。百円玉を詰めた「俵」は、繋がりの痕跡であるモノから仏となった故人への供物となり、「僕」はひと休みするかのように、「俵」の上に腰を下すのである。

人生に深く関わった人々の越境の光景と、自分自身の越境のヴィジョンはいささか異なる。

行く方にブランコがある。
君も僕もそれに乗りうつる。
めまひがつづいて睡くなる。
誰も其処から還つて来た人はない、
行くことだけがおきまりである。
すみれいろの美しい靴が見えるけれど、
僕はブランコの上で眩暈を続けてゐる。

「めまひをしながら」（初出『文芸春秋』35巻11号　昭32・11　『昨日いらつしつて下さい』所収）

「誰も其処から還つて来た人はない、」行先とは、「死」である。それは、こちら側からあちら側への跳躍としかイメージできない。かつて、犀星は「映写機」（『鉄集』）や「地球の裏側」（同）で、身体感覚を変容させるメカニックな速度の快感として、「ブランコ」をうたった。「映写機」では「めまひを感じながら／支離滅裂な景色を継ぎ合はしてゐる。」、「地球の裏側」では「僕は地球を幾廻りかする。」のであるが、「めまひをしながら」は、身体感覚の変容の極である。モダニズムの反抒情的な手法が、終焉の乾いたファンタジーとして生かされている。ここでは、「死」は、究極のサーカスである。ここにも、犀星の体験が投影されている。小説「ヒッポドロム」（初出『新小説』27巻10号　大11・9）[*19]は、マテニというブランコ乗りのロシア人女性を見るためにサーカス小屋へ通う犀星を描いていた。「わたしは晩ねむられないときに、毎時もブランコの上で、さか立ちをしたり巴のやうに舞つたり、不意に身がるに飛び下りたりするくせを持つてゐて、そのうちに睡れる」のだが、「わたしの空想であるところの、睡りくせであるところの、ブランコに移乗しながらゐるからだ工合」にマテニの空中滑走が一致して、「マテニは、わたしの睡りぐせを全く現実にしてくれる」のである。眠りに誘導するサーカスのブランコ曲芸の身体感覚、重力から解放されているかのような浮遊感が、この詩に甦っている。かつての手法とイメージを昇華させて、犀星は、越境という行為としての「死」を描いてみせる。膨大な時間の堆積に投げ込まれる観念としての「死」のイメージと共に、犀星は「死」を多面的に描いていく。

終焉をめぐる光景の中で、もっとも確かな、揺るぎない印象の作品は、「晩年」所収の「晩年」（初出『東京新聞』夕刊　昭34・11・1）[*20]「誰かに」（初出未詳）である。これらは、近づきつつある「死」の自覚の中で見えてくるこの世の最後の場面であり、記憶の核心である。

僕はきみを呼びいれ

「晩年」

いままで何処にゐたかを聴いたが
きみは微笑み足を出してみせた
足はくろずんだ杭同様
なまめかしい様子もなかつた
僕も足を引き摺り出して見せ
もはや人の美をもたないことを白状した
二人は互の足を見ながら抱擁も
何もしないふくれつつらで
あばらやから雨あしを眺めた

「誰かに」

誰かに逢ひ
話をしかけられた
くらい中であつた
何かの中心に私はゐた
誰かに逢へる予感はくづれ
誰かはすぐに去つて了つた
つまらないただの女であつた
女は長い赤いきれを引きずり
それをふむやうな位置に私はゐた

「杭」は、老年の肉体の表象である。「人生五十年／ばらの花など犬に喰はれてしまへ／あの膝もこの膝も／みんな棒杭になつてしまつた。」（「俗調「膝」悲曲の一章」『日記』昭25・1・23）「あなたの膝を削つて見たら／白いばらがこぼれさう、／そんなばらなぞ　どうでもよい／ほんとに膝がお好きなら。／（略）人生六十年／白いばらなぞ犬にくはれてしまへ。／あの膝　この膝／みんな棒杭《ぼうぐひ》になつてしまつた。」（「悲曲」『詩界』2号）と瑞々しさをすっかり失ってしまった、残骸としての肉体がうたわれ、随筆「一人の爺さんの話」（初出『北国新聞』夕刊　昭27・1・3[*21]）でも、「私自身は顔にしわができ、手足が棒杭のやうになり、そして、たうとう舌切雀のぢいさんのやうになつて了つた。」と述べている。「晩年」の長い時間を隔てた再会は、もはや性的な幻想が干上がってしまった肉体同士の対面である。しかし、陰惨な印象は受けず、一抹の可笑しみさえ感じるのは、「もはや人の美をもたないことを白状した」という誇張と戯画化、「二人は互の足を見ながら抱擁も／何もしないふくれつつらで／あばらやから雨あしを眺めた」という自分を棚に上げての不満と同類相哀れむ心情が描かれているからである。棒杭のような足は、性の終焉に直面した泣き笑いを引き出し、悟りなどとはとても呼べない老年の実存を表出する。

「誰かに」は「晩年」と対になる、性の残像である。「くらい中」とは、やがて戻っていく未生の闇を想起させる。「私」の前を一瞬よぎった女を「つまらないただの女」と言い切ってしまうことに、過去を対象化する老年の苛酷な目を感じる。「女は長い赤いきれを引きずり／それをふむやうな位置に私はゐた」に、性をめぐるこれまでの人生が凝縮されている。「長い赤いきれを引きずり」とは、犀星が育った雨宝院、西の廓界隈の女性達を象徴している。犀星の小説の「性」の目覚めにまつわる女性たちは、赤いものを着けている。「性に目覚める頃」（『中央公論』34巻10号　大8・10[*22]）の「賽銭を盗む美しい娘」は「紅い模様のある華美《はで》な帯」を締め、「幼年時代」の「姉」は「赤い布片《きれ》」で地蔵の衣を縫ってくれた。「海の僧院」（『報知新聞』大9・3・11〜4・17）の沈みがちな尼僧の丹嶺は、法衣に「赤いちりめんの袖ぐち」を縫い付けていた。金沢在住時代の女達の「赤いきれ」が性的な原像となる。犀星が関わった女達は、まさに性を引き摺るように生きていたのである。更に言えば、「赤い」は、『蜜のあはれ』の「赤井赤子」、養母の「赤井ハツ」にも通じる。金魚の化身「赤子」は犀星のエロスの究極の形象化であり、ハツは生の意味の根源に突き刺さってくる存在である。「長い赤いきれ」は、実在から虚構まで犀星のエロス的生の時間が繰り延べられているようである。

この詩の中で、「女」は「私」の前を遠ざかり、「私」は「女」の「赤いきれ」を「ふむやうな位置」にいる。思慕と軽蔑、愛憎が綯い交ぜになった感情がこの位置関係に集約されている。犀星は、〈性〉の原風景を美化することなく臆することなく表出し、金沢という故郷の意味を形象化したのである。女性の「声」を体現することによって、出生を先験的に意味づける〈母〉の欠落を充填した犀星は、〈性〉の原像を成立させることによって、生涯の果てに固有の生を摑んだ。

注

＊1　『定本室生犀星全詩集』第3巻の「解題」（『続女ひと』）。
＊2　『日本の詩歌15　室生犀星』の「鑑賞／『昨日いらつしつて下さい』」
＊3　西脇順三郎「室生犀星の世界」（『室生犀星全集』第2巻の「月報」新潮社　昭40・4）
＊4　富岡多恵子『近代日本詩人選11　室生犀星』の「六　詩の晩年／小説家の詩」。
＊5　＊4に同じ。
＊6　菅谷規矩雄「室生犀星――詩の初期と晩期」。
＊7　葉山修平「『昨日いらつしつて下さい』『蜜のあはれ』を読む」（『室生犀星研究』15輯　平9・6）
＊8　引用は『室生犀星全集』第11巻による。

＊9　引用は＊8に同じ。
＊10　引用は『金子光晴全集』第4巻（中央公論社　昭51・6）による。
＊11　引用は＊10に同じ。
＊12　田辺徹『回想の室生犀星——文学の背景——』の「美術とのかかわり／庭と音楽」。
＊13　「先きの日」、後出の「その後のふり返り」「晩年」の初出は、星野晃一『室生犀星　創作メモに見るその晩年』（踏青社　平9・9）で明らかにされた（「「足」を追う／哀惜の「足」」）。
＊14　＊4に同じ。
＊15　三浦仁『室生犀星——詩業と鑑賞——』の「作品鑑賞」（『昨日いらつしつて下さい』／「昨日いらつしつて下さい」）。
＊16　引用は『室生犀星全集』第12巻による。
＊17　『好色』（筑摩書房　昭37・8）所収。引用は＊16に同じ。
＊18　室生朝子『父室生犀星』（毎日新聞社　昭46・9）の「晩年／若き秘書」。
＊19　『忘春詩集』所収。引用は『室生犀星全集』第4巻による。
＊20　星野は、初出形（原題「時間」）をかなり削除して「晩年」が成立したことを検証している。初出では、「時間の裏側に、／きみはまだ生きてゐて縫物をしてゐた。／その表側に七歳の君は鬼ごつこをしてゐた。」「僕はもう七十一歳、／何時《いつ》死んだつていいのだ。」という詩句があり、とみ子と犀星が直接的にうたわれていると指摘している。「初出の「時間」は、妻を失つた直後の詩人が一人で外を眺めつつ「時間」の中に身を置き、そこに浮かぶ思いを述べた詩であり、一方、収録詩の「晩年」は、哀惜の感情を昇華して、晩年という境涯における感懐を述べた詩だということになる。」と改作によるテーマ性の深化を的確に説明している。
＊21　『誰が屋根の下』（村山書店　昭31・10）所収。
＊22　以下、「性に目覚める頃」「幼年時代」「海の僧院」の引用は『室生犀星全集』第1巻（新潮社　昭39・3）による。

終りに

室生犀星は、〈母〉欠落の地点から生の確立を求めて詩作を開始した。俳句の切れと美文の虚構性を生かして、違和と親和を屹立させた独自の抒情詩が成立する。自らが体験できなかった〈家庭〉を持った犀星は、生の秩序を思想に高めようとして人道主義に共鳴し、文語詩から口語詩へ移行する。田端という生活の基盤＝トポスを得た犀星の目に、世界はさまざまな表情を見せてくれた。

長男の豹太郎の誕生と死は、「幽遠」と名付けた境地に犀星を引き寄せ、文語詩が復活する。金沢時代から親しんできた陶器を始めとして、生活を形作る具体的なものに象徴的なしるしを見出そうとするのだ。それはややもすると感情を内閉させる。犀星は、積極的にモダニズムを摂取することによって、そこから出ていくのである。換喩的な詩法を吸収したことは、従来の隠喩的深みに世界の広がりを与えた。また、冠松次郎の著作から〈山〉に共鳴する身体に感銘を受けた犀星は、母体としての〈山〉を得て、〈母〉の身体を充填していく端緒を摑むことになる。

昭和十二年の大連、哈爾濱への旅は、犀星の最初にして最後の海外旅行であった。犀星は、ドストエフスキーの耽読による若き日の露西亜への憧憬をそこで対象化する。隔たった地点への抒情は、文語によって整序される。この満洲行きは当初、国策に沿った小説の取材という野心もあった。しかし、犀星は、自分の資質にそぐわないことを悟り、小説も詩も個のモチーフとテーマに即したものになる。この体験から学んだのであろう、戦時下も犀星は、観念ではなく、自分の心に響いた具体的なもの、ことを扱うという態度を貫こうとする。限られた戦局の情報下、それは、感情的な日本人論をそのまま受け入れるという限界も見せた。しかし、一方では、モダニズムから得た詩法が、対象の多層性を捉える擬人法として深化していく。

犀星の軽井沢での疎開生活は、戦後暫くに亘った。ここに至るまでに犀星は、立原道造や津村信夫といった年若い友人、萩原朔太郎、佐藤惣之助、北原白秋を始めとする親しかった友人、知人を次々と失っている。犀星は、記憶にとどめること、認識することが風景を、世界を成立させることを知り、「夕映え」が晩年の光景の基調として現れる。また、かつて体験したことがなかった厳冬の生活、とりわけ人間を攻め立てる〈氷〉は、肉体性という視点を本質を捉える視点へと強化した。

闇屋が横行する戦後の風潮も、猥雑な活気も、犀星は肉体的視点から批判し、あるいは汲み上げる。晩年に至ってこの視点は、人間の実存に届き、性とエロスの領域を拡げていく。それは、現前する〈声〉と痕跡をとどめぬ〈時間〉が身体と観念として交わり、惹き起こす「生」を描いていくことであった。同時に、それは、換喩と隠喩が高次に結合し、〈声〉が自律する詩法の成立でもある。この〈声〉によって、犀星は〈母〉の存在を充填し、仮構を成就させた。更には、〈時間〉の直視から「記憶」の核心を摑み、生の原像に遡行した。

固有の生を求めて表現を模索し実行し、表現が極まった地点に生も確立した。ことばは仮構するという営為であるが、それを本質に転じるのもことばである。詩作とは、自覚的にその営為を続け、仮構＝本質の二重構造に徹することである。犀星の詩法とは、そのような生の謂に他ならない。

初出一覧

本書のもととなった論文名を次に掲げる。いずれも全面的に改稿した。

第一章 「抒情」・「小曲」――『抒情小曲集』『青き魚を釣る人』――

「『抒情小曲集』論（一）――〈さびしさ〉のリズム――」（宮城学院女子大学日本文学会『日本文学ノート』40号 二〇〇五・七）

「『抒情小曲集』論（二）――樹上の死――」（宮城学院女子大学附属キリスト教文化研究所『研究年報』39号 二〇〇六・三）

「『抒情小曲集』論（三）――葱と天鵞絨――」（『研究年報』40号 二〇〇七・三）

「定型の仮構性――犀星の詩法――」（『文学』9巻4号 二〇〇八・七、八「特集=詩歌の近代」）

「引き寄せる口語――犀星『鶴』前夜の詩集群――」（日本現代文学館『日本現代詩歌研究』9号 二〇一〇・三）

第二章 意味と秩序――『愛の詩集』『第二愛の詩集』『寂しき都会』――

「〈高台〉の視点――『愛の詩集』～『寂しき都会』論――」（『研究年報』41号 二〇〇八・三）

第三章 〈家庭〉と〈都市〉――『星より来れる者』『田舎の花』――

「遍在する〈星族〉――『星より来れる者』の「星」をめぐって――」（『日本文学ノート』43号 二〇〇八・七）

「〈すらりと〉書くということ――『星より来れる者』と『田舎の花』――」（『研究年報』42号 二〇〇九・三）

第四章 〈父〉の情景――『忘春詩集』『高麗の花』『故郷図絵集』――

「〈定位〉という領野――『忘春詩集』論――」（『日本文学ノート』44号 二〇〇九・七）

「引き寄せる口語――犀星『鶴』前夜の詩集群――」（前掲）

第五章 〈幽遠〉の先――『鶴』『鉄集』――

「〈文章以前〉からの抒情——『鶴』論——」　（『研究年報』43号　二〇一〇・三）

「〈山〉の肉体／媒体の〈硝子〉——室生犀星『鉄集』論」——」　（『日本文学ノート』45号　二〇一〇・七）

第六章　文語・定型——『哈爾濱詩集』——

「風景の醸成——室生犀星『哈爾濱詩集』論——」　（『日本文学ノート』46号　二〇一一・一二）

第七章　詩人＝生活者——『美以久佐』『日本美論』『余花』——

「肉体的還元という起点——戦時下の犀星詩——」　（『研究年報』44号　二〇一一・三）

第八章　疎開と戦後——『木洩日』『山ざと集』『旅びと』『逢ひぬれば』——

「疎開地と〈詩〉——室生犀星『旅びと』を中心に——」　（『研究年報』45号　二〇一二・三）

第九章　時間とエロス——『昨日いらつしつて下さい』「晩年」——

「口語自由詩であること——室生犀星晩年の世界——」　（『日本文学ノート』47号　二〇一二・七）

あとがき

室生犀星は気になる詩人であった。ナイーヴな抒情詩人として出発し、小説家として活躍する一方、一貫して詩人であり続け、晩年には自在な境地に進み出ていった姿は、他に類がない。この肚がすわった詩人の容量と向き合い、付き合いたいと思った。

一人の詩人の歩みを辿ると、その重さがじわじわと伝わり生のかたちが見えてくる。高を括ることなく、世界を拓いていった詩人の一生は見事である。犀星は、近代詩の窓だと思った。この窓から広がる景色を味わい、風を感じることができてとても嬉しい。

本書は、二〇一二年度宮城学院女子大学特別研修休暇を得て犀星の研究をまとめ、二〇一三年度宮城学院女子大学出版助成を受けて刊行に至ったものである。再びこのような機会をいただけたことを感謝する。

資料調査でお世話になった軽井沢高原文庫の大藤敏行氏、室生犀星記念館の嶋田亜砂子氏、金子光晴について御示唆をいただいた愛知県立大学教授の宮崎真素美氏、このたびも出版に際して仲介の労をお取りいただいた宮城学院女子大学の田島優先生、出版を快諾してくださった翰林書房の今井肇・静江ご夫妻、そして私を支えてくださっている方々に深謝申し上げる。

二〇一三年六月

九里順子

【さ】

【た】

索　引

【著者略歴】
九里順子（くのり・じゅんこ）
1962年、福井県生れ。
1992年3月、北海道大学大学院文学研究科国文学専攻博士後期課程単位修得退学。博士（文学）
現職、宮城学院女子大学学芸学部教授。
著書『明治詩史論——透谷・羽衣・敏を視座として——』
（和泉書院 2006年3月）

室生犀星の詩法

発行日	2013年7月25日　初版第一刷
著　者	九里順子
発行人	今井　肇
発行所	翰林書房
	〒101-0051 東京都千代田区神田神保町 2-2
	電 話　(03)6380-9601
	FAX　(03)6380-9602
	http://www.kanrin.co.jp/
	Eメール● Kanrin@nifty.com
装　釘	須藤康子＋島津デザイン事務所
印刷・製本	株式会社 メデューム

落丁・乱丁本はお取替えいたします

ISBN978-4-87737-353-5